Zanzíbar puede esperar

Xavier Moret

ZANZÍBAR PUEDE ESPERAR

Título original: *Zanzibar pot esperar*

Traducción: Xavier Moret Ros

Traducción realizada con la colaboración de

LLLL institut ramon llull

Ilustración de la cubierta: jani lunablau

Copyright © Xavier Moret, 2002
Copyright © Ediciones Salamandra, 2004

Publicaciones y Ediciones Salamandra, S.A.
Mallorca, 237 - 08008 Barcelona - Tel. 93 215 11 99
www.salamandra.info

Reservados todos los derechos. Queda rigurosamente prohibida, sin la autorización escrita de los titulares del "Copyright", bajo las sanciones establecidas en las leyes, la reproducción parcial o total de esta obra por cualquier medio o procedimiento, incluidos la reprografía y el tratamiento informático, así como la distribución de ejemplares mediante alquiler o préstamo públicos.

ISBN: 84-7888-892-6
Depósito legal: B-26.587-2004

1ª edición, junio de 2004
Printed in Spain

Impresión: Romanyà-Valls, Pl. Verdaguer, 1
Capellades, Barcelona

*A María, que a sus dieciocho años
ya sabe que algún día irá a Zanzíbar.*

1

—¿Te he hablado alguna vez de Zanzíbar? —le pregunté a Roc con los ojos nublados por el alcohol.
—Cientos de veces, Max —resopló—. O, mejor dicho, miles, miles de veces...

Estábamos en un bar. En el de siempre, supongo. O no. Debíamos de estar en el Jamboree, en la plaza Real. Al menos, cuando pienso en ello me parece oír a lo lejos un hilo de música de jazz. Un piano que dibuja un agradable fondo de color azul, un saxo que salpica de un rojo intenso el aire saturado de humo y una batería que lo liga todo con una mágica salsa multicolor. Buena música, buen ambiente. Íbamos por el tercer whisky y, no sé por qué, probablemente por el porro que nos acabábamos de fumar, pensé en Zanzíbar. Fue como si de repente se corriera frente a mí una imaginaria cortina de terciopelo, las luces se fuesen apagando muy lentamente y se proyectara en pantalla gigante una película sobre las maravillas de aquel paraíso africano. En Cinemascope, claro. Puestos a soñar, prefiero hacerlo a lo grande.

—¿Te he contado lo de las playas de arena blanca de la isla, del increíble color turquesa del agua y de la sombra acogedora de las palmeras? —insistí.

—Sí, Max, me lo has contado... —contestó él en un tono cansado.

—¿Y lo de la Ciudad de Piedra?

—Sí, Max —dijo, y, como si recitara una letanía, añadió arrastrando la voz—: Y también lo de los palacios orientales, las calles estrechas, las increíbles puestas de sol, las barcas de vela mediterránea, el aroma de las especias que llena el aire... —Hizo una pausa para coger aire y sonrió—. Me lo has contado todo sobre Zanzíbar, querido Max. Todo. Llevas años dándome la vara sobre esa isla y lo que más me sorprende es que no parece que vayas a cansarte nunca de hacerlo.

Me reí. Roc y yo llevábamos tiempo sin vernos. Trabajo, problemas, líos, compromisos... Todo parecía haberse aliado para hacer saltar por los aires nuestros encuentros habituales. Ni siquiera el azar nos había hecho coincidir en el bar de Cipri. «Todo va como siempre», me había resumido él de entrada, en el tono de quien admite que la vida ha entrado en una peligrosa y aburrida monotonía. Después, ya avanzada la noche, yo me puse a hablar de mi isla favorita.

—¿Te he hablado alguna vez de Zanzíbar? —le había preguntado.

—Cientos de veces, Max —resopló.

Me encanta Zanzíbar. Hay quien dice que me pongo pesado de tanto hablar de esa isla, pero qué le voy a hacer... Es como mi refugio mental, la isla-paraíso donde las neuras se esfuman como por arte de magia; no sé muy bien por qué, pero los problemas parecen incompatibles con las playas de palmeras y arena blanca. Antes que nada me enamoré del nombre. Zanzíbar. Zan-zí-bar. Zanzíbar... Hay palabras mágicas, como Zanzíbar, Tombuctú, Madagascar o Samarcanda, que tienen el poder de evocar por sí mismas paisajes exóticos y llenos de encanto. No es necesario ir allí para saber que esconden paraísos en los que es más fácil ser feliz.

Zanzíbar...

Hace más de quince años, desde que Nani Verdés me habló por primera vez de la isla, que sueño con Zanzíbar. Si ahora mismo cierro los ojos, no me cuesta nada volver a ver a Nani en aquella lejana noche de principios de los setenta en que me anunció la buena nueva. La ambientación es importante: barra del Zeleste, porro en los labios, *gin-tonic* en la mano, equilibrio precario, hablar gangoso, pelo largo y ojos pequeños de haber fumado demasiado... Sisa cantaba *El setè cel* y *La chica de Hawai* y no era difícil adivinar que habíamos bebido más de la cuenta. Íbamos bastante cargados, la verdad. Son imágenes que te quedan: las cortinas de terciopelo rojo, la sala oscura, la barra iluminada, los porros encendidos, las lámparas en forma de pirámide en las mesas y Sisa cantando con un fingido desinterés en el escenario. Nani y yo estuvimos hablando durante horas de nuestros temas favoritos, «los cuatro clásicos», tal como los llamábamos: mujeres, música, libros y viajes. Siempre lo mismo. La eterna conversación. Cuando ya habíamos saltado de *En la carretera* de Kerouac a *El lobo estepario* de Hesse, del disco de la vaca de los Pink Floyd al *American Beauty* de los Grateful Dead, y de las playas de Formentera a Amanda, una argentina de ojos negros y cuerpo perfecto que nos ponía a todos a cien..., cuando la conversación ya estaba más que empapada de alcohol y amenazaba con naufragar en un mar de disparates, Nani bajó la voz y con un aire de conspirador de opereta me susurró al oído: «Los viajeros como Dios manda van a Zanzíbar, Max.» «¿Zanzíbar?», repetí sorprendido. Era la primera vez que oía aquel nombre, pero me encantó cómo sonaba. Zan-zí-bar. Como un latigazo en la arena, como un eco de *Las mil y una noches*, como el escenario de una posible aventura de Corto Maltés. Pero ¿y Nepal? ¿Y Formentera? ¿Y las playas de Creta? ¿Y Ketama?..., objeté, recurriendo a las rutas míticas del hippismo, a las obsesiones de entonces. Pero Nani, uno de esos escasos viajeros puros que siempre van más allá, sacudió la cabeza con una sonrisa de iluminado. «Zanzíbar es el paraíso, Max —insistió—. Hazme caso. Es el último secreto...»

Le creí, por supuesto. Un hombre raramente miente en la barra de un bar. O tal vez sí, pero aquella noche tenía que fiarme de Nani. Llevaba muchos años viajando y había estado en todas partes: Nepal, India, Afganistán, Cabo Norte, Amazonas... Había vivido en Ibiza, en Creta y en Goa, que era como decir que había hecho un máster en hippismo. Si alguien podía recomendarme un lugar donde merecía la pena ir era él, el hombre que había comprendido a tiempo que viajar era el mejor remedio contra la fosilización, el amigo que desaparecía a menudo en busca de paraísos perdidos, en busca, en definitiva, de sí mismo, de un viaje interior que no parecía tener fin.

Dejé a un lado los recuerdos y volví a aterrizar en el ambiente cargado de humo y música del Jamboree.

—¿Qué sabes de Nani? —le pregunté a Roc.

—¿De Nani? —Roc frunció el entrecejo sorprendido—. ¿De Nani Verdés?

—El mismo.

—¿A qué viene eso, Max? —Abrió los brazos como si quisiera abarcar el tamaño de su sorpresa—. Pero si hace mil años que desapareció...

—Ya, pero...

—Pero ¿qué?

—¿Dónde crees que estará?

—Imagínatelo... —Chasqueó la lengua con desgana—. Posiblemente muerto de una sobredosis, o del sida, tirado en alguna parte infecta del Tercer Mundo.

El eterno optimismo de Roc volvía a hacer su aparición.

—Prefiero pensar que ha encontrado un lugar maravilloso en el que ha decidido plantarse y que es feliz lejos de Barcelona —dije.

—Max... —Roc meneó la cabeza—. Nunca aprenderás. Te he dicho mil veces que los paraísos no existen, por lo menos en este mundo.

—No estés tan seguro...

Roc se rió por toda respuesta y bebió un trago de whisky. Después cambió de tema y me preguntó por Alba.

—Está en el Ampurdán —le expliqué—, terminando una escenografía para una obra de teatro. Dice que en Barcelona no se puede concentrar.

—¿Lleva mucho allí?

—Unos quince días.

—Y tú no la has acompañado, claro... —Sonrió con picardía.

—A mí no se me ha perdido nada en el campo —alegué—. Ella es feliz observando cómo crecen las verduras del huerto y viendo pasar las golondrinas y los turistas de temporada, pero yo soy un animal cien por cien urbano. Ya lo sabes, Roc. No sabría vivir lejos de la plaza Real.

—Ya...

Volvió a soltar de nuevo su sonrisa pícara.

—¿Qué quieres decir con ese «ya»? —le pregunté, mosqueado.

—Tú sí que te lo montas, Max. Quién tuviera una mujer artista como tú... —Me dio un golpecito amistoso en la espalda y se puso en plan histriónico, con todo un muestrario de gestos exagerados—. Ella allí, inspirándose y pintando, y tú aquí, solito. Pobre Max... Te lo puedes montar con quien quieras y cuando quieras.

A veces pienso que Roc ve la vida como una novela cuyo argumento principal consiste en crearse un mundo paralelo con las condiciones ideales para poder pegársela a su mujer. Él es así. Cualquier cosa que hagas, cualquier cosa que le cuentes, cualquier cosa que vea, la interpreta siempre en clave sexual.

—¿No estás bien con Ana? —le pregunté.

—Sí, pero...

No dijo nada más. «Sí, pero...» Dejó colgada la continuación. Hablaba más o menos como siempre —un punto irónico, sobrado—, pero a mí no me engañaba. Era evidente que algo le preocupaba. Hacía muchos años que conocía a Roc, una eternidad. Habíamos vivido juntos en una comuna en Formentera y habíamos compartido piso de estudiantes, o de lo que fuera, en Barcelona. Pero con los años él había sabido reciclarse hacia el periodismo, mientras que yo, tal como a él le gustaba repetir de vez en cuando, seguía instalado «en una eterna nostalgia del hippismo». Conocía muy bien a

Roc, tan bien que no podía engañarme. Por mucho que aquella noche intentara hacerse el simpático, estaba claro que tenía la cabeza en otra parte.

—¿Qué te pasa, Roc? —le solté directamente.

—¿A mí? —Se hizo el sorprendido, como si los problemas y él fuesen incompatibles—. Nada, ¿por qué?

—No eres el de siempre.

—¿Ah, no? —Soltó una risita de conejo—. Pues ya me dirás quién soy... ¿Tal vez Bogart?

—¿Tienes problemas con Ana? —insistí.

—Estamos mejor que nunca.

—Pues entonces es que pasa algo en el periódico, o tal vez ya no se te pone dura.

Roc, tocado por el último comentario, el que ponía en duda sus prestaciones sexuales, se incorporó en la silla, bebió un trago de whisky más largo de lo habitual y por fin lo sacó.

—Mira, esta noche estoy de guardia... —empezó a decir.

—¿De guardia en el Jamboree? —me reí.

—No te rías, Max, porque lo he hecho por ti. —Me paró los pies con una mirada incisiva—. Tenía guardia en el periódico, pero cuando me has llamado para ir a tomar una copa he pensado que no podía dejarte tirado y...

—Qué bueno eres, Roc... —Sonreí con falsa admiración—. No sabes cómo te lo agradezco, siempre sacrificándote por los amigos.

—Tú ríete... —gruñó—. Total, que he dejado a un becario en el periódico, me he llevado el móvil y le he dicho que me llamara si pasaba algo.

—¿Y dónde está el problema? Si no te llama, quiere decir que todo va bien.

—El problema es que el becario que me ha tocado hoy es un tonto del culo con pretensiones que no tiene ni puta idea de nada. —Era evidente que Roc se estaba cargando por momentos—. Empiezo a pensar que ni siquiera sabe marcar un puto número de teléfono.

Me reí: me hacía gracia ver el mar de contradicciones en el que Roc se debatía. Por una parte se estaba tomando unos whiskis conmigo y quería mostrarse pasota y despreocupado, como en los viejos tiempos. Por otra, sabía que era «responsable» de lo que pudiera pasar en el periódico, y eso lo inquietaba. Tras unos instantes de intenso debate interno, acabó ganando la segunda opción: Roc desenfundó el móvil, maldijo por dentro y marcó el número del periódico.

—Soy Roc Durán —dijo intentando enmascarar su voz, demasiado empapada de alcohol—. ¿Va todo bien? —Escuchó las explicaciones del becario con gesto preocupado y gritó—: ¡Un incendio! ¿Un incendio en Gracia? ¿Y se puede saber por qué no me has llamado? —Estaba rojo de indignación—. ¡No hagas nada, ahora mismo voy!

Se puso la americana en un pispás, dejó unos billetes sobre la mesa —«gracias, Roc, gracias»— y me explicó la magnitud de la tragedia:

—Se está quemando una casa okupa de Gracia. Me voy pitando al periódico. ¿Qué te decía? ¡No puedes fiarte de nadie! —Hablaba atropelladamente, comiéndose las palabras—. Dice el mocoso del becario que no me ha llamado porque creía que no era importante. No sé qué coño les enseñan en la facultad. —Ya había dado un par de pasos hacia la puerta cuando volvió atrás, como si se le olvidara algo—. Me olvidaba, Max... —me dijo, apuntándome con el dedo—. Eres un farsante.

—¿A qué viene ahora eso?

—Lo sabes perfectamente: nunca has estado en Zanzíbar.

Sonreí mientras lo veía marcharse. Roc era un cabronazo, pero tenía razón. Había intentado mil veces ir a Zanzíbar, incluso había llegado a tener un pie en la escalerilla del avión, pero, por una u otra razón, siempre me había quedado con las ganas. Debía de ser cosa de mi karma, de mi destino o de lo que fuera. Lo sabía todo de la isla, la había buscado en toda clase de mapas, había leído todos los libros que hablaban de ella, me había aprendido de memoria sus rincones privilegiados, había visto documentales sobre sus playas paradisíacas y la había dibujado innumerables veces —las palmeras, la playa, la arena, las casas, la gente...—, pero nunca había estado allí. Era el sueño pendiente, el viaje mil veces previsto y siempre aplazado. Todos mis caminos llevaban a Zanzíbar, pero mi eterna miseria económica se había encargado de boicotear el viaje.

—Algún día iré a Zanzíbar —murmuré para mí mismo—. Ya lo verás, Roc, ya lo verás...

2

Hacía rato que el timbre me taladraba los oídos, como si quisiera dinamitar hasta la última barricada de sueño. Me había tapado la cabeza con la almohada, confiando en que el plasta de turno se cansaría, pero fui yo el que se acabó rindiendo. Puse los pies en el frío suelo y fui a abrir la puerta medio dormido, soltando una colección completa de maldiciones e insultos y dispuesto a mandar a quien fuera a los infiernos más terribles, pero tuve que morderme la lengua. Era Alba.

—¡Hostia, Max! —me saludó con un reproche—. ¿Sabes qué hora es?

—Ni idea. —Me pasé la mano por la cara para quitarme las telarañas—. ¿Por qué quieres saberlo? ¿Has perdido el reloj?

No le gustó la pregunta. Entró en el comedor con paso decidido, vació todo el aire de los pulmones en un resoplido larguísimo y, moviendo la cabeza, me dijo:

—Podría hundirse el mundo y tú ni te enterarías, Max. Vas a tu bola, siempre a tu bola, y a los demás que les den por saco. —Eché una ojeada al reloj de pared: eran las doce del mediodía, una hora como cualquier otra. ¿De qué se quejaba? ¿A qué venía aquel numerito?—. Llevo horas intentando hablar contigo, Max —me soltó con una sonrisa cien por cien falsa—. ¡Horas colgada del teléfono!

Fue justo decir la palabra «teléfono» cuando los dos, de manera instintiva, miramos hacia el aparato. Mierda. Estaba allí, en la mesita de siempre, junto al sofá, pero con un pequeño detalle que no lo favorecía en absoluto: el auricular, descolgado, yacía como un cadáver tendido entre los cojines.

—¿Y cómo ibas a oírlo si lo tienes descolgado? —Alba lo colgó con un golpe seco—. Y para colmo tienes puesto el pestillo y no he podido abrir la puerta... Bueno, iré al grano. —Inspiró profundamente—. Tomás ha desaparecido.

—¿Y eso es malo? —pregunté con una sonrisa maliciosa.

A mí me parecía una noticia cojonuda. Significaba que no tendría que aguantar los rollos interminables de Tomás Miralles, ni sus consejos de experto sobre la conveniencia de hacerme un plan de pensiones, ni su eterna y absurda preocupación sobre las hipotecas y el precio del dinero... Si el pesado de mi cuñado había desaparecido, lo único que se me ocurría era descorchar una botella de champán y brindar y bailar hasta la madrugada para dar las gracias a todos los dioses.

—Max, Max, Max... —repitió Alba marcando un claro *in crescendo*—. No es momento de cachondeo. Claudia está hecha polvo.

Tampoco aquello era una mala noticia. Era lo mínimo que se merecía la hermana de Alba, una mujer aburrida y pretenciosa que suspiraba por cambiar el parquet de su casa como mínimo una vez al año, ir a la peluquería día sí día no y salir retratada en las páginas del *Hola*. Pero era más que evidente que Alba y yo manteníamos puntos de vista claramente opuestos sobre el tema. La verdad, para ser sincero, y no veo por qué no debería serlo, es que aquella mañana me costaba seguirla. Ella iba como una moto y yo aún estaba intentando situarme, averiguar cosas tan elementales como, por ejemplo, en qué planeta vivía. Me gusta empezar el día de una forma ordenada, sin prisas. Una visita al baño, una meadita, una ojeada al espejo, un pase de peine, preparar el café con leche, mordisquear una magdalena... Todo suave, al ritmo de una canción de Grateful Dead. Una vez terminado el ritual del desayuno, llega el mejor momento: me siento junto a la ventana mientras fumo el primer porro del día y barro con la mirada la plaza Real para comprobar que todo está en su lugar: las palmeras, la fuente, los arcos, los turistas, los chorizos, los ociosos, los camareros, los yonquis, la bofia... Pero aquel día el show hiperactivo de Alba estaba rompiendo todos mis esquemas.

—Tomás ha desaparecido y sabes muy bien que eso no es normal —siguió, sin perder ni una pizca los nervios—. Si te ocurriese a ti o a Roc no me preocuparía en absoluto. Al contrario. —Se rió, como si aquello fuera una buena noticia—. Lo extraño es que no desaparezcáis más a menudo... Pero ¿él, Tomás?

—¿No será uno de los numeritos de tu hermana? —dije, acostumbrado a las falsas alarmas de Claudia, una histérica capaz de llamar a la policía, al Tribunal Supremo y al Papa porque no encontraba el azucarero o porque los niños habían desordenado la habitación.

—Esta vez no, Max. Tomás no ha ido a dormir a casa y nadie sabe dónde está.

—Quizá tenga una amante —aventuré, divertido ante la perspectiva.

—Max, por favor...

—No sería el primero en llevar una doble vida —proseguí—. Como si lo viera. Se fue a echar un polvo por la noche, se quedó dormido, se le pasó la hora y ahora está acojonado y no sabe cómo arreglarlo.

—Max, que estamos hablando de Tomás.

Bajé de la nube. Mi especulación era, en efecto, puro delirio si teníamos en cuenta que se trataba de Tomás, un aburrido crónico que hacía de la puntualidad su valor más sagrado.

Lié un porro mientras simulaba escuchar atentamente las explicaciones sobre la desaparición de Tomás. Cuando Alba acabó con la cháchara, fingí entender el problema y, después de dar unas caladas procurando poner cara de reflexión, le pregunté qué es lo que yo podía hacer.

—Quiero que me acompañes a ver a Claudia —me imploró—. La he dejado en su casa atiborrada de calmantes y...

—¿Es absolutamente necesario? —dije, poniendo cara de perro abandonado. No había nada en el mundo que me apeteciera menos.

—Está sola, lo pasa mal y da la casualidad de que soy su única hermana. ¿Qué quieres que haga la pobre?

—Pues que se tire en el sofá, se ponga el vídeo de *Pretty Woman* y se hinche de bombones... Es lo que suele hacer cuando tiene problemas, ¿no?

—No seas animal, Max. —Alba puso los ojos en blanco—. Lo hizo durante un tiempo para superar la depresión, pero ya lo ha dejado. Anda, vamos.

—No puedo, Alba, de verdad —inicié una protesta poco estructurada—. Tengo que terminar unos dibujos de Zanzíbar justo hoy y... además, ¿qué pinto yo allí?

—Le harás compañía, que es lo que más necesita.

—Lo siento, pero no. De verdad, no puedo. Tengo mucho trabajo y...

—Max... ¿Estabas durmiendo como un tronco a las doce del mediodía y quieres hacerme creer que tienes un trabajo urgente?

Un parado crónico como yo nunca debe esgrimir como excusa que tiene cosas que hacer. Resulta poco creíble, aunque había algo de cierto en lo que decía. Había estado soñando con Zanzíbar y me apetecía dibujar playas con palmeras, palacios orientales, calles laberínticas, mujeres de piel oscura, puestas de sol...

—Zanzíbar puede esperar —dictaminó Alba—. Llevas tantos años hablando de esa isla que por un día más no va a importar.

Mientras bajaba las escaleras pensé que en ocasiones la vida es demasiado cruel. Te despiertas flotando en un paraíso exótico en el que están prohibidos los problemas y la única propuesta de viaje que recibes es la de ir en metro a ver a una cursi redomada con un ataque de histeria. Injusticias urbanas.

3

Era la hora de las guitarras y las palmas cuando salimos de la plaza. Un gitano alto y delgado —rostro enjuto, cuerpo de bailarín y pelo negro largo y rizado— tocaba con poca gracia al ritmo que le marcaban las palmas de cuatro amigos sentados en un banco, culos en el respaldo y pies en el asiento. Sonaba fatal, pero estaban tan animados que no parecía importarles. Algunos turistas los miraban embobados y les hacían fotos. La caja cerrada de la plaza Real hacía que todo resonara como si hubiera decenas de guitarras. Pensé que, al fin y al cabo, era mejor aquello que la locura ensimismada de los bongueros, capaces de pasarse horas y horas atacando un ritmo monótono y ensordecedor. Iba a comentárselo a Alba, pero me di cuenta a tiempo de que no estaba de humor. Pasó junto a la fuente sin verla y se dirigió hacia la Rambla a paso acelerado.

Subimos al metro en la estación de Liceo y bajamos en la de Diagonal. A la salida anduvimos con paso ligero hasta el piso del honorable matrimonio formado por Claudia Noguera y Tomás Miralles. Claudia nos abrió la puerta hecha un moco. Más o menos como siempre, aunque en esta ocasión había algunas novedades que tener en cuenta: maquillaje corrido, nariz roja, ojos empañados y cara hinchada. Un horror, en definitiva. Vestía además una larga camiseta blanca con un corazón de lentejuelas rojas atravesado por una flecha dorada, unos pantalones de chándal de color rosa que la hacían más gorda de lo que ya era y unas zapatillas de borlas de color azul cielo. Si siempre andaba así por casa, era comprensible que Tomás se hubiera fugado lo más lejos posible.

Cuando Claudia vio a Alba —a mí no me hizo ni caso; tengo la virtud de ser invisible para ella—, deformó el rostro en una mueca penosa, conectó los lagrimales a la máxima potencia y la abrazó como si el mundo se tuviera que acabar de un momento a otro y ella fuera su único apoyo.

—Tomás, mi pobre Tomás... —repetía desconsoladamente.

Y yo allí, como un pasmarote, sin saber qué hacer, reprimiendo las ganas de destrozar un jarrón pseudochino lleno de dibujos de dragones asmáticos que parecía escapado directamente de la feria de los horrores.

—Pasad, pasad... —nos dijo tras unos minutos de actuación de viuda desconsolada—. Perdonad si..., pero es que en el estado en que me encuentro...

—Si prefieres que nos vayamos... —intervine, solícito, pero lo único que conseguí fue otra mirada de censura de Alba.

Una vez en el salón —decorado con un gusto digno de figurar en cualquier manual del kitsch, con un inmenso sofá rojo, un par de cuadros que representaban caballos alados, un estante lleno de figuras de Lladró y un televisor de cincuenta mil pulgadas— confirmé mis sospechas sobre el desconsuelo relativo de Claudia. Para recordar sus viejos tiempos depresivos, que estaba seguro de que nunca había llegado a superar, tenía puesto un vídeo —*Pretty Woman*, en la secuencia de las compras por Rodeo Drive— y una caja de bombones casi vacía frente a ella.

—Seré una tonta, pero es que me anima tanto esta película... —murmuró entre llantos mientras se hundía en el sofá—. Es tan, tan... positiva.

Conclusión: efectivamente, era una tonta.

Opté por mantenerme en un prudente segundo plano mientras la mema de Claudia —pañuelo arrugado en la mano, voz rota y llantina incontrolada— le vomitaba todo el rollo a Alba, con pelos y señales, morbo y dosis de melodrama a chorro. Yo no tenía ganas de intervenir. Al contrario, lo único que quería era escapar cuanto antes de aquel universo horripilante, perder de vista los cuadros de caballos alados y las figuras de payasos enamorados, basureros felices, campesinos honrados, futbolistas alegres y otras degeneraciones paralizadas en porcelana. Me costaba entender cómo me había dejado arrastrar hasta un territorio tan claramente hostil. ¿Qué diablos pintaba yo allí? Claudia no me tragaba y siempre había criticado que Alba viviera conmigo. Le parecía «poco ambicioso, cutre, colgado, zafio, muerto de hambre, tarambana, zascandil..., hippy». Muy distinto de su siempre admirable Tomás, «trabajador, responsable, buen padre, hombre de provecho» y algunas taras más.

Cuando Claudia, con la mano abierta sobre el pecho, repitió por tercera vez «... y yo, espera que esperarás...», decidí que no podía más. Murmuré que iba a picar algo a la cocina —ninguna de las dos me hizo caso; seguía siendo invisible— y me esfumé.

Mi retirada a la cocina tenía un doble objetivo: llenarme la tripa y alegrarme la mente con un porro de artesanía. Pero una vez allí, la repulsión que me provocó el orden maniático de Claudia —todo estaba asquerosamente limpio y ordenado— me animó a invertir las prioridades y empecé liando el porro.

Iba por la segunda calada, tranquilamente apoyado en la encimera, cuando apareció Claudia buscando «cositas para picar». Ni me miró. Abrió un armario con gesto decidido y sacó una bolsa de patatas fritas, una lata de aceitunas y una caja de bombones en forma de corazón (había cuatro o cinco más amontonadas). Justo cuando iba a abrir la nevera ahogó un grito a medio camino entre la sorpresa y la santa indignación.

—¡Dios mío! —exclamó mientras olisqueaba el aire con cara de alarma—. ¿No será droga eso que estás fumando? —Dijo «droga» con una aprensión evidente, como si cogiera la palabra con la punta de los dedos—. ¿Cómo te atreves, Max?

—¿Quieres? —Le pasé el porro, para que quedara claro que no soy un maleducado.

—¡Oh, no, Dios me libre! —Claudia cerró los ojos y se llevó la mano al pecho, como si se hubiera escapado de un melodrama—. ¿No te das cuenta de que eres un inconsciente?

—¿Por qué? —Me encogí de hombros—. Tú te hinchas a bombones y yo me fumo un porro. Cada uno a lo suyo. No hacemos daño a nadie, ¿verdad?

Claudia dibujó con los labios un «ohh» de incredulidad, hizo algunos aspavientos, plantó un cenicero frente a mí —en el que pude leer «Recuerdo de Benidorm»— y con un gesto imperioso me conminó a apagar el porro. Lo hice para ahorrarme problemas. Jugaba en campo contrario y no quería ponerme el público en contra. Una vez tuvo el cadáver del porro en el cenicero —ahora sólo se podía leer «...erdo de Benido...»—, Claudia se apresuró a tirarlo al cubo de la basura, lavó el cenicero con fruición, como si hubiera sido depositario de una vergüenza inconfesable, y puso el extractor de humos al máximo. Terminada la Operación Limpieza, me dirigió una mirada autoritaria, cogió un par de latas de Coca-Cola light de la nevera, dos vasos, las patatas, las aceitunas y la caja de bombones y desfiló hacia el salón meneando su culo gordo e indignado.

Lié otro porro así que cruzó la puerta y me entretuve fisgoneando el contenido de la nevera. Había platos cocinados envueltos con una película de plástico perfectamente estirada y con una etiqueta con la fecha de cocción escrita a mano con pulcritud, una docena de Coca-Colas light, tres botellas de champán numeradas, un impresionante cargamento de yogures de los sabores más diversos y una tortilla de patatas. Me comí un pedazo de tortilla y, a falta de cerveza, abrí una botella de champán y me bebí un par de vasos. A la salud de Tomás... Rematé el festín con un yogur de frutas del bosque y, para terminar, a falta de puro, encendí otro porro.

Mientras de fondo sonaba el disco rayado de Claudia, lamentando una y otra vez la desaparición de «mi pobre Tomás», aproveché para hacer un repaso de la casa. Una exploración rápida me permitió una constatación elemental: Claudia y Tomás apostaban por los muebles caros, pero cursis, con abundancia de un rococó recargado hasta la náusea. Había una cómoda que me repugnó en especial: ¡era como un pastel de nata convertido en mueble! Deprimente... Libros había pocos —los justos para poder lucir unos cuantos tomos encuadernados en piel—, pero abundaban en cambio los discos y los vídeos, la mayoría descaradamente horteras. Además de los caballos alados y de las figuras de Lladró del salón, aquella muestra de decoración sensible se completaba con unas cuantas «obras de arte» producto de un cursillo de macramé que Claudia había hecho para superar la primera depresión, cinco o seis cuadros que reproducían masías con pajares y fotos de toda la familia en unos marcos absolutamente ridículos. Sin lugar a dudas, aquel piso podía optar a todos los premios imaginables al mal gusto. Dos piezas, en concreto, me robaron el corazón: un cuadro dorado de Venecia en tres dimensiones, con una góndola que se mecía automáticamente frente al Gran Canal iluminado de rojo, y un cenicero que reproducía en plástico una paella valenciana. La pesadilla de cualquier diseñador.

Cuando creía que ya nada podía sorprenderme, comprobé que en la habitación de Claudia y Tomás el horror avanzaba unos cuantos grados. Otra vuelta de tuerca. La cama, con una cabecera barroca de tema floral, estaba cubierta con una colcha de color rosa y unos cojines en forma de corazón anunciaban lo que Claudia debía de considerar «un agradable calor de hogar». Una rápida ojeada al armario me sirvió para constatar que Claudia usaba una ropa interior incapaz de ponérsela dura a nadie y que Tomás era partidario de los calzoncillos antiguos —altos, blancos y con goma— y de las camisetas imperio. No parecía faltar nada para una vida sexual plena. O, mejor dicho, plana.

Ya me marchaba cuando mi espíritu fisgón me llevó a revolver las mesitas de noche. En la de ella había un montón de revistas del corazón, una caja de Tampax, un paquete de pañuelos de papel, dos pares de pendientes, gotas para la nariz y pastillas para los nervios de todos los colores y medidas. En la de él, un par de despertadores, un boletín del Colegio de Abogados, una revista de la Caixa y unos informes de derecho. Todo previsible, si no fuera porque se me ocurrió hojear la revista. No había nada que me interesara, por supuesto, pero cuando iba a guardarla en la mesita cayó una hoja doblada. La abrí, intrigado, y frente a mí apareció una foto de un lugar paradisíaco que reconocí enseguida: era una de las playas del este de Zanzíbar, mi zona predilecta de la isla, con arena blanca, palmeras y una barca balanceándose en el horizonte. Debajo, con grandes letras, se anunciaba un viaje de una semana a la isla a precio de oferta. Me mosqueé. ¿Qué hacía aquella joya en territorio enemigo? Me guardé la hoja en el bolsillo y regresé al salón.

Claudia y Alba estaban tal como las había dejado, como si fueran figuritas de belén. Claudia, en actitud de abandonada llorona; Alba, de consoladora concienciada. Lo único que había cambiado era el contenido de la segunda caja de bombones, ahora prácticamente vacía, y que *Pretty Woman* estaba a punto de terminar.

—¿Has llamado ya a la policía? —le pregunté a Claudia cuando Julia Roberts y Richard Gere se daban el azucarado beso final. El folleto de Zanzíbar me hacía creer que, en efecto, allí estaba pasando algo anormal.

—Por favor, Max, es lo primero que ha hecho —contestó Alba, mirándome de una forma que quería decir muy a las claras: ¿piensas que se chupa el dedo?—.

Han tomado nota y le han recomendado que deje pasar veinticuatro horas y, si no hay novedades, que mañana por la mañana pase por la comisaría. Iremos las dos.

Claudia, repantigada en el sofá y con un bombón entre los dedos y los labios, dirigió una mirada de perro agradecido a su hermana.

—Una curiosidad... —no pude evitar preguntarle—. ¿Por qué tenéis numeradas las botellas de champán de la nevera?

—Espero que no hayas tocado ninguna, Max. —Claudia frunció el entrecejo.

—No, no, por supuesto —mentí.

—Es cosa de Tomás. La número uno hay que descorcharla el día de mi santo. La dos, el de nuestro aniversario de bodas, y la tres, por Navidad... Es tan meticuloso.

—¿Y por qué no las compra cuando se acerca la fecha? —observé, perspicaz—. Navidad queda muy lejos.

—A Tomás le gusta aprovechar las ofertas del supermercado —explicó muy orgullosa Claudia—. Hubo una muy buena en enero. Comprabas dos botellas y te regalaban una. —Y, dándose la vuelta hacia Alba con una mirada acuosa, añadió—: Tomás es un sol. Piensa que...

—¿Y no tenéis nunca una botella de champán porque sí? —la interrumpí.

—¿Qué quieres decir?

—Ya me entiendes. —Removí el aire con las manos—. Sin numerar. Sencillamente, por si algún día os apetece beber champán, sin que sean necesarias excusas de aniversarios o fiestas.

—No, no, a Tomás le gusta tenerlo todo controlado. —Claudia meneó la cabeza metódicamente, como una Barbie—. Cada día de la semana le gusta comer lo mismo. Ayer por la noche —esbozó un lloro— teníamos tortilla de patatas. Aún la tengo en la nevera para cuando vuelva. Es su plato favorito.

Me escapé a la cocina para hacer desaparecer los rastros de mi incursión en la nevera. Tiré lo que quedaba de la botella de champán que había abierto —¡Dios mío, era la número dos, la del aniversario de bodas!— y escondí los restos de tortilla en el fondo, detrás de una muralla de yogures. Cuando regresé al salón, oí cómo Alba exclamaba:

—¡Ahora que me acuerdo, Claudia, mañana tengo un día de infarto!... Tengo pruebas de escenografía en el teatro y no podré acompañarte a la comisaría. —Y, dirigiéndose hacia mí con una sonrisa tramposa, añadió—: No te importará ir tú en mi lugar, ¿verdad, Max?

Genial. Era justo lo que siempre había soñado: acompañar a la plasta de Claudia a una comisaría de policía. Como un repartidor de pizzas, pero peor; por lo menos las pizzas están calladitas.

Después de un infructuoso intento de resistencia —de nuevo iba flojo de excusas—, acepté pasar a recoger a Claudia a la mañana siguiente, pero negocié a cambio unas horas de libertad condicional. Resultado: me fui a casa solo mientras Alba se quedaba a hacer compañía a su querida y desgraciada hermanita.

—Es para evitar que cometa un disparate —me dijo bajando la voz cuando me acompañó a la puerta.

—Claro, claro... —dije, comprensivo.

De camino a la plaza Real, Rambla abajo, pensé que la perspectiva de ir con la hermana de Alba a una comisaría no era una opción tentadora. Pero no había podido negarme. Por dos razones: en primer lugar, porque los parados siempre tenemos demasiadas horas libres y, en segundo, porque el rata de Tomás tenía un folleto de Zanzíbar en la mesita de noche y quería saber por qué cojones había «invadido» la isla de mis sueños.

4

Me quedé en casa el resto del día, disfrutando de mi recuperada soledad y del siempre interesante espectáculo de la plaza, infinitamente mejor que cualquier programación televisiva: la más variada fauna urbana encerrada en una caja de zapatos tamaño gigante. Me gusta la plaza Real, quizá porque es la única plaza uniforme, auténticamente democrática, de Barcelona. Todas las casas son idénticas y no hay ni iglesias ni edificios oficiales que molesten o inclinen la balanza hacia la monumentalidad. Algunos, como el dibujante Nazario, ilustre vecino de la plaza, la califican de «sala de estar de Barcelona»; otros, más cenizos, prefieren compararla con el patio de la cárcel Modelo. En cualquier caso, está claro que la plaza es un mundo cerrado, único, donde el tiempo parece pasar de forma distinta que en el resto de la ciudad.

A media tarde sonó el teléfono. Era mi madre, y quería saber cómo me iba todo.

—La mar de bien —preferí venderle optimismo—. Ahora mismo estoy escribiendo un libro y...

—Escribir, pues vaya trabajo... —chasqueó la lengua—. Lo único que conseguirás es acabar alcohólico, hijo.

—Pero, madre —reí—, que no todos los escritores son borrachos.

—Si no lo son todos, pocos faltarán. Y los que no beben son unos drogadictos, que no sé qué es peor. ¿Qué quieres que hagan los pobres si no trabajan nunca? Sólo escriben, y ya me dirás. Como si escribir fuera un trabajo... En la Caixa tendrías que estar, como el hijo de Paquita —otra vez con el mismo rollo; tener un hijo en la Caixa era su obsesión—. Si vieras lo bien que está. Y eso que cuando era pequeño era un enclenque al que tú le dabas diez mil vueltas. Ahora, en cambio, te da sopas con honda.

Siguió el listado de recomendaciones habituales: que comiera bien, que no me metiera en líos, que me cortara el pelo, que me vistiera como Dios manda y que fuera a visitarla más a menudo. Después colgó.

Pensé en el piso de la calle Mayor de Gracia donde mi madre vivía sola, en aquel piso en el que apenas había cambiado nada desde que yo era pequeño. Los mismos muebles, las mismas baldosas, el mismo olor a col hervida, las paredes que pedían a gritos una mano de pintura... Iría a visitar a mi madre cuando tuviera un momento. Pero ahora no. Tenía otras urgencias: por ejemplo, dibujar o trazar las líneas principales de una novela que pensaba escribir sobre Zanzíbar.

Me pasé el resto del día dibujando y escribiendo, inmerso en una febril actividad creadora. Hacia medianoche salí de casa para ir al Sidecar, un bar situado en la esquina de la plaza Real con la calle de Les Heures, justo donde la elegancia señorial de la plaza se empieza a diluir en un laberinto de callejuelas estrechas, oscuras y húmedas, a menudo llenas de basura y con un fuerte olor a meados. Actuaba Sergio Makaroff y Roc había insistido para que no me lo perdiera. Cuando llegué, Roc ya estaba allí. Se estaba bebiendo un whisky en un extremo de la barra, se había aflojado el nudo de la corbata y desabrochado el último botón de la camisa e intentaba seguir el ritmo de la música golpeando con la mano sobre la barra. Lo cierto es que no lo hacía muy bien, pero no parecía importarle.

—Te estás perdiendo una cosa fina. —Me recibió con los ojos brillantes de emoción y de alcohol—. Sergio está inmenso.

Pedí un whisky con hielo y me dediqué a observar el panorama. La «sala de conciertos» del Sidecar está situada en un subterráneo alargado y con el techo abovedado; a primera vista da la impresión de que alguien ha robado un trozo de metro de Londres y lo ha trasladado hasta ese rincón de Barcelona. El público estaba formado por una mayoría de jóvenes que bebían birras, fumaban canutos, aplaudían enloquecidos y bailaban sin parar. En el escenario, entre una nube de humo de porros, Sergio Makaroff arrancó a cantar. «Me han robado la mountain bike. / Fue un yonqui de la plaza Real, / qué cariño le tenía, / la bici me llevaba y me traía...» Sonaba bien. Era una canción narrativa, tan descriptiva que incluso me parecía que conocía al yonqui del que hablaba. «Qué dura es la vida, hermano, / me quedé con el candao en la mano. / Y mientras te canto mis penas, / la bici va rodando por sus venas...»

—Es el gran éxito de Makaroff —me informó Roc—. Es cojonuda, ¿verdad?

—Está bien —acepté.

—Más que eso: ¡está de puta madre! Sergio es argentino, como tu admirado Gato Pérez. Llegó a Barcelona hace unos años, le gustó la ciudad y aquí se quedó. Podría ser muy famoso, una estrella, si hubiese pasado por el aro de las discográficas, pero él va a su bola.

Era evidente que Makaroff se movía entre un público amigo, entregado. Hacía bromas entre canción y canción, saludaba a los conocidos y hablaba del Sidecar como si fuera su segunda casa. Sus letras, ligadas a cosas cotidianas, eran muy buenas. A los amigos que lo rodeaban, a las novias que lo querían perfecto, al bombardeo de la televisión... Frente a él, unos cuantos jóvenes bailaban de manera desordenada, desafiando cualquier estilo. Me fijé en la camiseta de uno de ellos. Decía «Soziedad Alkoholika». En otra leí «¡Ke viva Bakunin!». Para provocar un infarto a cualquier académico.

—Lástima que Bakunin se escriba con k —observó Roc, que estaba siguiendo mi mirada—. No pueden subvertirlo tanto como quisieran.

Al ver una tercera camiseta que proclamaba que «Okupar es libertad» recordé el incendio de la casa okupa de la noche anterior. Le pregunté a Roc cómo había terminado.

—No me digas que no lo sabes, Max —me riñó—. Si todos los periódicos lo cuentan...

Le respondí lo que él ya sabía, que no acostumbro a leer los periódicos, y una vez más Roc me dijo que no era de este mundo, que vivía más colgado que un murciélago y que era el último hippy de Barcelona. Luego me contó que el incendio había acabado en desgracia: la casa okupa había quedado destrozada y dos chicos habían muerto a causa de las llamas.

—Y el desgraciado del becario aún iba diciendo que no era una noticia importante, que no merecía la pena molestarme... —recordó Roc con voz de pipiolo—. ¡Ja! ¡Portada, y a cuatro columnas!

—¿Fue provocado?

—La policía cree que no, pero yo estoy seguro de que han sido los skins —dijo, insinuando que sabía más de lo que decía—. Ya hace tiempo que los okupas molestan y no saben cómo pararlos. Recuerda el lío que se montó en el Cine Princesa, y el de Sants...

—¿Vas a escribir algo?

—Qué más quisiera... —Hizo un gesto de impotencia—. El director ha dado el tema a un soplapollas que no creo que descubra nada de nada, pero yo no bajo la guardia. —Roc levantó un dedo, numantino—. Pienso seguir el caso muy de cerca y en cuanto pueda voy a meter mano. Esto traerá cola, ya lo verás, Max. Lo peor que se puede hacer con estos temas es dejar que pase el tiempo y olvidar. Mi lema es como el de Fidel Castro —se puso solemne—: «Ni un paso atrás, ni para tomar impulso.»

—Eso me recuerda una pintada que vi hace unos años en Cuba —me reí—: «Socialismo o muerte», decía, y algún gracioso había añadido: «Valga la redundancia.»

—A ver si me vas a salir «gusano» tú... —protestó Roc. Después se concentró en el whisky que le esperaba en la barra; bebió un trago, lo saboreó con los ojos cerrados y, señalando con la barbilla hacia los jóvenes que nos rodeaban, añadió, filosófico—: Te lo digo de verdad, Max: en Barcelona están pasando cosas y mucha gente no se da cuenta. Los okupas no son un fenómeno pasajero. Fíjate en estos jóvenes que están bailando. ¿Qué les ves? —Mi fijé un rato. No conseguía leer lo que pasaba por su cerebro. Me volví hacia Roc y me encogí de hombros—. Tienes que ponerte al día, Max —me riñó, superior—. No todo se paró con el Gato, Sisa, Ocaña y compañía. En la ciudad pasan cosas, ¿sabes? Mira estos jóvenes: beben, bailan, fuman porros y quieren cambiar el mundo, como tú y yo hace treinta años. Son gente maja, auténtica, inquieta.

Volví a mirarlos.

—Son raros —concluí.

—Como lo éramos tú y yo en los años de Zeleste.

—¿Quieres decir que nos estamos haciendo viejos?

—Quiero decir que tienes que ponerte al día, Max.

—¿Y tú no?

—Yo siempre tengo puestas las antenas. —Se rió con suficiencia, convencido de que se mantenía alerta—. Me fijo en los jóvenes, los comprendo, puedo hablar con ellos...

Moví la cabeza. Me carga esa gente que se ufana de conectar con los jóvenes, esos que, con un guiño de complicidad, dicen: «Yo sí que te entiendo, chaval, sé de qué vas y estoy contigo.»

—Haz lo que quieras, Roc —le dije—, pero a mí no me importa asumir mi condición de extraterrestre. Ya hace años que me han cambiado Barcelona de arriba abajo, le han dado la vuelta como a un calcetín, y no tengo más remedio que proclamarme un exiliado interior. La Barcelona de ahora no tiene nada que ver con la de los años setenta, con la que a mí me gustaba. Ahora hay mucho diseño, mucha modernidad y muchos turistas, pero ya nada es lo que era. A veces, cuando paseo por la

Rambla, en lugar de en una ciudad, me da la impresión de estar en un parque temático lleno de turistas.

Roc resopló con impaciencia y, como si me dejara por inútil, pasó hoja radicalmente.

—¿Has visto aquellas extranjeras? —Me guiñó el ojo, señalando a un par de rubias modelo valquiria; exuberantes, excesivas—. No dejan de mirar. Seguro que buscan rollo.

Las dos rubias estaban apoyadas en la pared de enfrente. Debían de tener poco más de veinte años y todo el aspecto de aburrirse como ostras. Vestían de negro con estética motera —chaquetas, pantalones de cuero y botas— y gastaban unas miradas frías y afiladas como cuchillos. La verdad es que no eran gran cosa, pero Roc se empeñaba en desnudarlas con la mirada.

—Roc —le dije—, ¿por qué no asumes que somos lo que somos?

—¿Y qué somos? —me miró sorprendido.

—Dos cuarentones decadentes, caducados.

—Eso lo serás tú, Max —reaccionó, como si él no tuviera nada que ver conmigo—. Tú, que aún suspiras por los viejos tiempos hippies y por la Barcelona de hace treinta años. Yo, en cambio, siempre he sabido estar al día.

Repasé su corbata de colores chillones, la barba de pocos días recortada con una pulcritud enfermiza y la chaqueta de solapa alta. Por mucho que se disfrazase, Roc era, como yo, un colgado de los años setenta.

—Estás criando una buena tripa, Roc. —Apunté a uno de sus puntos débiles.

—¿Y qué? —Se la agarró con las dos manos, satisfecho—. Esto es síntoma de felicidad, de buena vida. La vida hay que vivirla a fondo, Max. De todos los eslóganes que gritábamos cuando éramos jóvenes, el único que ha sobrevivido es el que dice «¡A follar, que son cuatro días!».

Mientras Roc exhibía con orgullo su impúdica felicidad, una de las rubias objeto de su atolondrado deseo pasó el brazo por encima del hombro de la otra, se entretuvo jugando un rato con su pelo y acabó besándola en los labios.

—¡Lesbianas, bah! —Roc volvió la cabeza, decepcionado, y encontró fuerzas en otro trago de whisky para añadir—: De todas formas..., no eran gran cosa.

Cuando Sergio Makaroff empezó a cantar una canción que hablaba de paparazzis que lo asediaban en su jacuzzi, me acordé de la desaparición del desgraciado de mi cuñado.

—¿Conoces a Tomás? —le pregunté a Roc.

—¿Qué Tomás?

—Mi cuñado.

—Me has hablado de él —contestó, y asintió con la cabeza—. ¿Qué le pasa a ese plasta?

—Ha desaparecido. Hace un par de días que no sabemos nada de él.

—Feliz él —se rió, mefistofélico—, que debe de estar revolcándose con alguna ratita.

—Es lo primero que he pensado, pero no puede ser.

—¿Por qué?

—Es el tío más aburrido del mundo.

—¿Y qué? Hay mujeres muy raras... —Hizo una pausa y añadió—: ¿Tiene pasta ese Tomás? —Asentí con la cabeza y Roc sonrió—. La pasta es capaz de borrar cualquier tara física y mental —dictó sentencia.

—Me extrañaría que hubiera una mujer implicada —dije, frunciendo el entrecejo—. Tomás quiere mucho a sus hijos, a su mujer, a su trabajo...

—Incluso a esos mosquitas muertas un día se les cae la venda de los ojos y deciden mandarlo todo a la mierda.

A medida que le contaba lo poco que sabía de la desaparición de Tomás, Roc se iba animando. Siempre ocurría lo mismo. Había leído tantos libros de policías y ladrones que veía la vida como si fuese una novela negra, una complicada trama con buenos y malos y mucha intriga.

—Pues si tu cuñado no se ha fugado con una mujer... será con un hombre —concluyó—. Muchos tíos de vida formal y ordenada un buen día acaban saliendo del armario y se lanzan de cabeza a la mariconería. No sería el primero, Max.

—Me parece que te equivocas.

—Ya me lo dirás dentro de unos días... —se hizo el entendido—. Mientras, ya sabes lo que tienes que hacer.

—¿Qué? —le pregunté, sin tener ni idea de con qué me iba a salir.

—Ponerte a investigar por tu cuenta, y tal vez de paso encuentres tema para una novela. —Roc sonrió y me dio un golpecito de colega en la espalda—. Siempre te he dicho que los mejores temas para escribir los tienes a tu alrededor, Max. Te empeñas en escribir sobre Zanzíbar y sobre el quinto pino cuando los temas buenos están aquí mismo. Sólo tienes que abrir los ojos. ¿Qué te parece esto? «Abogado aburrido se fuga con amante secreta...» El inicio suena banal, de acuerdo, pero nunca se sabe. O quizá «Abogado sale del armario y se larga con marinero lituano»... Todo consiste en aliñarlo con gracia. Piensa en *Psicosis*, por ejemplo. El principio es parecido. Una mujer joven con un amante apasionado no resiste la tentación y un buen día se hace con un montón de dinero de la empresa donde trabaja, se lanza a la carretera y...

—Roc, por favor...

Cuando Roc se embarca en temas de novela negra, es mejor pararle los pies cuanto antes. Si no, es capaz de seguir horas y horas, hasta una eternidad teñida, por supuesto, de negro.

—Está bien, está bien, ya me callo... —Hizo un gesto de rendición—. Pero haz lo que te digo: muévete, Max, investiga. La nariz me dice que aquí hay lío del bueno.

—¿Investigar, yo? —Me eché a reír—. No, gracias, Roc. Ni me interesa la vida de los demás ni me gusta buscarme problemas.

—Desengáñate, Max, nadie es una isla —me dijo en un tono de filósofo de bar—. No puedes vivir sin que te afecte lo que pasa a tu alrededor.

Roc hizo tintinear el hielo del whisky y, cuando parecía que iba a añadir algo, Sergio Makaroff volvió al escenario y se arrancó con una melodía cálida. El local se llenó de repente con una ola de sensualidad y de miradas que se perdían entre un humo que concentraba todas las incorrecciones políticas. En la siguiente pausa, Roc se inclinó hacia mí y me dijo:

—Hay una cosa que no encaja, Max. Tomás nunca te ha importado una mierda.

—Sí, ¿y qué?

—Pues que no me cuadra que estés preocupado.

—*Touché* —repliqué con una sonrisa—. Mira, estaría encantado de que hubiera desaparecido para siempre, si no fuese por un pequeño detalle.

—¿Una mujer? —insistió.

—No, una foto. Ayer, revolviendo por su casa, encontré un folleto con una foto de Zanzíbar.

—¡Alto, parad máquinas! —Roc hizo uno de sus números habituales; abrió los brazos de par en par y gritó para que todo el mundo lo oyera. Él era así, excesivo. Le gustaba tener público—. Alguien ha osado invadir el sueño de mi amigo Max, el sueño de Zanzíbar. —Los únicos que se volvieron fueron un par de jóvenes con melena que lo miraron como preguntándose qué le pasaba a aquel viejo disfrazado de moderno—. Supongo que te das cuenta de que te estás pasando de la rosca, Max —dijo—. Que Tomás tuviera una foto de Zanzíbar no quiere decir absolutamente nada. Yo también debo de tener alguna en casa y...

—No es lo mismo —lo frené—. La foto de Tomás estaba escondida entre las páginas de una revista en su mesita de noche.

—¿Y qué? Ahora está de moda ir a Zanzíbar. ¿O te crees que eres el único que tiene derecho a ir?

—No me cuadra con Tomás. Mira...

Me saqué la hoja doblada del bolsillo y se la enseñé a Roc. La miró sin demasiado interés, dejó pasar un rato y, como si de repente se le iluminara una bombilla en la cabeza, volvió a su obsesión:

—Esto puede ser un caso muy interesante, Max. Con o sin Zanzíbar, lo cierto es que tu cuñado ha desaparecido. De hecho, recuerda el principio de *La dama del lago*, de Raymond Chandler; o *La hermana pequeña*. Alguien desaparece y alguien lo busca. En *La dama del lago* es una mujer, Crystal Kingsley, en *La hermana pequeña* es un hombre, Orrin P. Quest, y aquí vuelve a ser un hombre. La gente no desaparece porque sí. Dime una cosa, ¿qué coche tenía Tomás?

—Un Golf GTI de color negro.

—Un Golf GTI —repitió entusiasmado—. Ésos son los peores.

—¿Por qué? —me sorprendí.

—¿Sabes en qué se parecen un castillo escocés y un Golf GTI? —dijo Roc entre risas.

—Ni idea.

—Pues en que los dos tienen un fantasma dentro.

Roc se echó a reír de manera desaforada.

—Roc, por favor...

—Ni Roc ni hostias, tu cuñado puede ser un plasta de puertas afuera, pero si tiene un Golf GTI significa que quizá lleve una doble vida. Por lo que me has contado de él, le corresponde un coche familiar, y si no lo tiene será por algo —sentenció—. Tómatelo como quieras, Max, pero el blandengue del que tú hablas no encaja con un Golf GTI. ¿Han encontrado el coche?

—No.

—¿Lo ves? —Dio una palmada, como si aquello le diera toda la razón.

Se terminó lo que quedaba de whisky y dejó que Sergio Makaroff cantara una canción que hablaba de la promesa eternamente pospuesta de «empezar una nueva vida». Aquello tan repetido de «a partir de ahora iré al gimnasio, no beberé, me portaré bien»... En fin, las mentiras de todos los días.

De regreso a casa, cuando Roc y yo pasamos bajo los soportales de la plaza, noté algo distinto en el aire. Nada especial: una sombra, un matiz, como cuando presientes que se acerca un cambio de tiempo... Esa extraña sensación que indica que hay algo que no controlas, algo que intuyes pero que aún no sabes de qué va. ¿Qué estaba ocurriendo?

5

No me gusta la pasma. Aunque se maquillen cambiando el color del uniforme y les dibujen una sonrisa en la cara. Me dan mal rollo, por mucho que insistan en que han cambiado desde la democracia y que ya no tienen nada que ver con los fachas de los tiempos de Franco. Lo siento, pero no me lo trago. Tampoco me gustan las comisarías, a pesar de que últimamente las intenten renovar con diseños alejados del ambiente tétrico que las caracterizaba. Cambio de acera cuando tengo que pasar por delante de una. Por nada, por si acaso. La pasma, ¡uf!, mal rollo. No puedo evitarlo. Debe de ser una cuestión genética. O tal vez es que, cuando a uno le ha tocado correr delante de los grises, nadie lo va a convencer de que la policía es un cuerpo honorable al servicio del ciudadano. Si, como en mi caso, además de odiar las comisarías tenía que acompañar a la medio tonta de Claudia, el panorama era como para hacer lo mismo que el listo de su marido y largarse sin dar explicaciones. ¡Buen viaje!

La maldita conciencia, sin embargo, me empujó a cumplir lo que le había prometido el día anterior. La conciencia y Alba, que a las nueve de la madrugada ya estaba llamando a casa para recordarme que no me olvidara de ir a recoger a «la pobre Claudia». Una manera excelente de empezar el día. Me preparé un café con leche, encendí un porro y salí al balcón. La plaza estaba más o menos como siempre. Un montón de extranjeros —jóvenes, melenudos, de aspecto cansado— hacían cola frente a la puerta del Hostal Kabul, derrotados sobre mochilas inmensas, confiando en encontrar un lugar barato donde dormir. ¿Por qué viaja tanto la gente? Ganas de ver mundo, supongo, de romper con la monotonía del país en el que han nacido, de conocer culturas distintas... Pasan las generaciones y siempre hay nuevos mochileros dispuestos a tomar el relevo. Al otro lado de la plaza, bajo los soportales, un grupo de negros muy delgados hablaban pausadamente. El suyo era un viaje muy distinto, una huida que comportaba enfrentarse con todo tipo de peligros con tal de dejar atrás la miseria.

Cuando llegué al piso de la Diagonal, Claudia ya me estaba esperando con el abrigo puesto. Me reprendió por llegar diez minutos tarde y me dijo que me diera prisa, que teníamos que marcharnos «enseguida, que a esos lugares no se puede llegar tarde».

—¿Piensas ir así? —me censuró con la mirada, repasando de arriba abajo mis vaqueros desgastados, la camisa de flores descolorida y la vieja chaqueta de pana negra. Me había tomado la molestia, como deferencia, de recogerme el pelo en una coleta, pero mi «querida» cuñada no parecía valorarlo.

—Lo siento, pero tengo el esmoquin en la tintorería. —Esbocé una sonrisa falsa, de traidor de película.

Preferí no decir nada más, a pesar de que me moría de ganas de meterme con el conjunto de Claudia: abrigo gris de alumna de colegio de monjas, blusa blanca con cuello de puntillas, chaquetita azul marino y falda hasta las rodillas de color oscuro, plisada. Cualquiera diría que ya ejercía de viuda.

La entrada en la comisaría fue tal como me la había imaginado: patética. Policías uniformados de mirada chulesca, pasillos largos y mal iluminados, gente que hacía cola para formular denuncias, funcionarios de actitud arisca, máquinas de escribir antediluvianas y olor a cerrado... La sensación era de paso atrás en el tiempo, de retorno a las tinieblas del franquismo, a aquellos años en que quedaba clarísimo que un policía era un policía, un policía, un policía...

Tras un cuarto de hora de espera, nos hicieron pasar a un despacho, lo que me provocó una sensación de rechazo aún mayor si cabe, como si me encerraran en una celda. Puerta esmerilada, lámpara de flexo, suelo de linóleo y archivadores antiguos de puertas correderas llenos de papeles oficiales, copias, fotocopias, contracopias y recontrafotocopias, con sellos por triplicado, frases ampulosas, fórmulas caducadas y retórica barata del tipo «Dios guarde a usted muchos años»... Para redondearlo, nos asignaron un policía con pinta de chulo, el inspector González. Pasaba de los cincuenta, la barriga se le derramaba por encima del cinturón, tenía el pelo corto y grasiento, y cuando hablaba la papada se le movía como un cencerro. Masticaba chicle con exageración, olía a colonia barata y nos miraba, especialmente a mí, con la cabeza ladeada, sin ninguna intención de disimular su desprecio.

—Así que tenemos una desaparición... —dijo como si dijera: «Mira qué bien, hoy hay pollo para comer...»

—Ay, sí, mi pobre Tomás... —empezó a lloriquear Claudia.

El inspector González no la dejó seguir. Había sacado un bloc de un cajón y era evidente que no estaba dispuesto a escuchar tonterías.

—Necesito toda la información sobre el sujeto implicado —escupió, obviamente orgulloso de haber dicho «sujeto implicado»—. Hábitos cotidianos, situación económica y laboral, amistades, familiares, vicios... En fin, cualquier dato que pueda ser de utilidad para la buena marcha de la investigación.

Claudia esbozó una sonrisa nerviosa y se arrancó a hablar, mientras yo me entretenía jugando con la china de hachís que tenía en el bolsillo. Me la paseaba por los dedos y disfrutaba imaginando la cara que pondría el policía si llegara a saberlo. Si le daba por tocarme los cojones, tenía por dónde empezar.

—Tomás era un hombre muy puntual... —empezó a decir Claudia. Por una vez que tenía a alguien dispuesto a escuchar, era evidente que no pensaba dejar escapar la ocasión.

—¿Era o es? —la paró el inspector, perspicaz.

—Bueno, sí, es.

Claudia, descentrada, se detuvo para resituarse y el inspector hizo un gesto de contrariedad. Podía leerle el pensamiento: nunca aprenderíamos, era una lata tratar con aficionados como Claudia y con indeseables como yo.

Al ver que el silencio de Claudia se alargaba, el inspector optó por tomar la iniciativa y disparó una batería de preguntas, como si llenara automáticamente las casillas de un formulario. Nombre del desaparecido, fecha de nacimiento, profesión... Cuando Claudia dijo que Tomás era abogado, el inspector puso cara de interés.

—¿A qué se dedica? —preguntó.

—Tiene despacho propio y lleva asuntos de empresas muy importantes —dijo ella, hinchando el pecho—. Piense que...

—¿Tiene algún socio? —la cortó el inspector sin miramientos.

—No, trabaja solo. Bueno, tiene una secretaria, Mercè, una chica de toda confianza.

El inspector se apuntó la dirección del despacho.

—¿Cuántos días hace que ha desaparecido?

—Anteayer no vino a dormir —se animó Claudia, consciente de que era su momento estelar, sus quince minutos de fama—. Me llamó por la noche para decirme que no lo esperase a cenar porque tenía trabajo, pero me aseguró que llegaría antes de medianoche. Cuando vi que eran las doce y no llegaba, empecé a sufrir y llamé a mi hermana al Ampurdán.

Llegados a este punto, Claudia estalló en un llanto incontrolado. El inspector, sin molestarse siquiera en mirarla, continuó.

—¿No le dijo de qué se trataba? —preguntó—. ¿Qué trabajo tenía que hacer anteayer por la noche?

—Ay, perdone, inspector, pero es que... —Claudia se secó los ojos con un pañuelo arrugado y sucio; después, más serena, continuó—. No, no me lo comentó, sólo me dijo que tenía trabajo.

—¿Lo hacía a menudo?

—¿El qué?

—Lo de trabajar fuera de horas.

—Sólo muy de vez en cuando. Él intentaba ser muy organizado y...

—¿Y sabe adónde iba en esos casos?

—Ay, no, pobre de mí. Yo no me metía para nada en su trabajo, inspector. —Claudia puso ojos de merluza—. Tomás tenía toda mi confianza. Era tan meticuloso, tan atento, tan buen esposo...

Si ya pensaba que Tomás era un gilipollas, la descripción que Claudia estaba dando de él era para tenerlo aún en peor concepto. Lo único que lo salvaba era la fuga final, si se confirmaba que era una fuga. Harto de asistir a aquel espectáculo penoso, me fumé un porro mentalmente. No es lo mismo, pero funciona en situaciones desesperadas. Te relaja y tiene la ventaja de salir más barato.

—¿Cuántos años llevan casados? —preguntó el inspector.

—Diez.

—¿Hijos?

—Dos: David, de ocho años, y Mónica, de seis.

—¿Problemas en el matrimonio? —preguntó el inspector sin ninguna entonación especial, como si le preguntara qué número calzaba.

—En absoluto —aseguró Claudia—. Todo iba sobre ruedas, sin problemas.

—¿Deudas?

—¡Oh, no! Ninguna en absoluto —dijo en voz muy alta.

Claudia sonrió y me dirigió una mirada, orgullosa de su estabilidad económica, un insultante contraste con mi precariedad crónica.

—¿Jugaba?

—¿Cómo?

—Bingo, casino, póquer...

—Oh, no, no. —Claudia se llevó la mano al pecho, cada vez más patética—. De recién casados hacía quinielas, pero lo dejó.

—¿Vicios, mujeres, alcohol? —El inspector lo recitó maquinalmente y Claudia volvió a negar con la cabeza baja, como si le diera vergüenza el solo hecho de mencionarlo—. ¿Ha echado en falta ropa de él?

—No.

—¿Notó cambios en su comportamiento en los últimos días?

Parecía que iba a volver a decir que no, pero algo la hizo cambiar de opinión.

—Ahora que lo dice, inspector, tal vez sí —dijo con un deje de alarma—. Hace unos días noté que Tomás estaba nervioso y le pregunté qué le ocurría. Me dijo que no era nada, cosas del trabajo, y que no quería aburrirme. Añadió que cuando cerrara el negocio que tenía entre manos me haría un buen regalo.

El inspector abrió los ojos, repentinamente intrigado.

—¿No le dijo qué clase de regalo? —preguntó.

—Dijo que sería una sorpresa.

El regalo es que se ha largado, pensé para mí. Aquello sí que era una buena sorpresa.

A continuación el inspector preguntó si teníamos fotos del implicado y Claudia sacó dos del bolso. Se veía a Tomás en bañador: con barriga, sonriendo, con la calva bronceada.

—¿Sospecha alguna razón, por pequeña que sea, que pueda explicar la desaparición? —prosiguió el inspector mirando las fotos con desgana—. ¿Una discusión, una pelea...?

—Dios me libre. —Otra vez la mano en el pecho—. Ya le he dicho que vivíamos en perfecta armonía...

Perfecta armonía. ¡Uf!

—¿Quién era el mejor amigo de su marido? —cambió de tercio el bofio.

—Saura, un abogado que tiene el despacho junto al suyo. Iban a desayunar juntos y de vez en cuando incluso salíamos los matrimonios.

El inspector lo anotó y cuando levantó la cabeza me dirigió una mirada de arriba abajo, como si se estuviera preguntando qué hacía yo allí. Claudia, solícita, le explicó que yo era su cuñado y él me preguntó sin disimular su desprecio cómo me llamaba. Se lo dije y lo anotó: Max Riera. También anotó la dirección y el teléfono, como si me estuviera fichando. Ladeó la cabeza cuando le dije que escribía novelas y dibujaba cómics. No debía de parecerle cosa seria.

—¿Tiene alguna sospecha respecto a este caso? —me preguntó.

Negué con la cabeza mientras recordaba el folleto de Zanzíbar que había encontrado en la mesita de noche de Tomás, pero preferí no decir nada. Aquél era un asunto entre él y yo.

Volviéndose de nuevo hacia Claudia, el inspector González le dirigió unas cuantas preguntas rutinarias más. Parientes próximos, locales que frecuentaba, cómo iba vestido... Con aparente indiferencia, tomó nota de todo. Sólo cuando supo que Tomás tenía un Golf GTI que aún no había aparecido, su interés pareció despertar.

Se apuntó la matrícula, metódico. Luego se rascó el cogote con el bolígrafo, revisó las notas y, sin hacer ningún comentario especial, le anunció a Claudia que pasaría la orden de búsqueda del «sujeto implicado» y que ya la avisarían en cuanto hubiera novedades.

—¿Será pronto, inspector? —suplicó ella, impaciente, con el bolso cogido con las dos manos sobre las rodillas—. Piense que lo que estoy pasando no se lo deseo a nadie...

El inspector González torció el gesto.

—Mire, señora —le explicó sin preocuparse de mostrarse amable; el trabajo era el trabajo, y punto—. Cada año hay más de mil desaparecidos en España. A algunos los encontramos enseguida, y a otros, nunca. Además, si es él quien ha querido desaparecer...

—¿Tomás?... Él nunca lo haría.

Estábamos de acuerdo: era demasiado desgraciado para darse cuenta de la triste vida que llevaba.

El inspector dio la conversación por zanjada, se levantó y nos acompañó a la puerta.

A la salida, Claudia me propuso ir a tomar un café —«si me pinchan, no me sacan sangre», me dijo para resumir el estado en el que se encontraba—, pero me inventé una excusa para no tener que aguantarla ni un segundo más. No estaba dispuesto a escuchar otra vez lo mucho que valía su maravilloso Tomás y cuánto lo echaba de menos. Por mí, podía quedarse con aquella pieza del museo de los horrores. De todas formas, antes de separarnos, le formulé un par de preguntas. Para situarme, más que nada. La primera, pensando en lo que me había comentado Roc, intentaba saber por qué Tomás tenía precisamente un Golf GTI.

—Fue una oferta de la Volkswagen —contestó Claudia, orgullosa una vez más de su querido marido—. Él siempre había querido un coche familiar, pero cuando encontró la oferta de un Golf prácticamente nuevo dijo que nos saldría mucho más a cuenta y no lo dudó ni un segundo.

Primer *round* salvado. La ecuación propietario de Golf igual a fantasma no era tan clara en este caso. La segunda pregunta, inspirada en el folleto que había encontrado, fue si Tomás le había hablado alguna vez de Zanzíbar.

—¿Zanzíbar? Me suena de algo... —dijo, intentando recordar; pero cuando pensaba que me iba a dar la solución del lío, añadió con cara de tonta que quiere parecer inteligente—: Es un bar ¿verdad?

Le dije adiós sin aclararle de qué le estaba hablando. Si no sabía qué era Zanzíbar, que lo consultara en la enciclopedia.

6

El día se había levantado con un sol espléndido y sin problemas a la vista. Al menos no más de los habituales. Recordé una vieja canción de Rare Earth —«*I just want to celebrate another day of living...*»— y me dije que merecía la pena celebrar que la vida continuaba, que yo era un día más viejo pero que no por ello me encontraba peor y que la plaza estaba preciosa. «Hoy es el primer día del resto de tu vida», decía el viejo lema hippy, y, visto así, era evidente que lo mejor era afrontar el mundo con optimismo. Claro que otro eslogan famoso de la época decía «nunca te fíes de alguien mayor de treinta años», pero con el tiempo aprendías a desconfiar de aquello, al menos a partir del día en que cumplías los treinta y uno. Relativamente feliz, pues, y en paz con el mundo, encendí un porro, me vestí y bajé a comer algo al bar de Cipri. Sabía por anteriores ocasiones que me sentaba bien pisar aquel territorio amigo, que me ayudaba a cargar baterías.

Cipri estaba detrás de la barra, como siempre, con el pelo blanco, el delantal sucio y su eterna pose de bonachón, secando vasos que ya debían de estar desgastados de tanto restregarlos con el trapo. Las botellas llenas de polvo de los estantes y las tapas de la barra, con aquella inconfundible salsa marrón marca de la casa, atestiguaban que hacía años que el tiempo se había detenido en aquel bar que, por un extraño milagro, había conseguido sobrevivir al margen de las prisas, los problemas, la especulación y las modas de la gran ciudad.

—¿Cómo va, Cipri? —lo saludé mientras me sentaba en un taburete metálico coronado con un cojín de skay rasgado.

Cipri esbozó una sonrisa cansada, se encogió de hombros y contestó:

—Figúrate...

—¿Algún problema?

—Los de siempre... —Levantó una ceja—. ¿Te parece poco? Esta mañana ha habido un par de tirones a turistas y la policía está patrullando para evitar que haya más.

Eché una ojeada a la plaza a través de la ventana. Había un coche de la pasma cerca de la fuente y una pareja de policías paseaba barriendo los arcos con la mirada.

—Es inútil... —gruñó Cipri—. Ahora está todo tranquilo, pero cuando se marche la policía volverán los chavales de siempre a robar todo lo que puedan... El otro día, tiraron al suelo a una alemana al robarle el bolso y aún está en el hospital. Dicen que se ha roto no sé cuantos huesos... ¡No sé a qué viene tanto cuento por parte de la policía! Todo el mundo sabe quiénes son los chorizos, pero nunca los pillan... Y si por error lo hacen, a la mañana siguiente están en la calle.

—Cuidado, Cipri, te estás volviendo pesimista.

—¿Pesimista, yo? Lo que soy es realista. —Se apoyó en la barra para intentar parecer más convincente—. La verdad es que la policía está más interesada en tocar los cojones a los okupas, que al fin y al cabo no hacen daño a nadie, que en encerrar a los delincuentes. —Chasqueó la lengua contra el paladar—. Desde ayer que no me quito de la cabeza a los dos chavales okupas muertos en el incendio. Ya verás como no pillan a los culpables, no.

Cipri meneó la cabeza y me sirvió una cerveza y una tapa de choricillos y pan con tomate. Después, se olvidó un momento de los robos y de los okupas y empezó a hablar de fútbol, su tema de siempre, pero era evidente que el Barça tampoco lo tenía contento. Cipri estaba perdiendo marcha. O era quizá que se hacía viejo.

—El barrio está cambiando muy deprisa, Max —gruñó—. Demasiado. Se derriban casas de toda la vida para construir otras nuevas y cada vez hay más mala gente.

—Mala gente siempre ha habido —le recordé.

—¿Qué me vas a decir a mí? —suspiró—. En este bar he visto de todo, pero por lo menos antes había una ley de la calle que todos respetaban. Ahora, en cambio... No sé adónde iremos a parar.

Cipri siguió secando vasos con parsimonia. Me senté en un rincón de la barra mientras me comía los choricillos y me bebía la cerveza, la vista clavada en los bancos de la plaza. Unos jubilados tomaban el sol y una anciana echaba migas de pan a las palomas. Todo normal. Cuando vi a una chica que zigzagueaba en bicicleta entre las palmeras me puse a canturrear «Me han robado la mountain bike...». Roc tenía razón: aquella canción estaba bien y era pegadiza. Estuve esperando para ver si la chica se cansaba de pedalear y aparcaba la bici, pero no. Lástima, me habría hecho ilusión que algún yonqui se la robara, como en la canción, como en la vida misma.

—¿No es Alba, aquélla? —dijo de repente Cipri, indicando hacia la otra punta de la plaza.

En efecto, era ella. Andaba con Claudia colgada del brazo y todo parecía indicar que se dirigían hacia mi casa. ¿Qué estaban haciendo allí? Con sólo ver a mi cuñada tuve la impresión de que los buenos augurios del día se torcían y que un imaginario hombre del tiempo anunciaba una terrible borrasca. Pagué la cerveza y la tapa con urgencia y me despedí de Cipri.

Cuando llegué al piso, Alba ya había abierto la puerta de par en par y estaba ayudando a Claudia a entrar. Ésta, pálida y sin maquillar, ponía cara de mártir.

—Ayúdame, Max —dijo Alba al verme, mientras me endosaba una inmensa bolsa de viaje, pesada como un muerto.

—Pero...

Alba ignoró mi protesta y ayudó a su hermana a echarse en el sofá. Luego, la acomodó con un par de cojines, encendió la tele y sintonizó una telenovela infumable en la que un hombre repeinado y con bigotito de malo intentaba seducir a una pobre chica con cara de tierna e inocente, pelo lacio estilo cortina de baño, raya en medio y cinta en la cabeza.

—Voy a buscar bombones, Claudia —le dijo—. Tranquila, que vuelvo enseguida.

La detuve cuando ya estaba en la puerta.

—¿Se puede saber adónde vas? —le pregunté con voz firme.

—A comprar bombones.

—Pero ¿te has vuelto loca? ¿Qué pretendes trayendo a tu hermana aquí?

—No seas inhumano, Max —dijo, poniendo cara de alma caritativa—. ¿Acaso no ves que está hecha polvo?

—Pero ¿por qué la traes precisamente a mi piso? —protesté—. ¿Por qué no se queda en su palacete de la Diagonal?

—Necesita cambiar de aires, Max. —Alba adoptó aquel tono didáctico que tanto odio—. ¿Es que no lo entiendes? El psicólogo dice que para ella es horroroso despertarse cada día en el mismo piso que compartió con Tomás. Todo lo que hay allí le recuerda a su marido. Es una tortura para ella.

Pensé en las figuritas de Lladró y en los cuadros de caballos alados. Con Tomás o sin él, aquel piso era una pesadilla, seguro.

—¿Y por qué no te la llevas a tu casa, al Ampurdán? —sugerí—. Allí cambiará radicalmente de paisaje, tendrá prados verdes, puestas de sol, lechugas, coles, tomates, pollos...

—Qué más quisiera yo, Max... —suspiró—, pero Claudia no puede estar tan lejos de sus hijos.

—No me digas que también vendrán aquí esos dos monstruos —dije, asustado. Mónica y David eran de esos típicos niños repelentes que tienen la particularidad de encantar a todas las abuelas y de ponerme a mí de los nervios.

—Tranquilo, que el mundo no te caerá encima, Max. —Alba me dirigió una mirada asesina—. De momento, los niños están con la madre de Tomás, que ha decidido hacer de tripas corazón.

—¿Y cuántos días piensa quedarse aquí la marmota de tu hermana?

—Max...

—Muy bien, muy bien, ya me callo. —Me calmé—. Pero ¿de verdad crees que puedo trabajar teniendo ese fantasma por la casa y oyendo todo el día culebrones penosos y programas de cotilleo de fondo?

—No nos engañemos, Max —dijo con una cantinela cargada de ironía—, tampoco trabajabas mucho antes.

—Déjate de chorradas. —Subí un par de grados el tono de la protesta, procurando mostrarme convincente—. Te lo digo de verdad: necesito concentración, silencio, calma.

Alba soltó unas palabras incomprensibles, revolvió en su bolso y sacó un llavero con un ridículo miniosito de peluche con cara de bobalicón que sólo podía ser de Claudia.

—¡Toma! —Me pasó las llaves—. Instálate en el piso de mi hermana. Allí podrás trabajar tranquilo.

—¿En ese ambiente tan cursi?

—Max...

Lo medité unos segundos. Visto el panorama, tal vez no era tan mala idea. Mi piso, con Claudia lloriqueando todo el día frente al televisor, se convertiría en un auténtico infierno. En la Diagonal, en cambio, tendría que vivir en medio de una decoración hostil, pero por lo menos no tendría que aguantar a la tonta de Claudia.

—Muy bien, de acuerdo. —Cogí las llaves de un zarpazo—. Me voy para allá ahora mismo.

Embuché un par de mudas en una bolsa y puse en una carpeta dibujos, libretas y libros que tenía esparcidos sobre la mesa del comedor.

—¿Te vas, Max? —dijo Claudia, apartando por un momento los ojos de aquel televisor que parecía abducirle la mirada.

—Sí, a tu casa, reina —la pinché.

—¿Quéé? —Abrió los ojos como naranjas.

—Es justo, ¿no?, querida cuñada. —Aproveché que Alba no estaba para cantarle la verdad—. Tú ocupas mi piso y yo ocuparé el tuyo.

Claudia intentó impedirlo a la desesperada, pero Alba, que en aquel momento regresaba con unas cajas de bombones y una docena de Coca-Colas light, le explicó las poderosas razones del intercambio. Para acabar de convencerla, añadió que yo regaría sus plantas todos los días. Dudo que Claudia quedara muy convencida, pero acabó aceptándolo muy a pesar suyo.

—Sobre todo no toques nada, ¿eh, Max? —gritó cuando yo ya estaba en la puerta—. ¡Y no fumes droga!

No fumes droga... Antigua, más que antigua. Lo primero que haría cuando llegara a su piso sería encender un porro del calibre 22 a su salud. Y me lo fumaría en el salón, para que se impregnara de olor a marihuana. Y cuando terminara de fumar, lo apagaría en una figurita de Lladró y dejaría la colilla durante unos días sobre la falda de la pastorcilla ridícula, a ver si así aprendía algo de la vida.

Mientras caminaba por las Ramblas pensé que, si tuviera dinero, aquél sería un buen momento para volar a Zanzíbar, muy lejos de Barcelona. Ahí os quedáis, invasores de pisos, yanquis de estar por casa; ahí os quedáis, lloronas de cine de barrio... Cargado de rabia y de proyectos, fui a un cajero automático y consulté mi cuenta corriente. Bueno, llamarlo cuenta corriente ya es una ironía. Tenía números rojos, como casi siempre. Para echarse a llorar. Cualquier día, en lugar de darme el papelito con el extracto de mi miseria, el cajero automático me escupiría a la cara y me diría que no hacía falta que me acercara nunca más.

7

El piso de Claudia estaba más o menos como siempre: impoluto y ordenado. Demasiado impoluto y demasiado ordenado. O, mejor aún, asquerosamente impoluto y asquerosamente ordenado. Como si allí nunca hubiera vivido nadie. A veces tenía la sensación de que aquel piso era pura realidad virtual. Fui directamente a la nevera y destapé la botella de champán número tres, la que Tomás guardaba para Navidad. Al fin y al cabo, si no se daba prisa en aparecer y en dar una explicación convincente, no creo que Claudia estuviera para muchas celebraciones... Me llevé una copa y la botella al salón y me instalé en el enorme sofá *made in Hollywood*. Una atenta mirada alrededor —muebles recargados, ficus de hojas lustradas, figuritas cursis y cuadros horteras— me convenció de que lo mejor que podía hacer era concentrarme en lo que llaman «la rica mirada interior». Encendí un porro transgresor y, para humanizar aquel territorio inmaculado y hostil, dejé caer la ceniza sobre el parquet con un gesto displicente.

Empezaba a sentirme cómodo —tenía los ojos cerrados y los pies sobre la mesa de cristal llena de revistas del corazón— cuando sonó el teléfono.

—Tenemos un problema —me anunció Alba—. La madre de Tomás no puede quedarse con los niños. Lo hará a partir de mañana, pero hoy le resulta imposible.

—¿Y eso qué significa? —pregunté con la boca pequeña, negándome a pensar por mí mismo.

—Pues que tendrás que ir a buscarlos tú.

—¿Yo? —protesté; sólo me faltaba hacer de niñera—. Pero si estoy trabajando.

—Hazlo por mí, Max —me suplicó Alba en plan meloso—. Claudia se ha quedado dormida por culpa de los calmantes, yo tengo trabajo... Sólo quedas tú.

—Joder, Alba. Justo ahora que estaba dibujando y en racha...

—Sólo serán unas horitas, Max. Vamos... Te los llevas a casa y sigues dibujando como si nada.

—¿Me estás diciendo que encima los tengo que traer aquí?

—Claudia está fuera de juego. ¿Qué quieres? ¿Dejarlos tirados en la calle?

—Pues no me parece mala idea —dije—. Así aprenderían de qué va la vida.

—Max... —Noté que Alba se ponía tensa al otro lado del teléfono—. Es una emergencia y tú eres el único que puede solucionarla. Ya verás como no te molestan... Se pondrán a hacer los deberes y te dejarán dibujar en paz. Vamos, date prisa, que salen a las cinco.

Sentí que me invadía un sudor frío cuando Alba colgó. Miré el reloj de pared, una cursilada cargada de detalles dorados y con un montón de angelitos a ambos lados. Eran las cuatro y media. No podía entretenerme.

El colegio de los niños era un centro privado y religioso de la parte alta de la ciudad, con un gran jardín, instalaciones deportivas de lujo y un edificio monumental presidido por una torre con reloj. La puerta de entrada estaba llena de adolescentes con motos, niños maleducados y uniformados y madres que los esperaban alrededor de aparatosos cuatro por cuatro. Localicé a mis dos sobrinos en un banco cerca de la entrada. Iban tan limpios y bien peinados que no parecían niños.

—Vamos —les dije—. Hoy os venís conmigo.

—¿Y mamá? —preguntó David, sin acabar de fiarse.

—Ha ido al médico.

—¿Papá sigue de viaje?

—Sí —contesté mientras empezaba a pensar que el principal objetivo de su repentina desaparición no era otro que joderme bien jodido.

—¿Adónde ha ido?

—Lejos.

—¿Cómo de lejos?

—Muy lejos.

—¿Más lejos que Lloret?

—Sí.

—¿Más lejos que París?

—Síii...

—¿Cómo de lejos?

—¡Basta! —grité—. ¡Tu padre se ha ido lejos y basta!

Detuve el interrogatorio con un gesto autoritario. No pensaba permitir que aquel par de mocosos se me subiera a las barbas.

Cuando llegamos al piso, decidí encerrarme lejos del peligro. Avisé a los niños de que tenía trabajo, los planté frente a la tele y me puse a dibujar en el despacho de Tomás. No era el lugar ideal, por supuesto, más bien parecía un espacio creado a propósito para eliminar cualquier mínimo indicio de creatividad, pero no podía elegir.

Estuve un buen rato intentando dibujar algo aprovechable, pero estaba claro que no tenía el día. Después de un estudio a fondo de las circunstancias ambientales, vi con claridad que mi falta de concentración se debía a dos cosas: a un diploma de licenciado en Derecho a nombre de Tomás Miralles colgado en el centro de la pared, y a una foto de la promoción de la facultad de Derecho. Aquello era demasiado para mí. Estuve estudiando a los alumnos uno a uno, intentando encontrar algún rasgo humano en su actitud distante, pero acabé desistiendo y colgando la chaqueta encima para evitar verlos. A continuación, encendí un porro para animarme y empecé a dibujar la silueta de una mujer negra paseando por una calle de la Ciudad de Piedra, en Zanzíbar.

Parecía que finalmente había encontrado la inspiración cuando se oyeron dos golpecitos en la puerta y asomaron las cabezas de los dos niños.

—Aquí no se puede fumar —me dijo de entrada David con voz de censor oficial—. Papá no lo soporta. Dice que el tabaco apesta y trae enfermedades.

—Tranquilo, que esto no es tabaco.

—¿Y qué es?

Expulsé una bocanada de humo y les dije que dejaran de hacer preguntas y que volviesen a ver la tele.

—Se han terminado los dibujos —dijo Mónica.

—¿Y qué ponen ahora?

—Una serie de policías.

—Pues a verla.

—Papá no nos deja —dijo David—. Dice que es demasiado violenta.

—Es igual. Hoy es un día especial y podéis verla —sonreí—. El tío Max os da permiso.

—¿Qué día es hoy?

—El Día de las Series Violentas, instituido por la ONU para evitar que los que las hacen se mueran de hambre por culpa de los padres demasiado escrupulosos —improvisé—. Venga, fuera, que tengo trabajo.

—¿Y los deberes? ¿Cuándo haremos los deberes?

—Después.

—Después será tarde.

—Pues hacedlos ahora.

—Nos tienes que ayudar.

—¿Yo? —Me reí sólo de pensarlo—. ¿Por quién me habéis tomado?

—Papá siempre lo hace, y como él no está...

—Ahora no puedo, tengo trabajo —dije, taxativo.

—¿Trabajo? —El niño puso la misma cara de asco que su padre—. ¿Desde cuándo dibujar es un trabajo?

—Pues, mira por dónde, pequeño monstruo —dije a punto de perder los estribos—, dibujar es bastante más creativo que pasarse horas en un despacho de abogado contando dinero o resolviendo casos estúpidos.

Los eché sin contemplaciones, «castigados» a ver la serie violenta, e intenté seguir dibujando. Imposible. Había perdido la concentración y no conseguía volver a encontrarla. La culpa era de aquel ambiente horripilante. Echaba de menos la plaza Real, las palmeras, el bar de Cipri... Empecé a revolver los cajones para distraerme. Todo estaba tan racionalmente ordenado que daba asco. Lápices, sacapuntas, folios, compás, gomas... Seguro que en la escuela Tomás era de esos que no dejan la goma a nadie, de los que dicen: «Trae la hoja, que ya te lo borraré yo...» Cambié algunas cosas de sitio, sólo para romper el orden establecido, y cuando pensaba que no iba a encontrar nada interesante, localicé en un cajón unas cuantas carpetas amontonadas. La mayoría estaban llenas de papeles oficiales que a primera vista me parecieron sin interés. Y juraría que también a segunda vista, y a tercera... Pero en la última carpeta había cuatro fotos que me llamaron la atención. Eran todas de gente joven, de aspecto alternativo, y parecían hechas de lejos, desde una posición alta. ¿Qué tenían qué ver aquellas fotos con el trabajo de Tomás?

Mientras las estaba repasando una a una, sonó el timbre y fui a abrir. Estaba convencido de que sería algún vecino que iba a darme el coñazo sobre el pobre Tomás, pero me equivoqué: era el inspector González. Sudaba como un cerdo y le temblaba la papada, pero a pesar de ello no se quitó la gabardina. Debía de pensar que le daba más aire de policía.

—¿No está la señora Miralles? —me preguntó de entrada, insinuando que conmigo no tenía ni para empezar.

—No está —le informé—. Sólo estoy yo con mis sobrinos.

—Los hijos del implicado, ¿no? —dijo, dándoselas de entendido.

Asentí y lo hice pasar al salón. Los niños estaban allí, con los ojos muy abiertos, atentos a un espectacular intercambio de tiros, de esos que hacen saltar la pintura de los coches y provocan una lluvia de cristales, muertos y ríos de sangre.

—Buena serie, sí, señor —aplaudió el policía.

—Pues mi padre dice que es demasiado violenta —saltó David.

El inspector me miró con actitud escéptica e indicó a los niños con un movimiento de cabeza. Me di cuenta de lo que quería decir —la ropa tendida molesta— y los mandé a su habitación.

—Vamos, a hacer los deberes.

—Pero ¿no es el Día de las Series Violentas? —se quejó David.

—Venga, vete ya, mocoso.

Obedeció sin quejarse. Otra cosa no, pero obedientes eran.

—¿Hay alguna novedad? —pregunté, ya sin niños a la vista.

—Sí y no —el inspector torció el gesto.

Me dirigió una mirada que supuse que quería ser de complicidad y, observando el salón, me explicó en tono profesional:

—He venido para examinar el escenario en el que se movía el sujeto implicado. Por lo que veo, el tipo no vivía del todo mal. ¿Le importa si echo una ojeada?

—Usted mismo.

El inspector curioseó un rato por la casa, admiró las figuritas de Lladró y revolvió la habitación y el despacho de Tomás sin encontrar nada que le llamara la atención. Cuando volvió al salón, se sentó en el sofá y encendió un puro de un palmo. Me gustó que lo hiciera: aquello contribuiría a apestar aún más el ambiente.

—Iré al grano. —Se arrellanó en el sofá con cara de sapo—. ¿Sabe si el sujeto implicado tiene enemigos?

—No que yo sepa —contesté, negando con la cabeza.

—¿Alguien que pudiera hacerle chantaje?
—No.
—¿Deudas?
—Él siempre decía que le gustaba pagar «religiosamente».

El inspector González se frotó la barbilla con fruición y provocó que la papada se le moviera como un cencerro. Pareció que iba a hacer algún comentario, pero acabó mordiéndose la lengua. Tuve la impresión de que me escondía algo.

—Llámeme si hay alguna novedad —me dijo mientras se levantaba para marcharse—, por pequeña que sea.

Le dije que así lo haría y volví al despacho de Tomás, totalmente desconcertado.

No pasó mucho rato sin que los niños asomaran la cabeza y me preguntaran quién era aquel hombre sudado.

—Un policía —les dije la verdad.
—Anda, no —dijo Mónica—, los polis llevan uniforme y pistola.
—Ése no.
—¿Por qué?
—Porque no.
—«Porque no» no es ninguna respuesta —dijo David—. Papá siempre lo dice.
—Pues a partir de hoy, «porque no» pasa a ser una respuesta válida.
—¿Por qué?
—Porque sí.
—«Porque sí» no es ninguna...
—Basta. —Golpeé la mesa con la palma de la mano—. Si vais a seguir así os mando a la cama.

—Pero si aún no hemos cenado —se quejó Mónica.

Tenía razón. Los tres fuimos a la cocina, saqué lo que quedaba de tortilla de patatas y lo acompañé con un par de rebanadas de pan con tomate.

—¡Puaj! —Mónica puso cara de asco—. Los jueves mamá nos hace macarrones y barritas de pescado.

—Pues hoy es un día especial.

—Ya lo has dicho, el Día de las Series Violentas.

—Y también el Día Internacional de la Tortilla de Patatas. Hoy todo el mundo tiene que comer tortilla de patatas. Si no lo haces, te pueden encerrar en la cárcel.

Acabaron comiéndose la tortilla y, después de quejarse un buen rato, se fueron a la cama. No, no se tenían que bañar, porque casualmente era el Día Mundial de No Bañarse. Oh, sí, lo hacían para ahorrar agua. Y no, el tío Max no era como papá, el tío Max no contaba cuentos, entre otras cosas porque aquél era un día especial, el Día Sideral Sin Cuentos. La Unesco lo había establecido para que los personajes como Blancanieves y la Cenicienta pudieran tener un día de descanso. El tema no era para tomárselo a broma: los siete enanitos incluso habían amenazado con ir a la huelga si no se respetaba aquel día. Mónica y David pusieron cara de no estar de acuerdo en absoluto, pero acabaron conformándose.

Un rato después era yo el que caía rendido en el sofá, sin fuerzas para arrastrarme hasta la cama. Acababa de descubrir que tratar con niños era bastante más duro que dibujar. Y, probablemente, que trabajar. Mientras me dormía estuve pensando en las fotos de la carpeta de Tomás y en la visita del inspector. ¿Qué significaba aquello? ¿Por qué se estaba liando todo? Antes de que se me ocurriera una explicación razonable se me cerraron los ojos y me encontré soñando con unas pastorcillas de porcelana de faldas vaporosas y mejillas rosadas que hacían el amor desenfrenadamente con un payaso enamorado y lascivo que llevaba la marca de Lladró grabada en el culo.

8

Me gusta, cuando hace sol, andar junto a la orilla del mar por el paseo de la Barceloneta, tal vez porque me produce una sensación contradictoria, medio urbana y medio marinera. Me hace sentir de algún modo como si estuviera engañando a la ciudad, como si consiguiera cruzar una puerta invisible y asomar la cabeza a otro mundo. A un lado hay un barrio popular, con calles estrechas, casas bajas, olor de mar y ropa tendida, con restaurantes en los que se come buen pescado, camareros que tientan a la gente con promesas de comidas fabulosas («¡el mejor arroz de la ciudad!», «¡las mejores gambas del mundo!»), gatos famélicos, gente que se busca la vida y coches que circulan dejando atrás un rastro de humo y de indiferencia. Al otro lado está el Port Vell, un mar cerrado, de pago, lleno de yates tapados a la espera del verano, con las velas plegadas y las puertas atrancadas, como una promesa de sueños a plazo fijo. Por estos muelles ya no se ven contenedores, ni grúas ni descargadores; tan sólo chicos haciendo equilibrios con el *skate* o paseando perros en un ambiente diseñado para el ocio, viejos tomando el sol, grupos de escolares alborotados y turistas sudando a chorros mientras miden sobre un mapa lo que aún les queda para llegar a la tierra prometida de la playa. Al fondo, entre un bosque de mástiles, se entrevé Barcelona, una ciudad situada en un escenario de libro, limitada por el mar Mediterráneo, dos ríos —el Besòs y el Llobregat— y dos colinas —Montjuïc y el Tibidabo—. En medio, la efervescencia de los distintos barrios da identidad a una aglomeración que se insinúa desde el Port Vell, mostrando la mejor postal de la ciudad: las elegantes fachadas del paseo de Colón, las palmeras de diseño, la estatua de la Mercè, en la parte más alta de la iglesia, la cicatriz de la Vía Laietana, la aguja de la catedral, los campanarios de Santa María del Mar y la estatua de Colón que baila por encima de los tejados y azoteas. Sólo falta algo de Gaudí y una camiseta del Barça para hacer feliz a cualquier turista.

Giré a la izquierda al final del paseo. Quería ver la playa, la arena blanca, las olas, el azul del mar, las palmeras... No es precisamente Zanzíbar, pero tampoco está tan mal. Quería ver el punto exacto en el que la playa se encuentra con la ciudad, el punto donde, no hace muchos años, antes de los Juegos del 92, estaba el laberinto de barracas que conformaban los chiringuitos populares, con Bernardo tocando la guitarra de mesa en mesa, la Mary cantando los platos del menú y un fotógrafo ambulante disparando el flash contra las parejas dispuestas a comerse una paella. Es una lástima que aquel calor popular se sacrificara a los dioses de la modernidad, pero... el tiempo pasa, la ciudad cambia, las generaciones se superponen. En el lugar de los chiringuitos, por obra y gracia de los Juegos, hay ahora una larga playa de arena dorada, los rascacielos del puerto Olímpico al fondo y la escolta discreta de unos edificios ya viejos y desconchados que no saben cómo ponerse para ejercer de nueva fachada marítima.

El restaurante La Magrana está situado a dos pasos de la playa, en un callejón de la Barceloneta que aún conserva aires pescadores y menestrales. Es un lugar secreto que, por alguna extraña carambola urbanística, ha sobrevivido al margen de la modernidad y conserva intacto el encanto de los viejos tiempos. Es pequeño y agradable, con una puerta repintada mil veces de color marrón, vigas de madera, mesas puestas con manteles de cuadros de colores rojo y blanco, botellas alineadas y una barra de mármol que parece que sólo sirva para que su propietario, el señor Josep, se apoye en ella para mirar el televisor permanentemente encendido. Vi a Roc en cuanto entré. Estaba sentado a la mesa del fondo, con una cerveza y unas aceitunas frente a él. Gesticulaba y gritaba. Es decir, hacía el notas, como casi siempre. A su lado estaban sentados Agustí y Lluís, dos de sus compañeros del periódico. Agustí —alto y bien parecido, pelo muy corto y mirada clara— era un maestro de la fotografía periodística que jamás se separaba de su Leica. Lluís, por su parte, tenía todo el aspecto de un marinero en excedencia que trabajaba como periodista mientras no pudiera hacerse a la mar, su auténtica pasión.

—Al final, lo único seguro es que nos darán a todos por el culo —estaba filosofando Roc, muy en su estilo, cuando me senté a la mesa.

Hablaban de periódicos, de cómo se había ido perdiendo el ambiente de las redacciones de antes y de cómo los viejos periodistas se sentían cada vez más una especie en extinción. Me desentendí del tema y pedí una ensalada y conejo con cebolla. Para beber, vino con gaseosa. Cuando llegó el primer plato, Roc ya había dejado a un lado la reivindicación del periodismo clásico y se había pasado a uno de sus temas favoritos: las mujeres. Hablaba de las de ahora, de las de antes, de las de la vida real, de las del cine, de las accesibles, de las inaccesibles...

—Nunca diríais lo que me ha dicho hoy Ana mientras desayunábamos. —Roc nos miró atentamente uno a uno, como si quisiera asegurarse de que no nos íbamos a reír, y continuó—. Se le ha metido en la cabeza adoptar a una niña.

—¡¿Una niña?! —exclamé. Sólo pensar en los niños de Tomás que me había tocado aguantar el día anterior se me ponía la carne de gallina.

—Sí, una niña china —dijo Roc, abatido.

—¿Y por qué precisamente una chinita? —pregunté, intrigado.

—Dichoso tú, Max, que no lees los periódicos y que vives perpetuamente exiliado en el cielo de los hippies —contestó Roc con un suspiro mirando al techo—. Lo que ahora se lleva es adoptar chinas. Los trámites son sencillos y hay muchas, porque en China los padres se quedan a los niños y a menudo rechazan a las niñas.

—¿Y tú no...? —intervino Agustí, que, superada la sorpresa inicial, apenas podía contener la risa.

—Yo, nada de nada —dijo Roc, seco—. Cuando me lo ha dicho, lo único que ha conseguido es que me atragantara con el cruasán. ¡Es que tiene cojones! Ana y yo nos hemos pasado años diciendo que nuestra decisión de no tener hijos era libre, compartida y consciente. Éramos unos no-padres la mar de responsables. ¡Ja!

—soltó una risa sarcástica—. Pues resulta que ahora, pasados los cuarenta, Ana me sale con que quiere adoptar una niña. No te jode...

El panorama era en efecto inquietante, pero la cara de Roc, como si acabara de caerle el mundo encima, invitaba descaradamente a la risa. De pronto, sin podernos aguantar más, todos nos echamos a reír abiertamente.

—Reíd, reíd, que algún día os tocará a vosotros. —Nos dirigió una mirada asesina—. Esto es como una epidemia y yo soy sólo la primera víctima.

—O tal vez te pase como a Woody Allen —dijo Agustí—. La dejas crecer unos años y te casas con ella cuando ya esté hecha. Piensa que es una buena cantera para el relevo generacional.

Roc contestó con un gruñido que nos convenció de que era mejor no seguir pinchándolo. Cuando Agustí, con la intención de romper el hielo, sacó la Leica para hacernos una fotografía, me acordé de que tenía en la carpeta las fotos encontradas en el despacho de Tomás.

—Toma, nen, un regalo —dije, pasándole las fotos a Agustí.

—Te conozco bien, Max —se rió él mientras las cogía—. Los viejos hippies como tú sólo regaláis barritas de sándalo o botellitas de pachulí. Dime, ¿qué quieres?

—Quiero que las mires y me digas qué opinas.

Mientras examinaba las fotos, Agustí comentó que era evidente que estaban hechas con teleobjetivo desde una posición elevada.

—Tienen mucho grano —añadió—, lo que quiere decir que las han ampliado mucho. Seguro que las han hecho a escondidas.

Todos les echaron una ojeada y cada uno hizo su comentario. Para Lluís, lo que se veía al fondo era una calle de Gracia; la reconocía por los adoquines y por las fachadas de las casas, pero no sabía precisar cuál; Agustí dijo que los jóvenes de las fotografías tenían aspecto de alternativos y Roc se fijó en que algunos de ellos lucían símbolos okupas cosidos al jersey o pegados en los pantalones.

—¿Por qué te interesan tanto? —me preguntó Lluís.

Les conté a todos lo que Roc ya sabía: la desaparición de Tomás y la ausencia total de noticias.

—Las fotos las tenía mi cuñado en su casa —añadí—. No sé, pienso que, tal vez tirando de este hilo, pueda encontrar alguna pista.

Roc aprovechó la ocasión para llevar el agua a su molino.

—Así me gusta, Max, que me hagas caso y te pongas a investigar —me dijo en tono paternalista, con el brazo en el hombro—. Seguro que no te arrepentirás. —Después, volviéndose hacia los otros, añadió con admiración—: Tenemos que reconocer que este Tomás los tiene bien puestos. Ha hecho lo que querríamos hacer todos. Un buen día ha decidido no volver a casa, ha cogido un avión con una ratita y adiós.

—Yo haría lo mismo, pero cambiando el avión por el barco —suspiró Lluís.

—Lo que no entiendo es por qué Tomás no le ha dicho nada a su mujer —reflexioné, volviendo al tema que me preocupaba—. Me parece muy bien que quiera largarse, pero me extraña que se lo escondiera a Claudia. Los dos son unos gilipollas insoportables, de acuerdo, pero son dos gilipollas muy unidos.

—Tú mismo, Max. —Roc volvió a su monotema—. Aunque no te lo creas, este tío se ha ido con otra y, claro, no es fácil llamar a la propia y decirle: «Mira, Claudia, te llamo para decirte que me voy con una más joven y más guapa que tú. ¿Verdad que lo entiendes, cariño? No es nada personal, son sólo cosas que pasan.»

Justo en aquel momento la televisión empezó a informar sobre la casa okupa que se había quemado en Gracia. Le pedimos a Josep que subiera el volumen y callamos para escuchar lo que decían. Todo era muy trágico, muy triste. Mientras se veía a un bulldozer que maniobraba para retirar los cascotes, en un recuadro apareció la foto de los dos chicos muertos en el incendio. Uno de ellos se llamaba Marc y tenía veintitrés años. Según explicó una voz en off, hacía más de un año que vivía en la casa okupa; el otro se llamaba Igor, tenía diecinueve y había llegado a la casa hacía sólo una semana.

—Es una putada —murmuró Agustí—. Morir tan joven...

—Lo que más me jode es que no pillarán a los que lo han hecho —se lamentó Roc, con los puños cerrados—. Dos chicos muertos y los culpables seguro que van por el mundo como si nada hubiera ocurrido.

—¿Se sabe quién puede haber sido? —preguntó Lluís.

—Se rumorea que hay un skin detenido, pero no hay confirmación oficial —explicó Roc—. Cualquiera diría que no les interesa encontrar a los culpables. Los skins hacen el trabajo sucio y a los que mandan ya les vale.

Estuvimos un buen rato callados, como si sobraran las palabras frente a la desgracia de la muerte. Finalmente, Roc rompió el silencio para volver a las fotos y sugerirme una posible vía de investigación.

—Yo de ti, iría a Gracia y enseñaría las fotos a los okupas del barrio —me aconsejó—. Quizá alguien reconozca a los que salen y te pueda ayudar. —Pensó un rato y añadió—: Lo mejor será que vayas a Kan Gamba, en la calle Verdi, y preguntes por Jordi Vila. Es un histórico de los okupas, a pesar de que sólo tiene treinta años. Es un buen tío. Le puedes decir que vas de mi parte.

—Y si hay alguna okupa chinita que esté de buen ver piensa en avisar a Roc —comentó Agustí, riéndose.

Roc lo mandó a la mierda, los otros se echaron a reír y, mientras esperábamos los cafés, me apunté mentalmente que iría a Gracia al día siguiente por la mañana. Como estaba en la Barceloneta, aquella tarde me apetecía hacer el lagarto y tenderme al sol en la playa. Sin prisas. «*California dreaming...*»

9

En cuanto salí de la estación de metro de Fontana me di cuenta de que la noche había sido movida en Gracia. Era como el escenario después de la batalla: cajeros automáticos quemados, cabinas de teléfonos arrasadas, contenedores de basura convertidos en montones de plástico fundido, escaparates destrozados y cristales rotos por todas partes. En una esquina se había formado un grupo que comentaba lo ocurrido. Agucé el oído. Una mujer ya mayor, con un pañuelo blanco en la cabeza y el rostro rojo de indignación, explicaba que el ruido de la noche le había traído a la memoria los años de la guerra.

—Se oían estallidos que eran como bombas —repetía sin podérselo creer—. Ha sido horroroso, horroroso...

Por lo que pude oír, todo había empezado cuando un centenar de okupas se habían manifestado por la calle mayor del barrio en protesta por el incendio. Pedían que alguien pagara por la muerte de sus dos compañeros. La marcha se había desarrollado sin incidentes, con pancartas que proclamaban que ocupar es un derecho y con gritos a favor de la libertad y en contra de la especulación. Pero, ya tarde, cuando los manifestantes se dispersaban, unos chicos con la cara tapada con pasamontañas habían empezado a romper escaparates y a lanzar piedras y cócteles molotov contra la policía. Ésta no tardó en contraatacar, primero con botes de humo y después con balas de goma y cargas desproporcionadas. Hasta las dos de la madrugada se había desatado una auténtica batalla campal por las calles de Gracia. Tiros, carreras, confusión, gritos, detenciones, peleas...

—Entre los unos y los otros han roto todo lo que han podido y más —se quejó un hombre que llevaba un delantal de carnicero y la preocupación muy marcada en el rostro.

Un joven muy delgado, vestido de negro, recordó que la manifestación había sido pacífica y que nadie conocía a los provocadores que habían actuado al final.

—No me extrañaría que los que lo han roto todo fueran policías camuflados —concluyó—. Ya ha ocurrido otras veces. Quieren cargar toda la culpa de la violencia a los okupas y poner a la gente del barrio en contra.

Siguió una discusión con opiniones divididas y, al ver que no paraban de dar vueltas a lo mismo, opté por seguir calle mayor abajo. La destrucción, por lo que se veía, había sido importante. Unas mujeres barrían los restos esparcidos frente al McDonald's e intentaban borrar el rastro de la batalla; en una oficina de la Caixa unos operarios retiraban lo que quedaba de una luna inmensa, mientras otros se preparaban para colocar otra nueva; en la esquina con Travesera la grúa se llevaba un coche quemado y un guardia se esforzaba por controlar el tráfico en lugar de un semáforo destrozado.

Giré por Travesera de Gracia y enseguida me encontré en el corazón del barrio: callejones estrechos con aceras mínimas, casas bajas, coches que maniobraban con dificultad y una plazoleta que se abría de vez en cuando para dar paso a un explosión de luz y a algunas terrazas de bar. La plaza del Sol, la del Reloj, la del Diamante... eran como oasis de paz en medio de aquel barrio comprimido.

Andaba sin ni siquiera hacer el esfuerzo de pensar por dónde iba. Avanzaba zigzagueando por las calles de Gracia, huyendo del ruido de los coches, hasta que me di cuenta de que el azar me había llevado a la plaza del Sol entrando por la calle Planeta. De pronto, me sentía como si estuviera flotando en el espacio sideral. Hacía una temperatura agradable y lo celebré sentándome un rato en la plaza del Sol. Tenía ganas de recuperar el paisaje de la infancia, de hacer las paces con el barrio, pero la plaza era ahora mucho más dura de lo que la recordaba. Un parking subterráneo se había llevado buena parte del encanto, y el perfil de los edificios, lejos de ser uniforme, se había visto alterado en los últimos años por culpa de los típicos desastres urbanísticos de Barcelona. El resultado era una línea de cielo irregular, formada por un conjunto de casas de distintos colores, distintos estilos y distintas alturas, ni viejas ni nuevas, ni altas ni bajas, con fachadas que alternaban los esgrafiados elegantes con las barandillas de hierro fundido y la mezquindad del ladrillo. Tuve la sensación de que todo era un sálvese quien pueda que traicionaba el espíritu del barrio que yo había conocido de pequeño. No les faltaba razón a los okupas cuando decidían combatir la especulación ocupando casas vacías e intentando inventar una nueva forma de vida. Se tenía que rehumanizar la ciudad, devolver las pelotas a las plazas y descubrir la playa bajo los adoquines, como decían los del Mayo del 68.

Cuando estuve lo suficientemente empapado de nostalgia del barrio, me acerqué hasta la calle Verdi. No me costó encontrar Kan Gamba. Era una casa de dos pisos de las muchas que se hacían en Gracia a principios del siglo XX, con ventanas con rejas en la planta baja, un gran balcón en el primer piso y una azotea con ropa tendida en la que ondeaba una bandera negra con una gran A de color rojo en el centro. Tanto el balcón como la azotea estaban protegidos por unas barricadas de artesanía, construidas con viejos somieres, vallas robadas y señales de tráfico. Se hacía raro pensar en el contraste radical que había entre la vida burguesa que durante muchos años había albergado aquella casa y la vida alternativa que ahora acogía. Los muñecos de formas y colores psicodélicos pintados en la fachada, con una gran gamba de antenas afiladas como símbolo, y las pancartas que colgaban de las ventanas indicaban a las claras que aquélla era una casa ocupada. O, mejor dicho, «okupada», con k de «okupa», ya que, por lo visto, aquella rebelión afectaba también a la ortografía. Por esta sencilla regla de tres, Can Gamba se había convertido en Kan Gamba.

Llamé a la puerta de madera y, desde detrás de las rejas de una ventana, una chica me preguntó qué quería. Me llamó la atención la fuerza de su mirada; tenía unos ojos negros como el carbón, unos labios carnosos y el pelo muy corto teñido de un rojo intenso. Cuando le pregunté por Jordi Vila, desapareció sin decir nada hacia el interior. Un par de minutos después volvía para decirme que Jordi no estaba.

—¿Cuándo puedo encontrarle? —le pregunté.

—Más tarde —contestó, haciendo una mueca de indiferencia.

—Quizá puedas ayudarme —probé suerte—. Verás, es que...

—¿No serás de la pasma? —me cortó, dejando muy claro que, en caso de serlo, sería mejor que me largara.

—¡No! —me reí—. ¿Tengo cara de serlo?

—La verdad es que no —admitió después de estudiarme de arriba abajo, como si estuviera dándome una mano de pintura barata—, pero últimamente los muy cerdos se disfrazan de lo que sea para infiltrarse entre nosotros. Hemos tenido policías de aspecto punky, heavy e incluso hippy, más o menos como tú...

—Yo no soy policía. —Exhibí una sonrisa digna de san Francisco—. Por si te sirve de algo te diré que siempre he odiado a la pasma.

—¿Y qué es lo que quieres? —me preguntó sin bajar la guardia.

—Busco a alguien.

Otra mueca de desconfianza.

—No serás de esos mercenarios que buscan menores para devolverlos a casita —me pinchó—. Si es así, ya te puedes abrir.

—No busco a ningún menor —le aclaré, y, para ganarme su confianza, opté por exhibir mis credenciales contraculturales—. Verás, soy dibujante de cómics...

—¿Cómo te llamas? —me interrumpió.

—Max... —empecé a decir.

—¡Max Riera! —completó ella.

Se puso a reír como una loca, como si le hubiera cogido un ataque que, la verdad, no sabía cómo tomarme.

—Un momento, que ahora te abro —me dijo cuando paró de reírse. Cuando por fin se abrió aquella puerta de apariencia infranqueable, apareció ella con una sonrisa de oreja a oreja—. Bienvenido, Max Riera. —Hizo un gesto teatral, inclinándose con una reverencia—. ¿No me conoces?

Me fijé atentamente. Era guapa, joven y divertida, pero no conseguía encontrarle ningún rasgo familiar.

—Soy Laia —dijo con una gran sonrisa—, Laia Soler, la hija de Rosa Mir.

Revisé con urgencia los archivos de la memoria y al final caí en la cuenta. Rosa Mir era una vecina de mi edad a la que había perdido la pista hacía años; Laia, por lo tanto, debía de ser aquella niña que vivía en la misma escalera de mi madre, una niña que recordaba con trencitas y una muñeca en los brazos.

—¡Laia! —exclamé sin acabar de creérmelo—. Pero si...

Hice un gesto con la mano indicando que la recordaba muy pequeña.

—Pasan los años —dijo con una sonrisa.

—Ya veo, ya... —dije, admirándola de arriba abajo.

Desaparecido todo rastro de desconfianza, Laia me hizo pasar a una habitación de la planta baja en la que una barra hecha polvo de mecanotubo hacía las funciones de bar. Alfombras, colchones y sillones recuperados de contenedores intentaban otorgar al lugar una cierta dignidad de club social; la iluminación consistía en unas bombillas tapadas con pañuelos indios o con cestos de mimbre. Sonaba una canción de Albert Pla que hablaba de una pareja que se ponía a follar en un bar y que pedía al camarero que los casara. Rollo alternativo... El aire olía a una extraña mezcla de pintura y pachulí, y en las paredes había algunos cuadros sin enmarcar de colores demasiado vivos y pancartas con frases del catecismo okupa: «Okupa y resiste», «Contra espekulación, okupación», «Muerte a la propiedad privada», «Banka, kulpable», «Un desalojo, una okupación» y otras proclamas por el estilo. En un rincón había unas cuantas bicicletas amontonadas y un perro callejero que dormía sin hacer ningún caso a dos chicos con melenas que pintaban unas sillas justo a su lado.

—Perdona si te he parecido desagradable de entrada —se excusó Laia mientras ponía la tetera en el fuego—, pero es que estos últimos días la cosa está muy tensa. Nos han hecho muchas putadas y...

Me senté en un sillón con los muelles flojos y barrí la habitación con la mirada. Aquel desorden me hacía pensar en la comuna de Formentera.

—No estáis nada mal aquí —comenté, admirado.

—No es un mal sitio —sonrió—. La casa está ocupada desde el noventa y siete. Han intentado desalojarla dos veces, pero se han jodido bien jodidos. De todas maneras, no bajamos la guardia. Tenemos la casa protegida y les haremos frente si vuelven.

Recordé las barricadas del balcón y la azotea. Kan Gamba, de hecho, era como una especie de castillo de la modernidad donde se atrincheraban los partidarios de la vida alternativa. ¿Hasta cuándo podrían aguantar?

Laia trajo dos tazas de té, las dejó en una mesita baja que bailaba como un barco en alta mar y se sentó en un colchón lleno de manchas en posición del loto.

—¿Cuántos años tienes, Laia? —le pregunté mientras ella encendía una barrita de sándalo. No conseguía sacarme de la cabeza a la niña de trencitas que veía desde la ventana de la casa de mi madre.

—Veintidós, y ya hace tres que soy okupa —dijo como si exhibiera galones de veterana—. A los diecinueve años me enrollé con un tío, y como en el barrio era imposible encontrar piso a buen precio, nos hicimos okupas. Aquel tío ya no está, pero desde entonces yo he vivido en cuatro casas distintas. La penúltima es la que quemaron hace unos días; después del incendio, la gente de Kan Gamba me ha acogido aquí. —Laia hizo una pausa y añadió con una sonrisa—: Mañana quién sabe dónde estaré...

—Nunca es la casa definitiva —filosofé, procurando conectar con su onda.

—Eso mismo: nada es para siempre —volvió a sonreír—. Ni la casa, ni la pareja, ni el trabajo... La gente vive demasiado apegada a las cosas materiales, acumula mucho a lo largo de la vida, pero nosotros vivimos el presente, que es lo que de verdad importa... Lo único que hacemos es ocupar casas vacías que los propietarios tienen para especular —me explicó como si quisiera convencerme de algo—. La gente como Dios manda —dibujó unas comillas imaginarias con los dedos— insiste en presentarnos como unos violentos y unos asociales, cuando lo que hacemos es meter el dedo en el ojo de la sociedad, mostrar sus defectos. En Holanda y en Suiza los okupas están considerados de manera positiva, pero aquí se nos trata como a delincuentes.

Bebí un trago de té y, mientras Laia se entretenía encendiendo una vela, pensé que, en el fondo, hippies y okupas estábamos destinados a entendernos. Sólo era una cuestión de tiempo, de generaciones. En los años setenta era fácil irse de casa y encontrar un piso de alquiler barato; ahora, en cambio, se tenían que buscar otras fórmulas.

—¿Sabes que cuando yo tenía quince años me gustabas? —dijo Laia de repente. La miré sin saber qué decir; me pillaba desprevenido—. Te veía cuando ibas a visitar a tu madre y me gustaba ver que eras tan hippy. Pelo largo, pantalones afganos, capazo ibicenco...

—Tu madre también era medio hippy. —Recordé a Rosa, con una cinta en la frente, alpargatas y un vestido estampado lleno de estrellas y lunas.

—No tanto como tú —se rió—. Mi madre tenía la casa llena de flores, me ponía *Qualsevol nit pot sortir el sol* de Sisa cuando me iba a dormir, pero en el fondo era muy autoritaria... A mí me gustabas tú. Incluso me compraba tus cómics...

Me reí, desconcertado, sin saber qué decir. Mi fama era tan limitada que no me pasaba muy a menudo encontrarme con una admiradora. Para salir de aquella situación incómoda le pregunté qué era de su madre.

—Bueno —suspiró Laia—. Para abreviar te diré que se casó con mi padre, que se separaron cuando yo tenía siete años, que se volvió a casar y se ha vuelto a separar. Ahora vive sola y se dedica a dar clases para adultos en una escuela del barrio. Quizá sea feliz, pero la verdad es que a mí me da un poco de pena. Me parece como si se hubiera rendido...

Me resultaba extraño ver cómo la vida de Rosa Mir se resumía en pocas palabras, aunque, mirándolo bien, la vida de todos se puede reducir a un resumen de cuatro o cinco líneas. La recordaba adolescente, cuando nos sentábamos en el rellano de la escalera y me hablaba de sus planes y de sus ilusiones, y la imaginaba ahora, encerrada en una existencia aparentemente gris y monótona. Me sentía frágil en aquel terreno, quizá porque en la vida de Rosa veía en cierta forma el reflejo de la mía; probablemente por eso cambié de tema y le pregunté a Laia si creía que el incendio había sido intencionado.

—Seguro —dijo sin dudarlo ni un segundo—. Hacía ya unos meses que notábamos cosas raras. Primero vinieron unos abogados que quisieron sacarnos por las buenas, pero se jodieron, porque conocemos la ley y supimos plantar cara. No pasaron de la puerta. Pero hace cosa de un mes aparecieron los skins. Eran terribles. Nos insultaban cuando salíamos a la calle, nos amenazaban de muerte, nos enseñaban navajas de un palmo, nos lanzaban piedras, nos cortaban la luz, nos robaban las bombonas de butano... —Hizo una pausa antes de añadir, contundente—: Y al final acabaron prendiendo fuego a la casa.

—¿Tenéis pruebas?

—No —negó con la cabeza—, pero aunque las tuviéramos... ¿crees que la policía nos haría caso? Para ellos somos el enemigo... Más de una vez hemos visto a los mismos skins que nos atacaban hablando tranquilamente con la pasma. En el fondo son colegas. Ellos actúan y la policía mira... Y los políticos y los bancos también son cómplices. Quieren que todo siga como siempre, que no se les hunda el negocio...

—El incendio fue una gran putada —apunté—, sobre todo para los dos chicos muertos.

—Marc e Igor eran unos tíos cojonudos... —dijo Laia con los ojos empañados; después, como si nada hubiera pasado, tragó saliva y me preguntó—: Pero, dime, ¿por qué has venido?

Saqué la fotos de la carpeta y empecé a enseñárselas, pasándolas de una en una. Antes de que pudiera decir algo, Laia se llevó la mano a la boca, puso unos ojos como platos y con un hilo de voz fue poniendo nombres a todos los que salían en ellas. Pep, Igor, Mai, Merche...

—¿De dónde las has sacado? —me preguntó al final con expresión de alarma.

—Estaban en casa de un abogado que desapareció hace unos días —le expliqué—. ¿Te suena el nombre de Tomás Miralles?

Laia negó con la cabeza. Era la primera vez que oía aquel nombre. Le mostré una foto de Tomás y siguió negando. Unos abogados habían ido a la casa, sí, pero insistió en que nunca había visto a Tomás.

—Todos los que salen en las fotos son compañeros de la casa incendiada —me dijo—. ¿Para qué quería las fotos ese hijo de puta?

—Eso es precisamente lo que querría saber.

Laia estuvo pensando una rato y de golpe recordó algo que le pareció importante.

—En la casa había una chica, Bea, a la que todos considerábamos un poco rara —me explicó—. Se inventaba historias, se imaginaba cosas... En fin, era un poco fantasma. Era de familia rica y tenía muchos problemas de coco. Por eso vino a la casa en busca de refugio... Unas semanas antes del incendio nos dijo que había visto a alguien haciendo fotos desde una azotea. No le hicimos caso. Creímos que eran paranoias suyas. Ella insistió, pero...

—Pero ¿qué?

—No lo sé... —Laia me miró con ojos muy vivos—. Ahora pienso que tal vez tuviera razón, pero no le hicimos caso.

—¿Dónde puedo encontrarla?

—Le perdí la pista el día del incendio —meneó la cabeza.

—¿Y no tienes ni idea de dónde puede estar?

Laia permaneció callada unos segundos, hasta que dijo:

—Puedo intentar encontrarla, pero necesito tiempo. Dame un par de días.

Intercambiamos teléfonos y quedamos en llamarnos.

Mientras caminaba hacia el metro, recordé escenas idílicas de la Gracia que había conocido de pequeño. Los caballos que desfilaban en Sant Medir y el «bombardeo» festivo de caramelos, las calles adornadas para la Fiesta Mayor, el entoldado de la plaza del Sol, el olor de chocolate de la pastelería Ideal, la doble sesión del cine Roxy, las representaciones de *Los pastorcillos* en el Círculo Católico... Existía una Gracia de la memoria, una Gracia del pasado que se superponía a la Gracia de Laia y de sus amigos okupas. También existía una Gracia de los libros que se mantenía intocada en las páginas de *La plaza del Diamante*, de Mercè Rodoreda, o en las novelas de Juan Marsé. Y una Gracia de los gitanos de la rumba catalana que había cantado Gato Pérez. Pero el tiempo pasaba y los libros y los recuerdos se iban tiñendo del característico color sepia de las fotografías antiguas mientras se imponía una nueva realidad.

10

El resto del día pasó sin pena ni gloria. Me aburría tanto en mi exilio de la Diagonal, me sentía tan incapaz de crear nada bueno, que después de hacer el vago unas horas, incluso me dediqué a regar las plantas. Había muchas en la terraza —el catálogo completo de la flora urbana retratada desde todos los puntos de vista posibles en los fascículos que inundan los quioscos—, pero ninguna que mereciera la pena. Es decir, ninguna planta de maría. La verdad es que daba pena ver todo aquel espacio desaprovechado. Me provocaba una repulsión similar a la que me asalta cuando, por uno de esos azares improbables de la vida, tengo que esperar en el vestíbulo de un banco o de una gran empresa. Siempre he creído que estos inmensos espacios vacíos que tienen como objetivo impresionar a los visitantes están desaprovechados. Los llenan de mármol de distintos colores, esculturas, fuentes ridículas, plantas exóticas y otras chorradas, pero es evidente que sería mucho más productivo tener una plantación de marihuana. Es más bonito, más original y seguro que más rentable. Estas tres razones deberían ser suficientes para convencer a cualquier financiero, pero, qué le vamos a hacer, los que tienen el dinero prefieren tenerlo adornado como un prostíbulo de lujo o un hotel de Las Vegas. Allá ellos y su falta de imaginación.

Cansado por el sobreesfuerzo de regar las plantas, hice una incursión en la nevera para comerme otro de los platos preparados de Claudia —una ensalada de lentejas bastante pasable— y me repantigué en el sofá. Sin moverme de allí me entretuve un rato jugando con los mandos a distancia. Los había de todas clases: para la televisión, para el vídeo, para el canal satélite, para el tocadiscos, para el DVD, para el aire acondicionado... Confieso que durante unos minutos me divirtió tener el control del mundo sin moverme del sofá y que incluso jugué a conectarlo todo al unísono e intentar provocar un desconcierto descomunal, pero acabé por cansarme. Era demasiado aburrido comprobar que las máquinas son máquinas y que, por extraño que pueda parecer, no había ningún mando que me permitiera destruir a distancia las figuritas de Lladró. Bueno, sí había uno, o mejor dicho, todos, pero para conseguir el efecto deseado había que prescindir del manual de instrucciones y echarle un poco de imaginación. El truco consistía en lanzar el mando con fuerza contra la figurita, como si fuera una piedra, con el objetivo de hacerla añicos mediante el tradicional y contundente método del impacto. No era tan preciso como pulsar un botón, pero te acercaba más a las emociones de una feria. Apunté contra el futbolista alegre que hacía equilibrios con una pelota en los pies, y conseguí dejarlo sin pelota y sin piernas tras unos cuantos lanzamientos. Mala suerte para él. Gajes del oficio. Me lo imaginé en un televisor de Lladró declarando a un periodista de Lladró equipado con un micrófono de Lladró: «El fútbol es así...» Al final me dormí en el mismo sofá mientras hacía zapping con la vana esperanza de encontrar algún canal mínimamente aceptable.

Ya era muy tarde cuando oí que se abría la puerta del piso y entraba alguien sin hacer ruido. Me encogí en el sofá temiendo una desgracia: ¿serían los secuestradores de Tomás? O, peor aún, ¿sería Tomás en persona, que regresaba? Oí al intruso avanzar con pasos de gato hacia donde yo me encontraba. De repente, cuando ya me disponía a gritar como un animal salvaje, encendió la luz y le vi la cara: era Alba.

—¡Hostia, Alba! —Me levanté de un brinco—. ¿Se puede saber qué haces entrando así a medianoche? Ni que fueras un ladrón...

—¿Medianoche? —se rió—. Venga, Max, que son las ocho de la mañana.

Me rasqué la cabeza para serenarme.

—¿Qué haces durmiendo en el salón? —me preguntó Alba.

—Me quedé dormido en el sofá. —Eché una ojeada alrededor para comprobar dónde estaba—. Cada día me pasa lo mismo. Este piso es tan extraño que...

—Eres un caso, Max —se rió Alba mientras iba hacia la cocina.

A continuación oí el ruido inconfundible de la cafetera y, poco después, Alba hacía una aparición triunfal con una bandeja con café y cruasanes recién comprados. Era, sin duda, una manera excelente de empezar el día. Igual que en esos anuncios de la tele en los que te preparas para desayunar una taza de cereales y al primer bocado entra un sol esplendoroso por la ventana, pían los pájaros y el arco iris inunda el cielo de colores relucientes.

—¿A qué viene esto? —le pregunté, sorprendido por no encontrarme con el habitual paquete de magdalenas resecas—. ¿Celebramos algo?

—Sólo que hoy es un día especial... —dijo riéndose.

Recordé a los hijos de Claudia y la larga colección de días especiales que había tenido que inventar para tenerlos bajo control. Pero, por lo visto, el concepto de Día Especial de Alba era totalmente distinto, como dejaba suponer el hecho de que sonriera de forma tan extraña, como hacen las chicas de los anuncios de Tampax, como si la felicidad fuera una experiencia absolutamente al alcance de la mano. Sin dejar de sonreír, me explicó que acababa de llegar del Ampurdán y que de repente, justo cuando entraba en Barcelona, había tenido la imperiosa necesidad de verme. La esperaban en el teatro a las nueve; pero pasaba por allí, tenía tiempo y...

—He pensado que hace días que no desayunamos juntos, Max, y tenía ganas de estar contigo.

Me miró de una manera sospechosa que atribuí, de nuevo, al estado especial creado por su Día Tampax.

—¿Qué tal se encuentra Claudia? —le pregunté, no sé muy bien por qué.

—Tiene muchas amigas que le hacen compañía y está mejor... La verdad es que cada día la veo más animada.

—Eso quiere decir que pronto podré recuperar mi piso —deduje, encantado de la vida.

—Aún no, Max. —Alba frenó en seco mi euforia—. El médico ha dicho que de momento es mejor que Claudia no se mueva... Le sienta muy bien estar en la plaza Real.

—Y a mí, no te jode.

Alba se me acercó sonriente y, por sorpresa, me acarició la cara, me despeinó y me dijo que estaba muy guapo. Después me hizo aparcar el café con leche en la mesita, se me colgó del cuello y me dio un beso apasionado en los labios.

Hicimos el amor en el sofá, bajo la mirada incrédula del payaso enamorado, la molinera y el futbolista lesionado de Lladró, que estuvieron a punto de autodestruirse, escandalizados por lo que estaban viendo, y con los fantasmas de Tomás y Claudia rondando nerviosos por el salón. ¿Habían hecho alguna vez el amor en aquel sofá? Lo dudaba. De hecho, si no fuera por la evidencia de los dos niños —igualitos que Tomás, por desgracia para ellos y para el mundo—, podría llegar a dudar de que hubiesen hecho el amor. Sólo con pensar en la ropa interior que había descubierto en el armario se me cortaban las ganas radicalmente.

—Imagínate que se abre la puerta y aparece Tomás —le dije a Alba cuando empezó el clásico fórum pospolvo.

—Se volvería a marchar enseguida —se rió—. Y esta vez mucho más lejos.

Sin movernos del sofá, en pelotas, como si fuéramos unos hippies-okupas, o como John Lennon y Yoko Ono haciendo un *bed in*, nos fumamos un porro conciliador hasta que Alba se levantó para ir a la ducha. Cuando volvió, estaba completamente vestida y llevaba en la mano la carpeta con las fotos de los okupas que yo había dejado sobre un mueble del pasillo.

—¿Qué es esto, Max? —me preguntó, intrigada.

—A mí también me gustaría saberlo —dije—. Las encontré en un cajón del despacho de Tomás. Son fotos de unos chicos okupas que estaban en la casa incendiada de Gracia.

Alba frunció el entrecejo y me miró sin esconder su preocupación.

—¿Y qué tiene que ver Tomás con los okupas? —preguntó.

—Nada, que yo sepa.

—Todo esto es muy extraño —reflexionó.

En aquel momento sonó el teléfono y lo cogió Alba. Explicó a su interlocutor el rollo habitual: que no había novedades sobre Tomás y que Claudia estaba hecha una croqueta. A continuación soltó unos cuantos «síes» y otros tantos «noes» y colgó con cara de preocupación.

—Era Pujol, un viejo amigo de la familia que trabaja en el banco donde tiene la cuenta Tomás —me contó en un tono de voz neutro, como si se negara a valorar lo que acababa de oír—. Ha querido avisarme de que la policía visitó la agencia hace un par de días y que les interesó descubrir que Tomás había sacado un millón de pesetas del banco justo la mañana del día en que desapareció.

—¡Un millón! —exclamé, y luego solté un silbido de admiración. ¿Qué pensaba hacer Tomás con tanto dinero?

Alba se sentó en el sofá con la mirada perdida y, tras unos instantes de silencio, concluyó como yo que todo lo que estaba ocurriendo era tan extraño que no sabía cómo interpretarlo. Las fotos de los okupas, el millón... Nada parecía encajar con la imagen que teníamos de Tomás. Todo nos desbordaba. Mientras Alba intentaba procesar toda la información, comprendí por qué me había visitado el inspector González. El hecho de que Tomás hubiera retirado un millón del banco abría todo un nuevo abanico de posibilidades. Pero ¿por qué no me había explicado nada? ¿A qué jugaba aquel papanatas?

—Aún va a resultar que Tomás se fue por su cuenta —aventuré.

—¿Tú crees?

Alba me miró sin saber qué pensar.

—Yo, con un millón, haría maravillas —continué—, pero es verdad que, tal como están las cosas hoy en día, a la mayoría de la gente un millón no le da para mucho, pero... ¿quién sabe? Tal vez Tomás aparece dentro de unos días, arrepentido después de haber hecho una escapadita quién sabe adónde.

Alba encendió un cigarrillo con dedos temblorosos. Dio unas cuantas caladas con la mirada fija en la ventana y se mordió el labio.

—Ni una palabra a Claudia de este tema —me advirtió.

—¿Crees que no le gustaría saber que su marido le ha vaciado la cuenta? —pregunté con una sonrisa maliciosa.

—Max, no empieces —me cortó con un gesto seco.

—Ya estoy viendo que a este paso tardaré en recuperar mi piso —murmuré, pesimista.

—¿Y si fueras al despacho de Tomás? —me propuso Alba, como si acabara de tener una iluminación divina.

—¿Por qué tendría que ir?

—No lo sé, quizá hablando con la secretaria saques algo en claro —aventuró, a pesar de que era evidente que estaba tan perdida como yo—. También puedes hablar con Saura, el vecino del despacho de Tomás. Eran muy amigos.

—¿Crees de verdad que serviría de algo? —pregunté, escéptico.

Alba dio otra calada al cigarrillo.

—No lo sé, no lo sé... —dijo, cada vez más nerviosa—. Tengo la escenografía en la cabeza, quedan pocos días para el estreno, voy de culo, pero tenemos que hacer algo. No quiero ni imaginar cómo reaccionaría Claudia si llegara a saber todo esto.

Alba me dijo que hiciera lo que quisiera, pero me dio las llaves del despacho por si al final decidía pasarme por allí. Después, consultó el reloj, exclamó que era tardísimo, que la esperaban en el teatro para hacer unas pruebas de los decorados y que tenía que marcharse pitando. Me dio un beso fugaz y desapareció.

A veces pienso que, en contra de mis principios, debería comprarme un reloj. Podría hacer como Alba o como Roc: echarle una ojeada en un momento dado, exclamar que es tarde y largarme corriendo. Pero no tengo reloj, no tengo agenda y casi nunca tengo nada urgente que hacer. Es el drama de los hippies urbanos. Tal vez por eso siempre me toca comerme todos los marrones. Estuve dudando un buen rato, pero cuando llegó la tarde decidí que estaba demasiado intrigado para dejarlo correr. Me puse la chaqueta y salí a la calle.

11

El despacho de Tomás estaba situado en el quinto piso de un edificio modernista de la calle Girona, en la parte buena del Ensanche. Por fuera era bonito; por dentro era otra cosa. El desastre empezaba por la misma puerta: el propietario había hecho sustituir la original, que debió de ser una pieza admirable de madera tallada, por una de aluminio fea y vulgar, con un cristal esmerilado que daba grima sólo mirarlo. Junto a ella, para no desentonar, habían instalado un portero automático con una hilera de timbres que parecía comprado en un Todo a Cien. En el interior, el desastre se consumaba. Unos pisos que pocos años atrás habían sido generosos en espacio habían sido subdivididos sin manías y sin criterio para convertirlos en un total de ocho despachos por planta. En uno de ellos había una placa que decía: «Tomás Miralles. Abogado.»

Llamé a la puerta, pensando que quizá me abriría la secretaria, pero no contestó nadie. Después de tres intentos infructuosos, saqué la llave que me había dado Alba y abrí la puerta con sigilo. Todo lo que estaba ocurriendo me invitaba a ser prudente; había demasiadas incógnitas. Encendí la luz y me encontré un despacho que consistía en una única habitación, con las paredes desnudas, un suelo de baldosas sin ningún tipo de encanto y una ventana que daba a un patio interior oscuro y lleno de porquería. En el centro del despacho había una mesa metálica, de batalla, a años luz de cualquier noción de diseño, con unas cuantas carpetas y un bote de bolígrafos y rotuladores. Al lado, en una mesita aparte, había un ordenador que incluso a mí me pareció jurásico; al otro lado, un armario desbaratado hacía las funciones de archivo.

Empecé curioseando las carpetas. Nada: sólo hojas en blanco. Los cajones también estaban sorprendentemente vacíos. Lo único que había era carpetas de distintos colores por estrenar y material de escritorio. Clips, gomas y grapas. Iba a abrir el armario cuando oí un ruido tras la puerta. Alguien estaba intentando entrar. Apagué la luz y me quedé paralizado, la espalda contra la pared. El hombre que entró debía de tener unos cuarenta años. vestía una chaqueta de cuadros vieja y gastada y unos pantalones arrugados. Tenía la cara redonda, un flequillo que le caía sobre la frente y un bigote ridículo. Sudaba.

—¿Quién eres? —me preguntó con cara de alarma cuando me descubrió.

Me identifiqué como cuñado de Tomás.

—¡Uf! Temía que hubiesen vuelto... —resopló mientras me alargaba la mano para estrecharla—. Soy Antonio Saura. Trabajo en el despacho contiguo.

—¿Quién tenía que haber vuelto? —quise saber.

—¿No te lo ha dicho la policía? —Saura se secó el sudor de la frente con un pañuelo arrugado—. Estuve hablando ayer mismo con el inspector...

—... González.

—Eso, el inspector González. —Hizo una pausa para apoyarse contra la mesa y encender un cigarrillo—. Hace un par de días, cuando llegué a mi despacho, vi que la puerta del de Tomás estaba abierta. Primero pensé que debía de ser Mercè, la secretaria, pero recordé que me había dicho que iría a Correos a primera hora.

—¿La secretaria de Tomás sigue trabajando aquí? —pregunté extrañado.

—Bueno, Mercè no trabaja sólo para Tomás. La compartimos entre los ocho despachos de la planta —me explicó—. Mercè hace de telefonista, filtra las llamadas, recibe las visitas y poca cosa más.

—¿Y dónde está ahora?

—Ha salido. Pero bueno, la cuestión es que ayer me encontré el despacho de Tomás abierto y me dio la impresión de que alguien había estado revolviendo. Hice un repaso de urgencia y descubrí que se habían llevado muchos papeles y que incluso le habían vaciado el ordenador.

Por lo visto, la desaparición de Tomás se complicaba un punto más.

—¿Se te ocurre quién puede haberlo hecho? —pregunté.

—Ni idea. —Saura puso cara de absoluta ignorancia—. Por eso avisé a la policía. Creí que sería mejor no decirle nada a Claudia. Visto su estado... Los policías estuvieron mirando durante mucho rato e incluso recogieron algunas muestras de huellas. Les extrañó ver que la puerta no había sido forzada.

—Eso quiere decir que tenían la llave —observé.

—O que eran muy manitas —dijo él—. Debieron de venir de noche, y en este edificio a partir de las ocho de la tarde ya no hay nadie. Todo son oficinas. Pueden tomarse todo el tiempo que quieran y la verdad es que estas cerraduras no son muy complicadas de abrir.

—¿Y qué interés podía tener lo que se llevaron?

—Eso es lo que no podemos saber de ningún modo —dijo Saura—. Sea quien sea el que se lo haya llevado, lo que está claro es que quería borrar cualquier rastro de su relación con Tomás.

Se me ocurrió por un momento que el misterioso visitante nocturno podía ser el mismo Tomás. Al fin y al cabo, él tenía la llave del despacho y, por lo que sabíamos hasta el momento, nadie podía asegurar que se hubiera marchado del país. Detrás de su aparición sólo había un largo rastro de incógnitas y una esposa desconsolada que había ocupado mi piso. Tal vez se estaba escondiendo por lo que fuera y había acudido a su despacho en busca de documentos que necesitaba. Pero algo fallaba: ¿por qué no había llamado a Claudia?

—Tú y Tomás sois muy amigos, ¿verdad? —le pregunté a Saura.

—Uña y carne —respondió sin dudarlo—. Me pida lo que me pida, sabe que nunca le fallaré. Por él haría cualquier cosa.

—¿Qué crees que le ha podido ocurrir?

—Ya se lo dije al inspector: ni puta idea. —Se pasó la mano por el cuello y dio una calada nerviosa al cigarrillo—. No entiendo nada de lo que está pasando, la verdad. El día antes de su desaparición estuvimos tomando un café en el bar de abajo. Tomás me habló de sus hijos, de su mujer, del fin de semana, de las vacaciones...

—Claudia dice que los últimos días lo notó nervioso.

—Es cierto —replicó, mordiéndose la lengua—, parecía que algo le preocupaba, pero cuando le pregunté qué le pasaba me dijo que nada, sólo que estaba trabajando demasiado.

—¿Sabes qué se traía entre manos?

—Aparte del trabajo de siempre, me contó que tenía un buen cliente —Saura hizo el gesto de contar mucho dinero con los dedos—, pero no me dio ningún detalle. Por lo que me dijo, me pareció que se trataba de un asunto delicado.

—¿En qué sentido?

—Ya te he dicho que no me lo contó todo, pero creí entender que era uno de esos trabajos que pagan muy bien a cambio de una discreción absoluta.

—¿Me estás diciendo que no era un trabajo muy limpio? —Saura se limitó a hinchar las mejillas como globos y a encogerse de hombros, pero no me respondió—. ¿Y por qué lo aceptó? —insistí.

—Todos aceptamos esos trabajos de vez en cuando. —Sonrió como si fuera obvio—. Qué remedio... En estos tiempos de crisis se hace lo que se puede. No son muchos los que pueden elegir. Ya habrás visto que estos despachos no tienen grandes lujos.

Me había fijado, en efecto. El despacho de Tomás era mucho más discreto de lo que permitía suponer el lujo de su piso de la Diagonal. Había algo que no encajaba en todo aquello.

—Pero Tomás tiene un nivel de vida bastante alto, ¿no? —observé, recordando su gran inversión en figuritas de Lladró.

Saura se sopló el flequillo, se frotó la barbilla con un gesto nervioso y dijo:

—Sí, Tomás vive muy bien.

—¿Quieres decir que tal vez demasiado bien?

—Eso no soy yo quien debe decirlo. —Sonrió, nervioso, tocándose la punta del bigote con los dedos.

—¿Seguro que no sabes de qué se trataba ese último trabajo? —insistí. Algo en su actitud me hacía creer que sabía más de lo que decía.

—Segurísimo. —Saura apretó los labios con fuerza—. Normalmente Tomás me hablaba de su trabajo, aunque sólo fuera de pasada, pero en esta ocasión ni siquiera abrió la boca sobre el tema.

—¿Tampoco sabes quién era el cliente? —Saura movió la cabeza sin despegar los labios—. Es raro, ¿no? —dije, la mirada perdida más allá de la ventana, intentando encontrar una explicación a lo que estaba pasando.

—Todo es muy raro... —Saura dio otra calada a su cigarrillo—. Por cierto, a la policía no le dije nada de ese otro trabajo. No quiero perjudicar al pobre Tomás.

Le di las gracias y salí a la calle con la cabeza a punto de estallar. Tenía que ver a Alba y a Roc lo antes posible. Necesitaba hablar con alguien de lo que estaba pasando. Llamé a Alba al teatro, pero me dijeron que hacía media hora que había salido hacia el Ampurdán. Roc tampoco estaba en el periódico. Estuve pensando qué hacer y al final opté por ir a esperarlo a su casa, en la plaza Real. No tenía ningunas ganas de quedarme solo en el piso de la Diagonal, con tantas preguntas sin respuesta rondándome por la cabeza y con las figuritas de Lladró y los cuadros de caballos alados como únicos consejeros.

12

Fue Ana quien me abrió la puerta. Estaba guapa, como siempre, con algunas canas que delataban que ya pasaba de los cuarenta y con una expresión algo triste, como si le faltara algo para ser completamente feliz. Pensé que tal vez la tristeza nacía de la poca disposición de Roc a adoptar a la niña que ella tanto deseaba, pero preferí no abordar el tema.

—Roc aún no ha llegado —me anunció con una sonrisa—, pero pasa, Max.

Eché una ojeada al salón. Todo seguía más o menos como siempre, con el televisor en un rincón, el gran sofá en el que acostumbraba a apoltronarse Roc, un par de sillones firmados por diseñadores ilustres, unas cuantas lámparas de formas estrambóticas, unos estantes de caoba llenos de libros y discos y un mueble bar aparatoso que era la joya de la corona de Roc. A través del balcón se podía ver el penacho de las palmeras de la plaza Real.

—Nos hemos visto obligados a poner doble cristal —me explicó Ana, señalando las ventanas con un movimiento de cabeza—. Por el ruido. Esta noche, sin ir más lejos, ha sido terrible... ¿No crees que la plaza es cada día más ruidosa?

—Pues, la verdad, no sé qué decirte —comenté—. Ahora estoy de okupa en un piso de la Diagonal.

—¿De okupa? —me preguntó Ana frunciendo el entrecejo.

La puse al corriente de la desaparición de Tomás, de la depresión de Claudia, de la invasión de mi piso... En fin, del conjunto de carambolas que había desembocado en mi exilio forzado a la Diagonal.

—Roc me contó algo —dijo ella—, pero no sabía que hubieras tenido que abandonar tu piso.

—Será sólo por unos días —precisé—. Al menos, eso espero.

—¿Y no se sabe nada de ese pobre Tomás?

—Nada de nada. —Meneé la cabeza—. Se ha esfumado sin dejar ni rastro.

—En esta ciudad cada día pasan cosas más raras. —Ana cruzó los brazos, como si de repente sintiera un escalofrío—. Los robos en la plaza son cosa de todos los días, en las Ramblas asaltan a los turistas sin que la policía haga nada para impedirlo, te venden heroína a cualquier hora y el ruido se te mete cada vez más dentro. La plaza ya no es lo que era, Max... —Me clavó una mirada triste, buscando mi apoyo—. Te lo digo de verdad: tengo ganas de cambiar de aires.

Era la segunda persona en pocos días que se quejaba de la plaza. Y lo más triste es que se trataba de dos personajes históricos: Cipri y Ana. Llevaban años y años viviendo en la plaza, pero ya empezaban a estar hartos. Yo no compartía su aprensión, pero me lo tomaba como un síntoma preocupante.

—La plaza siempre ha sido la plaza, Ana —salí en defensa de mi mundo—. Nunca ha sido un lugar tranquilo, a menudo pasan cosas desagradables, pero es un lugar maravilloso, único.

Ana me miró sin dejarse convencer.

—Roc aún no lo sabe, pero he estado mirando unos adosados por Sant Cugat —me anunció—. Al menos allí tienes un jardín, silencio, tranquilidad... Y estás a sólo media hora de Barcelona.

¿Lo había oído bien? ¿Había dicho un adosado? Cada vez que oigo esa palabra se desencadena en mí una reacción en contra difícil de parar. Para mí los adosados son la máxima ilustración de la falsa felicidad, de la concepción de un universo falsamente perfecto, a años luz del mundo auténtico de la plaza Real. «La casita y el huerto» que el presidente Macià anunció en los años treinta para todos los catalanes se ha convertido con el paso de los años en un adosado de ochenta metros cuadrados distribuidos en tres niveles y en un jardincito de dos palmos cuadrados en el que no hay espacio ni para una buena planta de maría.

—Es una plaza preciosa, Max —suspiró Ana—, pero ¿sabes qué me pasa? Que estoy muchas horas sola en casa. Me entretengo diseñando ropa, leyendo, escuchando música, viendo la tele..., pero, incluso así, las horas se me hacen muy largas. Y Roc, que nunca sabes cuándo llegará...

Me temía que Ana estaba a punto de sacar el tema de la niña adoptada, pero me sorprendió preguntándome por Alba. Estaba bien, le dije, de culo por culpa de la escenografía, medio instalada en el Ampurdán, pero bien.

—Por cierto —aproveché—, ¿me dejas llamarla? Llevo todo el día intentándolo y no hay manera.

Telefoneé a la casa del Ampurdán y esa vez tuve suerte. Alba se sorprendió al oír lo que me había dicho Saura sobre el trabajo sucio de Tomás, me pidió que no le dijera ni una palabra a Claudia y quedamos en encontrarnos el día siguiente en el piso de la plaza Real. A media tarde tenía que llevarle algo a su hermana y ése sería el mejor momento para vernos y hablar.

Colgué el teléfono, preocupado. No me quitaba de la cabeza las novedades sobre Tomás y no tenía ni idea de lo que debía hacer. Ana me observaba intrigada. Parecía que iba a decir algo cuando la puerta se abrió. Era Roc. Le dio un beso de marido a Ana y me saludó con una efusividad exagerada, como si le gustara recibir visitas por sorpresa.

—Quería hablar contigo, Roc —le dije—. Hay novedades sobre Tomás.

—¿Ya ha aparecido por fin la mujer? —me preguntó, guiñándome un ojo, pícaramente.

—No, Roc, no.

—¿Un hombre, entonces?

—Noooo...

—Ya aparecerá, ya... —dijo, dándoselas de experto—. Entonces recordarás mis predicciones. Mi nariz no acostumbra a fallar, Max.

Con Ana como testigo mudo, le conté a Roc lo que había de nuevo: que las fotos que tenía Tomás eran de unos okupas de la casa incendiada, que mi cuñado había sacado un millón del banco el día de su desaparición, que habían vaciado su despacho y que su amigo de toda la vida me había comentado que estaba metido en unos negocios que no eran precisamente limpios.

Roc se frotó la barbilla, intentando aclararse, y Ana aprovechó el tiempo muerto para irse, alegando que le dolía la cabeza.

—Últimamente está muy rara —me comentó Roc en voz baja indicando la puerta por donde había salido su mujer—. No sé qué le pasa, de verdad... Me preocupa.

—Me ha comentado que quiere irse de la plaza.

Roc meneó la cabeza.

—Quiere ir a vivir a Sant Cugat, quiere adoptar una niña china... —Hizo un gesto de desesperación—. Es como si de repente estuviera dispuesta a renunciar a todo lo que tenemos y quisiera cambiar radicalmente de vida. De verdad que no lo entiendo... —Se levantó y sacó una botella de whisky de su mueble insignia—. Pero contra los problemas —recetó eufórico—, ¡Lagavullin! Es uno de los mejores maltas de Escocia, Max. Lo ahúman en las montañas y tiene un sabor único. Ya lo verás.

Sirvió un par de vasos generosos.

—Ponme dos cubitos de hielo —le pedí.

—No seas bestia, Max, lo estropearás —dijo haciendo aspavientos.

—Pero si tú siempre lo tomas con hielo...

—Este malta no.

—Pues dame otro. Ni que fuera vino de misa...

—Es mucho mejor, Max, mucho mejor.

Me puso dos cubitos con evidente desgana y, mientras lo hacía, comentó que le habían hablado de una tienda en la que vendían agua embotellada de Escocia, concretamente del río Spey, para poder hacer cubitos que no estropeasen el malta.

—Si pones agua de aquí se estropea, ¿sabes? —dijo en plan *connaisseur*.

Resoplé, harto de tanta fantochada. Roc se estaba contagiando de toda la tontería del gremio de los supuestos expertos de Barcelona, un grupo cada vez más numeroso de gente dispuesta a vivir teatralmente con tal de obtener el diploma de la modernidad oficial.

—¿No crees que te estás pasando, Roc? —le dije—. Guarda todo eso para tus amigos intelectuales, que ya sabes que a mí no me impresiona. Con la de vino de garrafa que llegamos a tomarnos de jóvenes, ya no importa.

—Muy bien, allá tú... Si quieres seguir siendo un inculto, un troglodita... —Roc se arrellanó en el sofá y me observó con desprecio; pero al cabo de unos segundos, pasó página y se centró en la conversación—. Repasemos lo que tenemos. Tomás desaparece de repente, pero ahora sabemos que el mismo día sacó un millón de pesetas, que guardaba unas fotos de okupas en casa y que estaba metido en un negocio como mínimo dudoso. Según la policía, y esto lo sé con certeza a través de un confidente, no ha abandonado el país. Por lo menos con su nombre. En ningún aeropuerto hay constancia de su paso.

—Puede haber huido en coche —comenté—. Recuerda que el Golf no ha aparecido.

—De acuerdo —concedió—. Tal vez haya huido a Francia, pero la intriga continúa siendo la misma. ¿Adónde coño ha ido y por qué no ha dicho nada a nadie? Ni a la familia, ni a los amigos, ni... —Roc bebió un trago de whisky, lo paladeó con los ojos cerrados y permaneció un rato sumido en un silencio sacramental, como si estuviera en el paraíso de los bebedores de malta. Una vez terminada la comedia, continuó—: ¿Qué puede haber pasado? —pensó en voz alta—. Imaginémoslo por un momento. Mi primera opción sigue siendo la de que hay una mujer de por medio. Tomás se cuelga de una tía, se lía la manta a la cabeza, saca un kilo del banco y se va con ella al otro lado del mundo. A follar y a vivir como un rey.

—No me encaja —comenté—. Ya sabes que Tomás no es así... Aparte de que un millón tampoco da para tanto.

—Segunda posibilidad —continuó Roc sin escucharme, acelerado e iluminado por el malta cinco estrellas que se estaba tomando—, Tomás se mete en un asunto turbio a través de su despacho de abogado...

—¿Sabes qué es lo que más me ha impresionado de su despacho? —lo interrumpí.

—¿La secretaria? —propuso con ojos libidinosos.

—No, hombre, no, Roc. Tú siempre con lo mismo... —Lo mandé a la mierda—. A la secretaria ni la he visto. Me ha impresionado ver que está montado de manera muy discreta. Es un despacho pequeño, con muebles viejos... No encaja con el ritmo de vida que llevan Tomás y Claudia. En el piso de la Diagonal todo es lujoso y caro, de mal gusto pero caro, mientras que en el despacho todo es como de segunda categoría.

—Tal vez el despacho sólo sea una tapadera —sugirió Roc, entusiasmado con la idea—. ¿Sabes qué clase de clientes tenía? —Le conté lo que sabía, que la mayoría eran empresas de solvencia, pero que, según me había insinuado su amigo Saura, de vez en cuando hacía un trabajo digamos que no del todo legal, como el que tenía entre manos cuando desapareció—. ¿Y no sabes para quién estaba trabajando? —insistió.

—Ni idea. Por lo visto, lo llevaba muy en secreto y, para postre, unos ladrones le han vaciado los cajones.

Roc bebió otro trago de whisky, estuvo unos minutos en silencio y acabó emitiendo un veredicto:

—Déjalo en mis manos, Max. Moveré mis contactos para saber quién era ese misterioso cliente y en qué consistía el trabajo.

—¿Y por dónde empezarás?

—Confía en mí —dijo poniendo cara de Bogart.

Ana, que en aquel momento entraba en el salón, oyó el final de la conversación.

—No le llenes la cabeza de tonterías, Max, por favor —casi suplicó—. Él solito ya acostumbra a estar en las nubes.

—Pero Ana... —se defendió él—. Sólo intento ayudar a un amigo...

—Ah, hay algo que no te he dicho —le comenté a Roc mientras Ana se sentaba en el sofá—. Cuando los ladrones visitaron el despacho de Tomás, también le vaciaron el ordenador.

—¡No jodas! —Roc se quedó pensativo unos instantes, hasta que chasqueó los dedos—. ¿Y qué pasa con el ordenador del piso de la Diagonal? Algunos días Tomás trabajaba en casa, ¿verdad? ¿Sabes si también se han llevado los archivos?

—Pues, no, no lo he mirado.

Roc se levantó como impulsado por un resorte y se puso la chaqueta como si alguien le hubiera puesto un cohete en el culo.

—¡Venga, Max, nos vamos! —casi me ordenó—. No podemos esperar ni un minuto. Ya nos hemos entretenido demasiado.

—Pero...

—Ni pero ni hostias —cortó de raíz mi protesta—. ¡Nos vamos a casa de Tomás!

13

Llovía. Barcelona, de noche, tiene una consistencia distinta, sobre todo cuando llueve. El asfalto se oscurece, las farolas se rodean de un halo de misterio y los coches levantan al pasar una estela fugaz de agua y luz. Como en una novela negra. La Rambla se llena de paraguas, pero más allá de ese paseo ves a muy poca gente andando por la ciudad. Sólo hay coches que pasan deprisa hacia algún bar o discoteca de moda. La noche en Barcelona bulle en zonas muy concretas; el resto de la ciudad se limita a dormir y a prepararse para el día siguiente.

Subimos a un taxi en el paseo de Gracia, observando en silencio las fachadas iluminadas, fantasmales en algún caso, y los semáforos que iban cambiando de color. Verde, ámbar, rojo... La Pedrera, iluminada y sinuosa, reinaba de modo incontestable en la noche, como un anuncio de un extraño mundo onírico que hubiera conseguido abrirse paso en un universo racional hecho de líneas rectas y formas geométricas. La magia de Gaudí era como una bomba de imaginación que estallaba en medio del universo racional del Ensanche. De repente, me descubrí pensando en Laia Soler, en sus labios sensuales, en su sonrisa de ninfa y en su mirada cargada de fuego.

El piso de Tomás también estaba en silencio, como un decorado a la espera de los focos y los actores, y de que alguien pronunciara la palabra mágica: «¡Acción!» Pasamos directamente al despacho y Roc encendió el ordenador y pulsó varias teclas con la mirada fija en la pantalla, como si estuviera pendiente de una gran noticia.

—¡Mierda! —exclamó al cabo de unos minutos—. ¡Aquí también han vaciado los archivos! ¡Los muy cabrones no han dejado nada!

La pantalla era una inmensa página en blanco, el puro testimonio de la nada.

Abrí los cajones de la mesa. Tampoco allí quedaba gran cosa. Las carpetas de documentos que contenían las fotos habían desaparecido. Era evidente que alguien lo había limpiado.

—Pero ¿cuándo lo habrán hecho? —pregunté, desconcertado—. Si hace sólo tres días que encontré las fotos.

—Yo qué sé... —Roc se llevó las manos a la cabeza—. Ayer, hoy... ¿No has visto nada sospechoso desde que estás en este piso?

—Lo cierto es que no —respondí, intentando forzar la memoria hasta los más mínimos detalles—, pero tampoco he estado mucho por aquí. Voy y vengo, ya lo sabes. Sea quien sea el que lo haya hecho, ha tenido muchas horas para poder trabajar sin problemas.

Sentí un escalofrío mientras pensaba que tal vez hubiera entrado alguien mientras yo dormía. Lo único que me aterrorizaba hasta entonces eran las figuritas de Lladró, pero era obvio que la cosa se complicaba.

—¿Crees que merece la pena preguntar a los vecinos? —me preguntó Roc.

—Sería perder el tiempo —contesté, negando con la cabeza—. Aquí no es como en la plaza Real. Nadie se conoce, todos juegan a ignorar al vecino, a pasar de él y a encerrarse en su piso. Aún estoy esperando que me saluden...

—¿Y al portero?

—Es un holgazán que sólo viene a echarse la siesta. —Roc permaneció un rato pensando. Después se levantó y se dirigió hacia la puerta. La abrió, la revisó de arriba abajo y concluyó que no había sido forzada—. Es raro —pensé en voz alta—. Por lo visto, los ladrones tienen las llaves del despacho y del piso. Eso quiere decir que, muy probablemente, se las han quitado a Tomás, voluntariamente o por la fuerza.

—A no ser que el ladrón sea el mismo Tomás —apuntó Roc.

—Pero ¿por qué no da la cara? ¿Te lo imaginas entrando en su casa, echando una vistazo a la habitación de los niños y no diciendo nada? No, no me encaja. A Tomás se le caía la baba con sus hijos. Aquí hay alguien dispuesto a liarlo todo.

Estuvimos dándole vueltas, pero la verdad es que no teníamos ni idea de qué dirección tomar. El llamado «caso Miralles» se enredaba cada día más. La vida de mi cuñado, que siempre me había parecido absolutamente anodina, digna del más plasta de los burócratas, se vestía de repente de una inesperada complejidad. Un personaje gris, metódico y familiar se iba cubriendo poco a poco de distintas capas de cebolla que lo iban transformando en otra persona mucho más retorcida.

—Hay que reconocer —comentó Roc mientras se sentaba en el sofá y paseaba la mirada por el salón— que este pisito no está nada mal. Has prosperado, Max —se rió con picardía—. Lástima que tengas tan mal gusto... De todas formas, algún día tienes que dejármelo para echar un polvo, ¿vale?

—Mientras no te quedes a vivir en él... —Roc se quedó un instante en silencio y, de repente, se levantó por sorpresa y, como si hubiera tenido una inspiración divina, empezó a abrir y a cerrar las puertas de los armarios del salón—. ¿Se puede saber qué buscas? —le pregunté, convencido de que iba detrás de alguna pista importante.

—Whisky —me respondió alzando las cejas—. Necesito pensar y me resulta imposible hacerlo sin un buen whisky.

Roc siguió investigando a fondo, ahora en la cocina, hasta que salió con la última botella de champán que quedaba.

—¿Esto es todo lo que hay? —me preguntó sin poder creerlo.

—También hay dos botellas de licor de violetas y una de Licor 43 —le dije—. Están escondidas en la despensa. Seguro que Tomás debió de comprarlas en alguna oferta del supermercado.

—Pero ¿se puede saber de dónde ha salido ese plasta? —gritó Roc, desesperado—. ¡¿Cómo puede concebirse una casa sin whisky?! —Para consolarlo fui a buscar la última caja de bombones en forma de corazón que quedaba y la puse ante sus narices. Para compensar tanta cursilería, encendí un porro y esparcí el humo de forma muy ostensible—. Parecemos viejecitas tomando el té —se quejó Roc—. Pero a lo que íbamos. —Bebió un sorbo de champán, mordió un bombón, se frotó las manos y prosiguió—. Por lo que sabemos hasta ahora, ese inspector González de los cojones es un inútil total y no se puede confiar para nada en él.

—Un inútil o un corrupto... —apunté.

—O ambas cosas —concedió Roc—. La cuestión es que con él la investigación no avanza. No explica nada, no se mueve lo suficiente... La solución, pues, es que investiguemos nosotros, sobre todo tú, Max, que no tienes nada que hacer en todo el puto día. ¿Estás de acuerdo? —Pensé en mi piso de la plaza Real invadido por «las fuerzas del mal» y asentí—. Hay dos líneas claras en las que tenemos que meter las narices —explicó Roc, convertido en estratega de pacotilla—. En primer lugar, la del misterioso negocio que Tomás se traía entre manos la noche en que desapareció. En segundo lugar, la de los okupas que aparecen en las fotos. Yo me ocuparé del cliente de Tomás, Max, y tú de los okupas.

Me pareció bien. Prefería mil veces entenderme con okupas que con abogados. Quedamos en que cada uno investigaría por su cuenta y que nos encontraríamos más adelante para intercambiar datos.

Roc raramente acostumbra a fallar, y tampoco lo hizo en aquella ocasión. Cuando vio que se había creado el ambiente propicio, y cuando se sintió lo suficientemente motivado por la explosiva mezcla de Licor 43, champán y licor de violetas, se puso a hablar de uno de sus temas favoritos: la novela negra. Habló de desapariciones parecidas a la de Tomás que había leído en distintos libros, imaginó intrigas, dibujó personajes, inventó desenlaces e incluso se atrevió a compararnos con algunos detectives famosos.

—Será mejor que lo dejes correr —lo detuve sin poder parar de reír—. Desengáñate, Roc. Ni tú ni yo tenemos pinta de detectives.

—¡Alto! —me frenó, dispuesto a contraatacar con toda su erudición—. ¿En qué te basas para decir eso?

—Pues en que no tenemos cara de Bogart —contesté, y le señalé un espejo para que lo comprobara.

—Ahí te equivocas de cabo a rabo —dijo muy convencido—. De acuerdo que ni tú ni yo nos parecemos a Bogart. Bueno, yo tal vez sí... —mi risa desbocada lo hizo callar—, pero, en cualquier caso, en la historia de la novela negra ha habido detectives de todas clases. No todos tienen por qué ser como Philip Marlowe. Acuérdate de lo que escribió John Buchan: «Todos los hombres, en el fondo de su corazón, creen que han nacido para ser detectives.» Así pues, ¿por qué no tendríamos que serlo nosotros?

—¿De verdad crees que una pareja formada por el último hippy de Barcelona y un progre reciclado como tú puede ofrecer alguna credibilidad? —le dije, cada vez más divertido con la hipótesis.

—¿Y por qué no? —se creció Roc—. Piensa que estamos hablando de detectives aficionados, y éstos, si tomamos como modelo al gran Sherlock Holmes, suelen ser hombres excéntricos, ricos y dotados de un intelecto admirable.

—Eso de rico no lo dirás por mí... —apunté sin dejar de reírme.

—Bueno, digamos que ésa es la única cualidad que nos falla, pero entre tú y yo tenemos las dos restantes en dosis bastante desarrolladas, querido Max. No me hagas detallar cómo se reparte la proporción, pero tranquilo, que vamos por buen camino.

Para celebrarlo, Roc levantó su copa, brindó por «Max Riera, detective alternativo» y juró que resolveríamos en un par de días la misteriosa desaparición de Tomás. Cosas del alcohol, supongo. De todos modos, tengo que admitir que lo de convertirme en detective alternativo no me sonó mal en aquel momento. Lástima que lo que estábamos bebiendo era el empalagoso licor de violetas de Tomás. Toda la impresión que podíamos haber causado de profesionales preparados que luchábamos sin descanso contra el crimen se fue a la mierda por culpa de aquella cursilada infecta. Más que detectives profesionales, parecíamos viejecitas de asilo. Sólo nos faltaba envolvernos en un chal de lana. O en una rebequita. Y ponernos a hacer calceta y a hablar de enfermedades y operaciones en perspectiva.

El momento culminante de la noche llegó cuando, animados por el alcohol y los porros, nos pusimos a cantar viejas canciones religiosas, producto de nuestra lamentable educación sentimental. Cuando estábamos entonando —desafinando, claro— el «perdona a tu pueblo, Señor...», Roc, llevado por el entusiasmo que lo caracteriza, alargó los brazos con ánimo de dirigir un coro imaginario y, sin querer, hizo caer una de las figuritas de Lladró del estante. Un Sherlock Holmes amanerado, con gorrita y pipa, dio una atrevida voltereta en el aire, utilizó el borde del sofá como trampolín y acabó hecho trizas en el suelo en medio de un gran estruendo.

—Tranquilo, Roc —me reí, divertido al ver su cara de culpable—, el dios del buen gusto sabrá perdonártelo.

—Mientras no nos pongamos en contra al dios de los detectives...

14

Más que un lugar lleno de fuego y de torturas, siempre me he imaginado el infierno como un mundo en el que tienes que resignarte a vivir con una resaca eterna. No una resaca cualquiera, sino una resaca de caballo, de esas que cuando cae una aguja al suelo resuena en el oído como si se tratara de una viga de hierro. La cabeza como un bombo, la lengua de corcho y el estómago revuelto. Si encima te asaltan el vómito y la diarrea, hay como para pedir la cuenta y despedirse de esta vida. Pensé en ello una vez más cuando me desperté con una horrorosa urgencia que me obligaba a constantes viajes de la cama al baño. Era automático: sólo pensar en la mezcla que habíamos estado bebiendo Roc y yo me asaltaban unas arcadas insoportables que me llevaban a maldecir a Tomás y a sus malditas ofertas de supermercado.

Sólo cuando llegó la tarde me vi capaz de comer algo. Me arrastré hasta la cocina y me preparé un arroz hervido que me comí a cucharaditas, como si fuera un viejo desdentado y desvalido. Después, ya más animado, salí de casa para ir a la plaza Real. La vida, a pesar de todo, continuaba.

Me detuve a tomar un agua mineral en el bar de Cipri con la intención de reunir fuerzas para subir a mi piso. O a mi ex piso. O a lo que fuera. Cipri me la sirvió refunfuñando. Era evidente que estaba de mal humor.

—Esta misma mañana me han hecho una oferta para traspasar el bar —me contó—. Les he dicho que no, y ellos venga a subir el precio. Cada vez me ofrecían más dinero, muy seguros de sí mismos, convencidos de que acabaría aceptando.

—¿Quiénes eran?

—¡Yo qué sé! Serían de una inmobiliaria, de un banco... ¡Unos maleducados, eso es lo que eran! Al final me he hartado y los he mandado a la mierda. Si dices que no, es que no, ¿verdad? —Cipri buscó mi aprobación y se la di—. A mí no me parece tan difícil de entender.

—Eres el último resistente, Cipri —lo felicité—. Seguro que te daban un pastón.

—¿Y qué haría yo sin el bar? —Hizo un gesto de total indefensión—. Morirme de aburrimiento.

—Pero ¿no decías que el barrio va a peor, que ya no es lo que era?

—¿Y qué, si lo decía? —Dejó de secar vasos un momento y me dirigió una mirada afilada—. El barrio va a peor, y tú lo sabes, pero es mi barrio. ¿Lo oyes? Mi barrio —se golpeó el pecho con la mano, muy fuerte—, y no lo cambiaría por ninguno. Conozco muy bien Barcelona, de cabo a rabo, pero como la plaza Real no hay nada. Max, tú lo sabes. Puede cambiar la gente, pueden venir otros mejores o peores, pero como esta plaza no hay nada parecido en todo Barcelona.

Estuve a punto de saltar la barra para abrazarlo y darle un beso de película. Después de oír tantas críticas del barrio, de ver tantas deserciones, por fin encontraba a alguien que tenía las cosas claras. Yo también pensaba como Cipri, que no había nada como la plaza Real, que era un lugar muy especial donde la gente iba a sentarse, a charlar y a divertirse, una plaza acogedora como ninguna... La plaza Real era única, y me daba cuenta muy especialmente ahora que estaba exiliado. Me terminé el agua mineral, le dije a Cipri, para hacerlo feliz, que estaba seguro de que aquel año el Barça ganaría la Liga y me fui a casa.

Sólo abrir la puerta vi que mi piso había cambiado a peor. Aquel pestazo de ambientador de cine, aquella limpieza infecta, aquella cháchara de fondo... eran toda una provocación para mi resaca. Pero en la sala me esperaba el horror con mayúsculas. Claudia estaba espachurrada en el sofá, como una reinona, con unas cuantas cajas de bombones esparcidas a su alrededor, una generosa colección de latas de Coca-Cola light, el televisor encendido y tres amigas ñoñas haciéndole la pelota. Alba aún no había llegado, a pesar de que me había jurado que estaría allí antes que yo. Me sentí como si me hubiera metido en la boca del lobo, desarmado y con resaca.

—¿Hay alguna novedad, Max? —me preguntó Claudia con los ojos empañados.

—Todo sigue igual —mentí piadosamente—. No se sabe nada de Tomás.

—¡Ay! —suspiró como si estuviese en un teatro de barrio—. A veces pienso que tal vez tendría que llamar a *Quién sabe dónde*.

—¿Y qué es eso? —pregunté intrigado.

Enseguida supe que no debía haberlo preguntado, porque las cluecas de la reunión, hablando todas al mismo tiempo y gesticulando como ventiladores, me explicaron que se trataba de un programa televisivo de gran éxito que se dedicaba a buscar a personas desaparecidas, que el presentador era muy interesante y que bla, bla, bla...

—Ay, sí, Claudia, tienes que ir —le dijo una de ellas cogiéndole la mano con emoción—. Estoy segura de que darías la mar de bien en la tele.

—Pero ¡qué dices!... —exclamó ella, haciéndose la coqueta, riendo halagada—. Con esta pinta. Si no sabría ni cómo moverme... —Hizo una pausa y, al comprobar que las otras no insistían, añadió—: Aunque, bueno, si tengo que hacerlo para encontrar a Tomás, iré. Todo sea por él.

Las amigas aplaudieron su decisión y ella se repantigó aún más en el sofá, como una bestia amorfa del reino submarino. De repente, todas callaron. Estaba a punto de empezar no sé qué coño de programa y no podían distraerse. En medio del silencio, surgió, poderosa, la voz horrible de un presentador emperifollado con una corbata odiosa que quería hacerse el gracioso a cualquier precio. Soltó una ristra de chistes horribles, pero Claudia y sus amigas rieron como hienas.

Me senté en un rincón, cerca de la ventana, y me dediqué a contemplar la plaza, mi querida plaza Real. Me dolía la cabeza y me sentía como si me hubieran vaciado por dentro, pero la visión de la plaza era un buen bálsamo para mi estado. Cuando llegó la pausa de publicidad las cluecas volvieron a fijarse en mí.

—Así que tú eres el que vive aquí... —me dijo una de ellas, echando un vistazo al salón con una mirada más bien de asco.

—Vivía —murmuré, subrayando mi condición de exiliado.

—Da un poco de miedo vivir por estos barrios, ¿verdad? —dijo otra con voz temblorosa, como si la invadiera un escalofrío con sólo pensarlo.

—Yo de noche no vendría para nada.

—¡Uy, Dios me libre! Te podrían robar...

—O pegarte.

—O violarte.

Me mordí la lengua y salí al balcón. Echaba de menos mi piso, echaba de menos la plaza, echaba de menos a la gente del barrio, pero aquello no significaba que estuviera dispuesto a escuchar a aquel coro de menopáusicas mentales soltando disparates sobre mi amado reino.

Encendí un porrito y me lo fumé con los codos en la barandilla. Daba gusto estar allí, tan cerca de las palmeras y con el paisaje de siempre: los borrachos, los bongueros, los camareros, los camellos, los turistas, las colas del Quinze Nits, las mochilas del Kabul... Estaba allí plantado, renovando mi idilio con la plaza, cuando de repente me di cuenta de que echaba algo en falta. El balcón estaba demasiado vacío. ¿Dónde estaba mi planta de maría? Me había crecido un palmo en poco tiempo, lo que significaba que el balcón le sentaba bien. Estaba muy orgulloso, pero alguien se la había pulido.

Entré en el salón cargado de una santa y justificada indignación. Las menopáusicas seguían babeando frente a la tele.

—¿Puede saberse dónde está mi planta de maría? —le pregunté gritando a Claudia.

—¡Shht! —me respondieron todas al mismo tiempo, indignadas, sin apartar la vista de televisor.

Repetí la pregunta, gritando todavía más. En esta ocasión, Claudia se dio la vuelta y me miró como si fuera un perdulario que se hubiera colado en su casa.

—¿Dónde cojones está mi planta? —repetí, intentando no perder los estribos.

—¿Una planta? —dijo ella, como si no supiera de qué le hablaba.

—¡Sí, mi planta de marihuana!

—Ah... Aquello que había en el balcón... Se murió y la tiré.

—¡¿Que se murió?! —Por aquello no pasaba; sabía que la planta estaba en su mejor momento, exultante de felicidad y salud, encantada de haber ido a parar a casa de un hippy consciente y responsable como yo—. No te lo crees ni tú, Claudia... Venga, dime dónde está.

Sabía que estaba gritando más de la cuenta, pero no pensaba ceder. Era una cuestión de principios. Claudia se quedó quieta, con la mano en el pecho, mientras sus amigas me observaban como si fuera un desaprensivo, un depravado, un desalmado...

—¡Pues la tiré, sí! —admitió al final Claudia, envalentonada ante sus amigas—. No quería que me detuviesen por tener droga en casa.

—¿Droga, dices? —La atravesé con la mirada encendida—. La peor droga es esta que te estás inyectando directamente en el cerebro —le indiqué la tele—, y las Coca-Colas y los bombones... Por no decir nada de este grupo de pánfilas que te llenan la cabeza de...

—¡Drogadicto, que eres un drogadicto sin alma! —me dijo Claudia, medio llorosa.

Estaba leyendo un horror extraplanetario en sus caras cuando de repente se abrió la puerta y entró Alba. Aquello las salvó. Si no fuera por ella estoy seguro de que las habría tirado por el balcón una tras otra. ¡Liquidación total! Seguro que a los guiris de la plaza les habría encantado el espectáculo y se habrían hartado de hacer fotos. *Typical spanish!* Y no os vayáis, que aún quedan más...

—¿Se puede saber qué pasa, Max? —me preguntó Alba, sorprendida al encontrarse con aquel numerito.

—Nada..., nada —dije, calmado. Era inútil intentar explicarle la auténtica dimensión del problema. Sabía que, fuera lo que fuera, se pondría del lado de su amada y deprimida hermanita.

Salí del salón dando un portazo y me refugié en la que había sido mi habitación, ahora también invadida por el aroma del perfume asqueroso de Claudia y por sus modelitos caducados de misa de domingo. Me tumbé en la cama y me tapé la cabeza con un cojín, pero incluso así oía a lo lejos cómo Claudia le explicaba a Alba una versión totalmente deformada de lo que había pasado, haciéndose la víctima descaradamente. «Ay, si supierais lo que estoy pasando. Es que este Max es un animal, un mal bicho, un drogadicto... Si hubiera estado aquí mi Tomás le habría soltado cuatro frescas.» Puse música para no tener que oírla y volví a echarme en la cama con los ojos cerrados. Cuando empezó a sonar el *More* de Pink Floyd me sentí mejor. «*On a trip to cyrrus minor...*» es excelente para la resaca. Ya iba por la tercera o cuarta canción, ya estaba consiguiendo recuperar la paz lejana de Formentera, cuando Alba entró hecha una fiera.

—Por favor, Max, no la líes más… —me reprendió, tal como esperaba que hiciera—. Ya sabes en qué estado se encuentra la pobre.

—Pues que no me hubiese tirado la planta de maría.

—Eres como un niño, Max.

—Y ella es una mala puta —dije sin moverme; que viera que lo decía desde una posición totalmente relajada y meditada.

Alba se me acercó, se sentó en el borde de la cama y me acarició el pelo.

—Aguanta un poco —dijo melosa—. Verás como pronto se acabarán los problemas y todo volverá a ser como antes.

La miré a los ojos. Me desarmaba con aquella sonrisa que sabía sacar cuando peor estaban las cosas.

—¿Tú crees? —le pregunté—. Empiezo a dudarlo. Las noticias que nos llegan de Tomás hacen temer que su desaparición se debe a algo más complicado de lo que pensábamos.

—Todo se complica, es cierto —aceptó—, pero confío en que se acerca el final. Cada vez sabemos más cosas de Tomás.

—No precisamente cosas buenas.

—Sí, ya, pero por lo menos tarde o temprano sabremos dónde está y qué le ha ocurrido. Lo que no quiero de ninguna manera es que le digas a Claudia lo que has averiguado. —Alba se mordió el labio—. Cuando he entrado y os he visto a los dos como gato y perro he temido que ya se lo hubieras dicho.

—Tranquila, que no es mi estilo.

—Júrame que no vas a decirle nada —me suplicó, cogiéndome por los hombros.

—Te lo juro —dije. Y le di un beso para sellar la paz. Alba me abrazó, escuchó todas las novedades y se llevó la mano a la boca cuando le hablé del misterioso asunto que tenía entre manos nuestro querido cuñado cuando desapareció—. ¿Tú sabías que Tomás hacía trabajos un poco turbios? —le pregunté. Ella dijo que no con la cabeza—. ¿Y Claudia? —insistí.

—Tampoco, que yo sepa. Ella no quería saber nada del trabajo de su marido. Ya sabes cómo es.

—Sí, ya, una tonta feliz.

—Max...

—Hay algo que no concuerda en todo esto —añadí sin prestarle atención—. El despacho de Tomás es muy cutre. Decoración mínima, muebles sin ningún estilo... No tiene nada qué ver con el piso de la Diagonal.

Alba encendió un cigarrillo, expulsó el humo contra el techo y me preguntó:

—¿Qué te parece el inspector González?

—Un inútil. No esperes nada de él.

—¿Y qué vamos a hacer?

—Roc y yo hemos decidido investigar por nuestra cuenta.

—¡Hostia, Max, no fastidies! —Alba reaccionó claramente en contra; era evidente que nuestro trabajo como detectives no le merecía lo que se dice el más mínimo margen de confianza.

—Quiero volver a mi piso —argumenté—, y si dejo el caso en manos del inspector González lo más probable es que no lo recupere nunca.

Alba dio unas cuantas caladas. Era evidente que estaba muy nerviosa. Después, se levantó, fue hacia la ventana y se puso a mirar la plaza.

—Haz lo que quieras —me dijo finalmente, de mala gana—, pero ándate con cuidado, Max. No quiero que acabes metiéndote en líos.

—Tendré cuidado —le aseguré—, pero comprende que no me puedo quedar de brazos cruzados.

Ella esbozó una sonrisa que abortó enseguida y dio el tema por resuelto.

—Pasado mañana se estrena la obra en el Tívoli —comentó sin mirarme—. Me gustaría que vinieras.

—Tranquila, allí estaré —le dije—. ¿Estás contenta de cómo ha quedado?

—No lo sé, la verdad —respondió, negando con la cabeza—. Ando tan liada y me preocupa tanto todo lo de Claudia que no sé si ha quedado bien o no.

Soltó una risita nerviosa y añadió:

—No me falles, Max.

Me levanté de la cama y la abracé por la espalda. Aún sonaba el disco de Pink Floyd y en la plaza parecía que las palomas se esforzaban por volar siguiendo sus acordes.

Por un momento todo volvía a parecer como siempre. Alba y yo estábamos en nuestra habitación, tenía ganas de hacer el amor, la resaca retrocedía... Lástima que de repente se abrió la puerta y aparecieron Mónica y David, los dos hijos de Claudia. Venían corriendo y sonriendo, como si les hiciera ilusión verme.

—¡Eh, tío Max! —me dijo Mónica lanzándose a mis brazos—. Hoy sí que me vas a contar un cuento, ¿verdad?

—Grrr... —gruñí.

Me di cuenta de que Alba se echaba a reír y oí que Claudia los llamaba desde el salón, como si temiera que les contagiara algo malo. Como reacción, más que nada por joder, decidí entretenerlos.

—Muy bien, niños —dije muy serio—. Os voy a contar un cuento muy de ahora mismo.

—¿Cómo se titula?

—Es el «Cuento del pobre campesino y la mala puta» —respondí sin inmutarme.

Mónica se tapó la boca con la mano y David abrió los ojos como platos.

—¡«Puta» es una palabrota! —exclamó Mónica.

—Papá nos ha prohibido decirla —remató David.

—Tranquilos, que la digo yo, no vosotros —seguí en tono didáctico mientras Alba se reía en la esquina—. Había una vez un hombre muy, muy, muy bueno que hacía de campesino en la ciudad y que, gracias a sus ímprobos esfuerzos, consiguió que creciera en el balcón una hermosa planta de maría...

La respuesta llegó en estéreo. Por un lado, Mónica preguntaba: «¿Qué es la maría?» Por otro, Alba intentaba pararme los pies y decía: «Max, por favor...»

15

Eché un vistazo al interior del bar Alfil cuando salí de casa. Estaba la gente de siempre: jugadores de ajedrez muy concentrados, un grupo de mirones ocasionales y unos cuantos expertos con libros de ajedrez bajo el brazo que apuntaban las jugadas más interesantes como si acabaran de descubrir la teoría de la relatividad. En la barra vi al inspector Dalmau. Estaba solo, con una cerveza delante y una pipa en los labios. La gabardina estaba doblada sobre el taburete contiguo. Miraba las pizarras del calendario de competición como si esperara que de allí surgiera una revelación repentina, una gran verdad que haría cambiar el rumbo del mundo. Decidí entrar a saludarlo. Hay policías y policías, inspectores e inspectores, y está claro que, dentro de ese ámbito, Dalmau es un caso aparte. Por extraño que pueda parecer, es un inspector en quien se puede confiar. Dalmau tiene otra cosa a su favor: puedes hablar con él en un bar, ya que pasa horas en el Alfil, en lugar de hacerlo en la frialdad de una comisaría.

—Hola, inspector —lo saludé mientras me sentaba a su lado.

Me miró sin esconder su sorpresa.

—Hola, Max. —Levantó las cejas como si fuese un actor americano—. ¿Qué quieres tomar?

Pedí una cerveza. Nunca dejo pasar de largo una invitación. A cambio, tuve que escuchar una vez más la muy especial filosofía del inspector Dalmau.

—Éste es el mejor lugar para hacer las paces con el mundo —me explicó muy convencido—. Una partida de ajedrez es, en el fondo, un resumen de la vida. Fíjate en aquella mesa. Han hecho jaque y mate en dos minutos. Visto y no visto. En aquella otra, en cambio, llevan más de una hora meditando las jugadas, y aún no se huele el final... Y en los dos casos se trata de lo mismo: de matar al rey.

—Lo que convierte al ajedrez en el juego más republicano del mundo —sonreí.

—No me seas tendencioso... Matas a un rey, pero queda otro. El ajedrez, en cualquier caso, es una lección excelente cuando un caso se atasca. —Hizo una pausa mientras yo bebía un trago de cerveza, y añadió—: Adelante, Max, ¿de qué se trata?

—¿De qué se trata qué? —dije, haciéndome el loco.

—Hace mil años que no pasas por este bar —dijo sonriendo—. A veces te veo cruzar la plaza y no miras el bar Alfil ni de reojo. Es como si no existiera para ti. Hoy, en cambio, no sólo has entrado, sino que te has sentado junto a mí y quieres hablar conmigo. La última vez que viniste a verme me parece recordar que había una mujer muerta de por medio y una historia sórdida de drogas y especulación urbanística. ¿Me equivoco? —Bajé la cabeza. Me había pillado de lleno—. Dime, pues —me animó a desahogarme—, ¿de qué se trata ahora?

Le expliqué todo lo que sabía sobre la misteriosa desaparición de Tomás, intentando no olvidar ningún detalle. Era un placer hablar con alguien que sabía escuchar como el inspector Dalmau. De vez en cuando, se llevaba la pipa a la boca, daba una corta calada y volvía a dejarla en posición de descanso. Cuando terminé, tragó saliva y me dijo:

—Si no he entendido mal, el inspector González está a cargo de este caso.

—Sí, pero no avanza nada —me quejé—. Es un farsante.

—Sea o no un farsante, no me corresponde a mí juzgarlo —dijo el inspector Dalmau, flemático como siempre, midiendo sus palabras—. Lo que es evidente es que se trata de un compañero de trabajo y que no puedo inmiscuirme en sus asuntos.

—Pero...

Me detuvo con un gesto de la mano.

—Pero lo que sí puedo hacer, en atención a nuestra vieja amistad —sonrió con la comisura de los labios—, es interesarme por el caso de una manera discreta y ver si hay algo que le haya podido pasar por alto al inspector González. Haré como estos viejos que van con la libretita estudiando las partidas de ajedrez —indicó a uno de ellos con la mano—. Será el inspector González quien juegue la partida, pero yo lo observaré desde muy cerca, no vaya a ser que mueva una pieza equivocada. ¿Te parece bien?

—Me parece perfecto —contesté, y respiré aliviado.

Sabía que Roc y yo nos estábamos complicando la vida, que tal vez nos estábamos metiendo donde no nos importaba, pero estaba bien saber que teníamos un comodín en la mano, una carta secreta por si las cosas se torcían más de lo esperado.

—¿Dónde dices que está el despacho de ese Tomás Miralles? —me preguntó a continuación.

Le di la dirección y la anotó en una libreta. También escribió la dirección de la oficina bancaria de Tomás y la matrícula del coche desaparecido. En lo relativo a las fotos de los okupas, escuchó lo que yo había descubierto hablando con Laia Soler y me pidió que lo mantuviera informado de las novedades que pudiera conseguir. Después, por sorpresa, me preguntó si había oído hablar del gran Capablanca.

—Vagamente —dije; me sonaba el nombre, pero no sabía de qué.

—Era un campeón cubano de ajedrez —me explicó con aire profesoral—. De los de antes, de los que no jugaban ni con máquinas ni como máquinas. Era extraordinario. Una vez desapareció un conocido suyo en Cuba y él lo resolvió por pura deducción. Cuando le preguntaron cómo lo había hecho, dijo: «Simplemente, jugando al ajedrez.» Quería decir que había sido metódico al máximo. Había intentado reconstruir todas las jugadas de la vida sin olvidarse de nada. Yo, en vuestro caso, haría lo mismo con la desaparición de Tomás Miralles.

—No es fácil hacerlo cuando todo se complica a tu alrededor —protesté.

—Nunca debes dar una partida por perdida —me dijo apuntándome con la pipa—. En cualquier caso, lo que es seguro es que las partidas no se ganan quedándose en casa sin hacer nada. —Y, tras una pausa, me preguntó—: Dime, ¿qué piensas hacer?

—Ya he empezado a moverme por Gracia y pienso seguir por ese barrio —le dije—. Todos los okupas de las fotos que tenía Tomás vivían en la casa incendiada y no creo que eso fuera casual. —El inspector me miró en silencio, como si dudara sobre lo que iba a decir. Al final me preguntó si sabía que había un skin detenido. Recordé que me lo había comentado Roc cuando todavía no era oficial—. Seguro que es el culpable —dije, arrebatado—. Los skins y los okupas no pueden verse ni en pintura.

—No te dejes llevar por el impulso —me aconsejó Dalmau—. Ya te he dicho que es mejor ir paso a paso. Lo que sabemos hasta ahora del skin detenido es que se llama Kevin, que es de una banda del barrio de San Cosme y que tenía los pantalones manchados de gasolina cuando lo arrestaron poco después del incendio.

—Lo ves...

—Él dice que estuvo poniendo gasolina en la moto y que se le cayó encima —prosiguió el inspector—. En cualquier caso, no puedes ir más allá de lo que está probado. El skin niega haber quemado la casa y no hay testigos. Por lo tanto, no está tan claro que fuera él.

—Pero los okupas dicen...

—Lo que dicen los okupas no va a misa, Max —me cortó—. Los hay que van de buena fe, pero también hay unos cuantos radicales antisistema que están dispuestos a lo que sea para salirse con la suya. Ellos seguro que te dirán que la culpa es del sistema, de los bancos y del capital..., pero no basta con que lo digan. Tienen que demostrarlo. Por cierto, ¿conoces bien Gracia?

—Nací y viví allí hasta los dieciocho años.

—Perfecto. Es básico conocer bien el territorio en el que te mueves. ¿Tienes algún contacto allí?

Recordé a Laia Soler. Tenía que volver a verla aquella misma noche para que me contara si había podido averiguar dónde vivía Bea, la chica que quizá nos podría aclarar algo sobre el incendio de la casa okupa.

—Tengo un contacto muy especial —dije sonriendo.

—Pues adelante —me animó—, pero ten cuidado. El ambiente de los okupas está muy cargado desde hace unos días.

Me terminé la cerveza, le di las gracias y me marché. Me sentía más confiado después de hablar con el inspector Dalmau. Era como si tuviera que hacer un salto mortal y alguien tuviera el detalle a última hora de ponerme una red debajo. Por nada, sólo por si acaso.

16

El bar donde me había citado Laia se encontraba en uno de los callejones que dan a la plaza del Sol. Tenía una entrada discreta, con la fachada pintada de negro y con algunos toques de diseño, como un angelito dorado que volaba por encima de la puerta y que parecía bendecir a todos los que entraban. O mearse encima de ellos, porque con los angelitos nunca se sabe. Por dentro era muy oscuro, sólo tenía una barra luminosa que era como un faro al que acudían con ánimo de proveerse de bebida todos los náufragos de la noche.

En la pista de baile, salpicada de destellos de colores, bailaban algunos jóvenes, casi todos vestidos de negro. Lanzaban los brazos y las piernas en todas las direcciones, como si quisieran deshacerse de ellos, y gritaban eufóricos cada vez que sonaba una canción que les gustaba especialmente. Me instalé en un rincón de la barra en compañía de un whisky con hielo y dejé pasar unos minutos para acostumbrarme a la oscuridad. Cuando lo conseguí, me entretuve fijándome en los movimientos del camarero: un chico negro con una camiseta de red blanca, pegada a la piel, y el pelo teñido de amarillo. Se movía como si alguien le hubiera puesto pilas nucleares.

Servía bebidas al ritmo de todas las músicas y llenaba los vasos sin dejar de moverse, con una botella en cada mano. Para rematar el numerito, solía culminar el movimiento final haciendo un arriesgado juego de equilibrio con una de las botellas, como un pistolero que hace girar su revólver. Le salía bastante bien. Por lo menos no rompió ninguna botella.

Cuando el disc-jockey puso un disco de Manu Chao, el público enloqueció. Los que estaban bailando soltaron un grito unánime y los pocos que no bailaban saltaron a la pista como impulsados por un muelle. Me quedé completamente solo en la barra, más solo que la una. La música sonaba bien y tenía un buen ritmo para bailar. Las letras tampoco estaban mal. «*Welcome to* Tijuana, tequila, sexo y marihuana...» Una buena mezcla, sin duda. Cuando le oí cantar «Me llaman el desaparecido, que cuando llega ya se ha ido...» me acordé de Tomás. ¿Dónde debía de estar el muy mamonazo? ¿Por qué no volvía de una vez por todas y explicaba qué coño había pasado?

Después, la noche se torció hacia una música más ruidosa que no conseguí identificar. Debía de ser heavy, techno, grunge o algo parecido. Lo que tenía claro es que ya no controlaba las nuevas tendencias musicales.

—¿Tienes algún disco de Grateful Dead? —le pregunté gritando al disc-jockey.

Me miró de arriba abajo y se puso a reír.

—De cachondeo, ¿no? —me respondió sonriendo—. ¿Qué quieres, que se duerman todos y que se acuerden de mi madre?

—¿Y de Creedence Clearwater Revival?

—Pero ¿tú de dónde sales? —dijo riendo abiertamente—. ¿Te quieres quedar conmigo o qué?

Lo dejé correr. Era evidente que allí se estaba dando lo que se suele llamar un conflicto generacional, y el que cantaba era yo, un escapado de los años setenta. Así pues, encendí un porro e intenté pasar de la música. Cuando lo conseguí, la verdad es que el juego de flashes de la pista no estaba nada mal. Amarillos, rojos, verdes, azules..., como un buen ácido de los tiempos de Formentera.

Una media hora después apareció Laia. Se había maquillado los ojos y llevaba unos pantalones negros muy ajustados, con la cintura baja, una camiseta roja, corta y sin mangas, que dejaba al descubierto un palmo de piel bronceada y un ombligo adornado con un *piercing* plateado en forma de aro. Estaba muy guapa, vestida para «matar» a cualquiera que se le pusiera por delante. Me saludó con una sonrisa generosa, me sacó el porro de los dedos y dio una calada profunda.

—Buena maría —me felicitó—. ¿Dónde la consigues?

—En el mercado de la Boquería —le dije con una sonrisa—. Allí tienen buen género, hierbas excelentes. Ésta es cosecha del noventa y ocho.

Laia se echó a reír y me propuso ir a otro sector del bar, a una especie de reservado donde la música no impedía la conversación y donde el ambiente era mucho más acogedor. Sentados en un sofá con tapicería de plástico de color verde chillón, me explicó lo que había podido averiguar de la misteriosa Bea.

—No te va a resultar nada fácil hablar con ella —me advirtió de entrada—. Se ha ido a vivir a casa de sus padres, a Vallvidrera. Se quedó muy traumatizada a raíz del incendio y parece que está bajo tratamiento psiquiátrico. No la dejan salir para nada y no quieren que vea a ninguno de sus antiguos compañeros.

—¿Está vigilada?

—No la dejan sola ni un minuto. Ayer llamé para interesarme por ella y hablé con su madre. Cuando le dije que quería ver a Bea me dijo con mala leche que no me molestara, porque no me dejarían ni pasar de la puerta.

Era una putada. La chica que podía ayudarnos a solucionar el misterio de las fotos de Tomás era totalmente inaccesible. Estuve pensando en una solución y se me ocurrió que tal vez el inspector Dalmau, amparado en su placa de policía, podría saltarse las barreras. Se lo comenté a Laia.

—¿La pasma? —Hizo una mueca de asco—. No me fío ni un pelo. Ya nos han maltratado demasiado. Siempre que se meten por medio acabamos recibiendo nosotros. No nos pueden ver ni en pintura. Por mí que se piren al Pryca.

—¿Cómo dices?

—Que se piren al Pryca —repitió riendo—. Tienes que ponerte al día respecto al lenguaje de la calle, Max. Venga, va, haz otro uaca.

—¿Un qué?

—Un uaca, un peta, un joint, un canuto, un mai, un porro... —volvió a reírse—. Tendré que darte un cursillo de argot actual.

Lié el porro que me pedía y nos lo fumamos tranquilamente. Después evalué el panorama. Una vez descartada la opción Dalmau, quedaban muy pocas posibilidades de acercarnos a Bea. Mientras intentaba encontrar otras alternativas, recordé lo que me había dicho el inspector Dalmau acerca del skin detenido.

—He oído algo de eso, pero no se ha confirmado nada —dijo Laia cuando se lo comenté—. Son rumores que corren.

—Lo sé de una buena fuente —insistí—. Es un chico del barrio de San Cosme y tenía los pantalones empapados de gasolina cuando lo pillaron poco después de que empezara el incendio.

—Aunque sea verdad, apuesto lo que quieras a que lo soltarán pronto —reaccionó Laia, despectiva—. No hay nada que hacer. ¿No te das cuenta de que la pasma no tiene ningún interés en descubrir a los culpables? La casa se quemó y a ellos les va bien. Ahora tienen un solar vacío y pronto empezarán a construir unos pisos que venderán a precio de oro. Una vez más la especulación ha salido vencedora... —Laia hizo una pausa y, cambiando de tono, añadió—: Pero no hablemos de cosas tristes. Venga, lía otro peta. Tal vez nos ayude a pensar.

Lié uno muy cargado y le cedí el honor de encenderlo. Lo hizo aspirando muy hondo, como si quisiera terminárselo de una calada. Cuando me lo pasó, los ojos le brillaban de un modo especial.

—¿Tú eres de los que vivieron en Formentera? —me preguntó riendo.

—Un par de años —dije, como quien exhibe viejas cicatrices de guerra.

Los años de Formentera quedaban muy lejos. La comuna de La Mola, los olivos de ramas larguísimas, las casas de piedra, los pinos, la Fonda Pepe, las calas de agua transparente, el Blue Bar, la luz dorada de la puesta, el aire caliente, los amigos de siempre, la mujeres, los porros, los ácidos, la música, las fiestas a la luz de la luna... Todo quedaba muy lejos, pero aún recordaba perfectamente aquella mezcla única de la isla, aquel ambiente medio africano y medio mediterráneo... Y también aquella canción de Pau Riba: «*Si passeu mai per davant de casa / no deixeu mai d'entrar una estona: / ens ajaurem al sol sota les branques / de la més gran de les figueres. / Ens asseurem al sol sota les parres / o sota un pi o d'una olivera, / i deixarem que les abelles / se'ns enduguin els pensaments / al rusc / per fer-ne mel*» («Si algún día pasáis por delante de mi casa / no dejéis de entrar un rato: / nos sentaremos al sol bajo las ramas / de la higuera más grande. / Nos sentaremos al sol bajo las parras / o bajo un pino o un olivo, / y dejaremos que las abejas / se lleven nuestros pensamientos / a la colmena para convertirlos en miel»). Los pensamientos convertidos en miel... Sin duda eran otros tiempos.

—Debió de ser demasiado, ¿no? —Laia puso ojos de soñadora—. Siempre que oigo hablar de aquellos años me da rabia no haber nacido antes.

—Formentera todavía está allí —le dije.

—Algún día iré, pero seguro que ya no es lo mismo... —Laia se mordió el labio y acentuó los ojos de soñadora—. Unos amigos míos fueron hace un año a La Mola y encontraron que el molino en el que habían vivido Pau Riba, Bob Dylan y compañía pertenece a una fundación oficial. Lo han restaurado a fondo, han limpiado los alrededores, pero está cerrado a cal y canto... Tuvieron ganas de romper la puerta y ocuparlo, pero había un vigilante y desistieron.

De repente fui consciente de que Formentera representaba para Laia lo que para mí Zanzíbar: un paraíso mitificado en el que nada desentonaba.

—Formentera estuvo bien durante unos años —le advertí—, pero se estropeó con la llegada del mal rollo.

—¿Qué quieres decir? —me preguntó, como si no pudiera creer que la isla había pasado por malos momentos.

—La heroína se llevó a muchos amigos y todo se fue a la mierda —contesté, torpedeándole el sueño—. La muerte apareció de pronto y se llevó todas las utopías.

—Ahora pasa lo mismo con los okupas —reflexionó Laia después de dar una nueva calada—. Todo va bien, nos entendemos perfectamente, no hay ningún mal rollo, hasta que alguien empieza a pincharse caballo y de repente se hunde. —Dibujó una sonrisa triste y añadió en un tono optimista—: ¿Sabes? Cuando estoy triste, me pongo *Formentera Lady*, de King Crimson, y pienso que allí no existen los problemas...

Recordé *Formentera Lady*. Habíamos escuchado tantas veces aquella canción... «*Formentera Lady, dance your dance for me. Formentera Lady, dark lover...*» Era como si de alguna forma ya conociéramos a aquella misteriosa dama.

—Yo, cuando tengo problemas, pienso en Zanzíbar —sonreí—. Todo el mundo tiene un paraíso mental en el que refugiarse.

Le hablé a Laia de mi isla soñada y ella me escuchó fascinada, como si le estuviera hablando de un paraíso secreto. Con el dedo dibujé en el brazo del sofá el perfil arqueado de las playas, las estelas de los *dhows*, las calles laberínticas de la Ciudad de Piedra, las puestas de sol desde la terraza del Africa House... Cuando terminé, ella dejó pasar unos minutos de silencio, como si estuviera imaginándose lo que acababa de describirle, y concluyó que le gustaría mucho ir a Zanzíbar.

—Y a mí —reí.

—No me digas que nunca has estado —dijo sin esconder su sorpresa.

—Algún día iré... —dije como si fuera un pistolero del Oeste que sabe que no puede morirse sin cumplir su sueño.

—Podemos ir juntos —dijo ella buscándome la mirada.

Después se me acercó y me dio un beso en la boca, primero suave, como de ángel tímido; después apasionado, explosivo, cargado hasta los topes de goma-2.

No lo esperaba, la verdad. Es más, en un primer momento me dejó tan sorprendido que me quedé haciendo la estatua, sin saber cómo reaccionar.

—¿Qué te pasa? —me preguntó ella, sin acabar de creérselo.

—No sé... —Forcé una sonrisa de circunstancias, fuera de juego—. Pensaba en Alba, mi mujer, y...

Laia soltó una carcajada.

—¡Uy, uy, uy!... —dijo pasándose la mano por el pelo—. Me parece que eres de aquellos que van de hippies por la vida, pero que a la hora de la verdad son más burgueses que la hostia.

Llegados a ese punto, me di cuenta de que no podía quedarme parado. Las esencias del movimiento hippy se estaban poniendo en cuestión y no podía permitirlo de ningún modo. La atraje hacia mí y la besé con decisión. Tenía unos labios frescos y tiernos como un melocotón de viña, con un regusto que hacía años que no probaba. A través de la camiseta noté la turgencia de sus pechos, pequeños, tiesos y redondos, con unos pezones rígidos que expresaban la urgencia del deseo.

—¿Nos vamos? —me propuso ella con la mirada aguada.

Pagué el whisky y salimos abrazados del bar, los cuerpos hechos un nudo. Un rato después estábamos haciendo el amor en el piso de la Diagonal, a la sombra de una figurita de Lladró que representaba a una pareja bailando el vals en el más puro estilo vienés. Cuando Laia se desnudó, en un momento, como si no estuviera haciendo nada del otro mundo, me pareció una escultura de proporciones ideales. Toda ella era magnífica. Me gustó acariciar su piel suave y descubrir que tenía una flor tatuada en una de las nalgas, justo en el punto en el que se juntaba con la espalda. Era dulce y encantadora y hacía el amor como un caballo desbocado. Fue todo perfecto, como en los tiempos gloriosos de Formentera. «*Formentera Lady, dark lover...*»

17

Cuando me levanté, Laia ya no estaba. Sólo quedaban las sábanas arrugadas y una nota sobre la almohada. «Un besote, Max. Llámame. Laia.» Estuve pensando en ella mientras me duchaba, mientras me miraba en el espejo, mientras desayunaba. Me sentía rejuvenecido, optimista, nuevo. Parecía mentira que una chica tan encantadora pudiera resumirse en un nombre tan corto. Laia... Incluso después de ducharme, sentía su olor pegado a mi piel, como si nunca tuviera que abandonarme.

Pasé el resto del día tratando de dibujarla. Me entretenía trazando los perfiles de su cara, de sus ojos, de sus piernas, de sus nalgas... Incluso intenté dibujarla en una playa de Zanzíbar. Encajaba perfectamente. Su cuerpo tierno de diosa, su sonrisa abierta, las palmeras, la arena, el mar...

Por la tarde intenté llamarla. Mala suerte: tenía el móvil desconectado. Después pensé que, a pesar de todas las Laias, tenía que intercambiar novedades con Roc. Lo llamé al periódico tres o cuatro veces, pero me dijeron que estaba tan ocupado que no podía ponerse al teléfono ni un segundo. Visto el panorama, decidí probar suerte con Saura. Tenía la sensación de que no me había dicho todo lo que sabía y quería quedar con él para que me explicara más cosas de Tomás. Lo encontré en su despacho, pero lo noté muy nervioso.

—No quiero que nos veamos aquí —me dijo con voz temblorosa—. Es mejor que quedemos en otra parte.

Me propuso que nos encontráramos en un bar no muy lejos del despacho y le pedí que, si podía, viniera con Mercè, la secretaria. Pensaba que estaría bien que ella también diera su versión de los hechos. Después intenté llamar otra vez a Roc. Esta vez tuve suerte. Le comenté la cita que tenía con Saura y añadí que preferiría que fuéramos los dos. Roc inició una colección de quejas —tenía mucho trabajo en el periódico, tenía que cerrar páginas, estaba desbordado...—, pero acabó diciendo que iría si conseguía arañar unos minutos.

El bar en el que me había citado Saura era un local anónimo y gris, lleno de clientes ocasionales y de camareros uniformados de aspecto aburrido. Me senté en una mesa arrinconada, encendí un porro, pedí una cerveza y esperé a que llegara Saura. Lo hizo al cabo de unos minutos, visiblemente nervioso. Sudaba a chorros y no cesaba de mirar hacia atrás. Lo acompañaba una mujer joven con aspecto de señora ya mayor que deduje que era Mercè. Llevaba unas gafas de montura retorcida y el pelo recogido en una discreta cola de caballo. Desde el primer momento mantuvo la mirada baja, como si temiera molestar. Era una secretaria y se comportaba como una secretaria.

—Estoy viendo muchas cosas raras últimamente —me dijo Saura mientras se sentaba a la mesa—. Viniendo hacia aquí me ha parecido que alguien me seguía. Y no es la primera vez.

Sus ojos parecían los de un loco, desesperado.

—¿Quién te sigue? —le pregunté.

—Un tío alto y fuerte. —Hizo un gesto como si quisiera mostrarme las medidas de un armario—. Quizá sean manías mías, pero...

Roc llegó justo en aquel momento. Jadeaba, como si hubiera corrido para llegar a tiempo a la cita, pero lo importante era que, a pesar de todo, había aparecido. Aclaró que no disponía de mucho tiempo, que tenía que cerrar páginas, que en el periódico lo matarían y no sé cuántas cosas más. Cuando lo puse al corriente de lo que ocurría, lo primero que hizo fue preguntarle a Saura por qué tendrían que seguirlo.

—¿Y por qué desapareció Tomás? —respondió Saura con otra pregunta—. Desde que él no está veo fantasmas por todas partes. Todo es demasiado extraño como para estar tranquilo.

Roc me dirigió una mirada que entendí enseguida: insinuaba que Saura estaba como un cencerro y que sería mejor dejarlo correr. No le hice caso. Pedimos cervezas para todos, excepto para Mercè, que prefirió una Coca-Cola, e insistí en centrar a Saura en lo que de verdad nos interesaba.

—El otro día me dijiste que cuando desapareció, Tomás tenía entre manos un asunto digamos poco claro, ¿verdad? —le recordé.

—No debería habértelo dicho... —Saura dio una calada muy corta al cigarrillo y bebió un sorbo de cerveza.

—¿Por qué no?

—Están pasando cosas muy raras y... —Saura miró a Mercè y ella bajó los ojos—. Prefiero no hablar de ello

—concluyó Saura—. De hecho, no tendría ni que haber venido. —Y, dirigiéndose a la secretaria, añadió expeditivo—: ¿Nos vamos, Mercè?

Ella, sumisa, esbozó una sonrisa y se levantó de la silla, dispuesta a seguirlo hasta el fin del mundo, pero la detuve con una nueva pregunta.

—Mercè... —Le busqué la mirada que ella insistía en rehuir—. ¿Tienes alguna idea de quién podía ser ese misterioso cliente de Tomás?

Miró primero al suelo y después a Saura. Éste puso cara de póquer, apagó el cigarrillo en el cenicero y le dijo a la secretaria que hiciera lo que quisiera.

—En los últimos días, Tomás recibía muchas llamadas de Masdeu y Asociados —dijo con un hilo de voz mientras volvía a sentarse—. Yo juraría que la noche que se quedó en el despacho estaba trabajando para ellos.

Roc soltó un largo silbido, abrió los ojos como platos y me explicó que Masdeu y Asociados era uno de los bufetes de abogados más prestigiosos de Barcelona. Tenían un edificio entero en el paseo de Gracia, lleno hasta los topes de legajos oficiales, casos complicados, asuntos millonarios y decenas de jóvenes abogados con futuro.

—No lo entiendo —dije—. ¿Para qué quiere un bufete lleno de abogados contratar a un abogado de fuera? Si tienen tantos....

Esta vez fue Saura el que habló.

—Lo hacen cuando se trata de asuntos irregulares —me informó, seco—. Prefieren no ensuciarse las manos y subcontratarlo. No firman nada, no queda constancia en ninguna parte. Si sale mal, se desentienden del asunto.

—Entonces, Tomás...

—Tomás —añadió Saura con una mirada de inteligencia—, como yo, como todos, cuando recibe un encargo de Masdeu y Asociados lo acepta enseguida porque sabe que mueven mucho dinero.

—A pesar de ser ilegal —apuntó Roc.

—Si es ilegal o no es secundario. El dinero que ponen sobre la mesa es un argumento suficientemente contundente —dijo Saura, lapidario.

Recordé lo que había contado Claudia días atrás. Según ella, Tomás le había anunciado poco antes de la desaparición que cuando cerrara el asunto que tenía entre manos le haría un buen regalo. Las palabras de Saura, que confirmaban que en Masdeu y Asociados se movía mucho dinero, ayudaban a entender por qué Tomás se prometía un futuro feliz. Pero aún quedaba por saber de qué clase de asunto se trataba.

—¿Y dices que a ti no te habló de ese trabajo? —le pregunté de nuevo a Saura, que seguía fumando como una chimenea.

—No me dijo nada de nada. Que Masdeu y Asociados estaba detrás lo he sabido hoy mismo por Mercè. —Ella volvió a bajar la mirada, avergonzada de quién sabe qué—. Y es extraño, porque con Tomás solíamos comentarlo todo. No sé, tal vez se olía algo.

—¿Como qué?

—Pues que era un asunto delicado, peligroso... Ya habéis visto cómo ha acabado.

Roc, sin dejar de mirar a Saura, estuvo jugando un rato con el mechero. Lo golpeaba contra la mesa con ritmo pautado. Saura y Mercè estaban callados, pero se dirigían miradas que eran de evidente complicidad. O estaban muy nerviosos o escondían algo.

—¿Creéis que puede haber alguna relación entre Tomás y el desalojo de una casa okupa? —les pregunté a bocajarro.

Saura se terminó la cerveza de un trago, se ordenó el flequillo y me dijo que por qué lo preguntaba. Cuando le hablé de las fotos de okupas que había encontrado en el piso de la Diagonal soltó un largo resoplido.

—No lo sé, no lo sé —repitió nervioso—. Ya te digo que no me habló del asunto.

—Pero ¿crees que Masdeu y Asociados podría encargarle a Tomás un trabajo que tuviera relación con los okupas? —insistí.

—Sí y no. O no y sí —dijo de mala gana—. Ya te he dicho que no sé nada. Estamos hablando por hablar.

Era evidente que Saura se cerraba en banda. O bien era cierto que no sabía nada, o no podía hablar. Visto el panorama, Roc intervino para cambiar de registro.

—¿Recuerdas quién era el contacto de Tomás en Masdeu y Asociados? —le preguntó a Mercè.

Ella tosió un par de veces antes de contestar.

—En los dos últimos días pasé unas cuantas llamadas de un tal señor Manubens —dijo—. Juraría que era de Masdeu y Asociados.

Roc y yo miramos a Saura, esperando una ampliación.

—No sé quién es —respondió poniendo cara de cero—. Pero es que aquello es como un ejército, son la tira.

Bebí un sorbo de cerveza mientras Mercè se tomaba su Coca-Cola como si fuera un pajarito.

—Intentaré hablar con ese Manubens; seguro que puede contarnos muchas cosas —dijo Roc, intentando enfocar el caso hacia la parte positiva; después, volviéndose hacia Saura, le preguntó—: Tú que conoces a Tomás, ¿tienes alguna hipótesis sobre lo que ha podido pasar?

Saura negó con la cabeza. Sudaba más que nunca y se mordía el labio, nervioso.

—Si la tuviera, tampoco os la diría —dijo por fin, cansado—. Ya me ha costado mucho venir aquí.

—Pero se trata de ayudar a Tomás... —insistí.

—Ya... Por eso he venido finalmente. Pero no me gusta nada lo que está ocurriendo. Nada.

Se pasó la mano por la cara, dedicó una mirada rápida a uno y otro lado y se levantó para marcharse. Mercè hizo lo mismo.

Cuando me quedé solo con Roc, le pregunté qué le había parecido aquella extraña reunión.

—De algo estoy seguro —dijo—. Saura se la tira.

—¿A quién?

—A la mosquita muerta de la secretaria. —Me hizo un guiño—. Saura se la tira, segurísimo. ¿No has visto cómo lo miraba de reojo?

—¡Hostia, Roc, no jodas! —me quejé—, siempre pensando en lo mismo.

—Pero si está clarísimo... —dijo él, los brazos abiertos como si quisiera abrazar una evidencia descomunal.

—Muy bien, de acuerdo, se la tira —dije yo—. Yo a Mercè la veo más bien muermo, pero se la tira, ¿y qué?

—No creas, esas mosquitas muertas a veces en la cama son unas auténticas fieras —soltó una especie de silbido evocador—. Conocí a una que...

—Roc —lo corté, harto de aguantar sus salidas—, ¿qué te ha parecido lo que han dicho de Tomás?

—Al menos tenemos por dónde empezar. Llamaré a Masdeu y Asociados y preguntaré por ese misterioso Manubens. —Hizo una pausa para consultar el reloj y, con un gesto de contrariedad, añadió—: Lo siento, pero ahora tengo que irme. En el periódico me van a matar.

Antes de que se marchara, tuve tiempo de recordarle que al día siguiente se estrenaba la escenografía de Alba y que podíamos encontrarnos en el teatro. Estuvo de acuerdo. Después consultó de nuevo el reloj y, como si fuera el conejo de *Alicia en el país de las maravillas*, se fue diciendo que era tarde, muy tarde, muy tarde, y que tenía que marcharse corriendo al periódico a cerrar páginas, a cerrar páginas, a cerrar páginas...

18

Llamé a Laia en cuanto me separé de Roc y quedamos en vernos aquella misma noche. Ella iría a casa pasadas las diez, me dijo, pero añadió que tendría que marcharse pronto, porque a medianoche se había convocado una asamblea en la casa okupa para preparar la defensa en el caso de un asalto que algunos creían inminente.

Pasaban cinco minutos de las diez cuando sonó el timbre. Era ella. Había llegado corriendo y estaba sin aliento, pero incluso así se me colgó del cuello, cruzó las piernas alrededor de mi espalda y me dio un beso largo y cálido, de esos que te hacen sentir como si te hubiesen instalado el sistema *sensurround* en el cuerpo.

—Tenía muchas ganas de verte —me murmuró al oído.

—Y yo a ti —dije, sorprendido de hasta qué punto me estaba colgando de ella. En cuestión de pocos días, Laia se estaba convirtiendo en una droga a la cual me veía incapaz de renunciar.

Nos desnudamos deprisa, con la familiaridad que da haber hecho el amor ya anteriormente, aunque sólo fuese un día, y nos echamos en el sofá del salón. Sus besos eran sensuales, apasionados, y mi cuerpo parecía despertar a medida que me acariciaba con sus manos pequeñas. Me excitaba verla con la pasión a flor de piel, sentir su lengua siguiendo mi cuerpo, sus piernas enroscadas con las mías en busca de la unión perfecta. Le besé los pechos, la rosa tatuada, el *piercing* del ombligo, los ojos... Hacer el amor con Laia era casi como estar en Zanzíbar.

Cuando nos despedimos, le regalé una estatuilla de Lladró que representaba a una panadera feliz.

—¿Para qué la quiero? —se rió Laia—. Es feísima.

—Por eso te la doy —insistí—. Cuando tengas un momento triste, la estampas contra el suelo y verás como te sientes mejor. Te servirá para desahogarte.

Laia me abrazó con fuerza, me dio un beso de despedida y se me quedó mirando un instante con ojos aguados. Después, alzó la figurilla y la estampó contra el suelo con decisión.

—La verdad es que me siento algo mejor —comentó riéndose—, pero incluso así siento separarme de ti.

Y se fue.

Me costó coger el sueño después de su marcha. Salí a la terraza y me fumé un porro sin prisas, mirando las estrellas que brillaban por encima de un perfil roto de azoteas que estaba a años luz de la vista privilegiada de la plaza Real. Estuve pensando hasta qué punto me estaba colgando de Laia. Hay una edad en la que crees que controlas todo lo que se refiere a la pasión y al deseo, que ya nada te va a coger por sorpresa, pero de vez en cuando surge una Laia que te rompe todos los esquemas.

Entré en el salón cuando me di cuenta de que tenía el cuerpo frío. Me senté en el sofá y, probablemente por oposición, me puse a pensar en Tomás y Claudia. ¿Dónde estaba Tomás? Me preguntaba si todo el lujo del piso de la Diagonal era producto de los trabajos inconfesables, si tras el aspecto gris y aburrido de Tomás existía un mundo oscuro de intrigas, juego sucio y conjuras.

Cuando finalmente conseguí dormirme, me despertó el timbre. Llamaban con insistencia desde la calle. ¿Quién podía ser a aquellas horas? ¿Tal vez el mismo Tomás, que por fin regresaba? Recordé las manías persecutorias de Saura y lo que me había explicado Laia sobre las amenazas a la gente de la casa okupa. No podía fiarme. Era evidente que fuera quien fuera el que estuviera moviendo los hilos de aquella complicada trama no se andaba con tonterías. Fui a abrir acojonado, pero me calmé por el camino diciéndome que la mala gente no acostumbra a llamar a la puerta. Entran directamente y no se andan con hostias.

—¡Abre, Max; soy yo! —Reconocí la voz de Roc.

¿Qué pasaba? ¿Más problemas? Miré el reloj de pared. Eran casi las tres de la madrugada. ¿Qué podía haberle ocurrido a Roc? ¿Con qué me iba a sorprender? Preocupado, fui a recibirlo al rellano, pero cuando el ascensor se detuvo y apareció Roc con su sonrisa de sátiro me di cuenta de que no debía preocuparme por nada. Por si todavía me quedaba alguna duda, el aspecto de la persona que iba con él me acabó de convencer de qué clase de urgencia lo movía. Era una chica joven y risueña, rubia teñida, con un vestido muy ajustado, unas piernas larguísimas y un par de pechos talla gigante.

—Max, Berta —hizo las presentaciones, mientras me dedicaba un guiño de complicidad.

Ella me dijo «hola» con voz estridente, soltó una risita estúpida y entró tambaleándose en el piso. No era necesario hacerle ningún análisis para saber que había bebido más de la cuenta. Roc, del que no podía decirse que estuviera sereno, se quedó conmigo un rato para explicarme lo que estaba pasando.

—No es lo que piensas... —dijo de entrada, intentando adoptar un aire respetable.

—Hombre, Roc... —sonreí.

—Bueno, sí, es lo que piensas —aceptó con una cabezada—. Tengo ganas de echar un polvo y me he encontrado esta ratita que se presta a ello. Pero lo hago por motivos profesionales, que conste. —Levantó un dedo para reforzar su argumento—. ¿Sabes dónde trabaja?

—Ni idea.

—Es secretaria de Masdeu y Asociados.

Se puso el índice en los labios, pidiéndome discreción, y volvió a guiñarme el ojo, como si quisiera dejar claro que estaba con aquella tetuda sólo para tirarle de la lengua respecto a la extraña relación del bufete de abogados con Tomás. Pero en las condiciones en que se encontraban los dos, era evidente que lo único que pensaban hacer, más allá de los objetivos secundarios de Roc, era pegarse un buen revolcón.

—Muy bien, haz lo que quieras —le dije, acostumbrado a sus camelos—, pero no montes mucho pollo, ¿vale, Roc? No estoy en mi casa y en este barrio los vecinos son unos remilgados.

—Tranquilo, Max, ya me conoces —me aseguró con cara de profesional responsable—. Un polvo rapidito y fuera. Yo soy el primero que quiere discreción. —Soltó una risita de conejo—. No me interesa que se publique nada.

Los dos pasaron al santo dormitorio de Claudia y Tomás, y yo me quedé solo en el salón. Puse la tele en marcha para hacer algo. Me costaba volver a dormirme. Unos cuantos señores y unas cuantas señoras se peleaban a gritos alrededor de una mesa. El presentador dijo que aquello era una tertulia, pero no me convenció. Preferí cambiar el canal. En otro lado hacían una película de policías y ladrones. Persecuciones, tiros, explosiones, coches que volcaban...

En esta ocasión no llamaron al timbre, sino que oí unos fuertes golpes en la puerta. Alguien la aporreaba con la mano plana, con insistencia. Si era un vecino que se quejaba de no poder dormir debía de tener el oído muy fino. La tele estaba casi sin sonido y del polvo de Roc no se oía ni un triste gemido. Con la cogorza que llevaban, tal vez incluso se habían dormido antes de empezar.

Cuando, intrigado, fui a abrir la puerta, lo primero que vi fue el rostro grasiento y sudado del inspector González.

—¡Orden de registro! —me gritó con una voz cien por cien oficial, como si no me conociera, plantándome ante las narices un papelote lleno de firmas y sellos. Lo acompañaban dos agentes con cara de gilipollas que, sin molestarse en saludar, entraron directamente hacia el salón, como si temieran que se les escapara alguna prueba.

—Éstas no son horas de venir —protesté, cansado, viendo cómo se complicaba la noche—. Si ya registró el piso hace pocos días, inspector. ¿No se acuerda?

—Ahora es muy distinto —me dijo mientras me mostraba nuevamente la orden de registro—. Ahora se trata de un acto oficial.

—¿Y se puede saber qué es lo que ha cambiado? —pregunté.

—¡Todo ha cambiado! —El inspector González abrió los ojos como platos de sopa—. Hasta ahora el señor Miralles era sólo un desaparecido. Pero a partir de hoy, se le acusa de estar implicado en una estafa a gran escala. —Lo recitó como si estuviera leyendo una nota policial—. Existe la seria sospecha de que el sujeto implicado se dedicaba a falsificar tarjetas de crédito y es muy probable que haya estafado por este procedimiento más de doscientos millones de pesetas.

¿Tarjetas de crédito falsas? ¿Estafa? ¿Doscientos millones?... Pero ¿de qué me estaba hablando aquel loco? ¿De Tomás Miralles? No, no podía ser. El único cargo del que se podía acusar a Tomás era el de ser un hombre absolutamente aburrido, dedicado a una vida familiar sin emoción ninguna y capaz de aguantar durante años a la tonta de Claudia. No, la acusación de estafa no me cuadraba con el personaje y así se lo dije al inspector.

—La investigación que está en marcha lo aclarará todo —insistió González—. Ya hemos revisado a fondo su despacho de abogado.

—Pero si en su despacho no queda nada —protesté—. Los ladrones se lo llevaron todo al día siguiente de su desaparición. Me consta que usted lo sabe.

El inspector González pareció desconcertado al ver que yo estaba al corriente de aquel robo. Dudó un instante, como si intentara preparar una nueva estrategia, pero acabó apartando mis alegaciones con un gesto rotundo de la mano.

—Sea lo que sea, no estoy autorizado a decir nada más sobre el caso —se cerró en banda—. Tengo que mantener el secreto oficial.

—¿Y saben por lo menos dónde está Tomás?

—No, pero estoy seguro de que pronto lo sabremos —dijo muy convencido—. Precisamente por eso he venido.

—¿Y era necesario que lo hicieran a las tres de la madrugada?

—No podemos distraernos. —El inspector me dirigió una mirada afilada, insinuando que no se chupaba el dedo—. El tiempo pasa y no queremos correr el riesgo de que las pruebas se destruyan.

—Pero ¿de qué pruebas está hablando? —le espeté—. Todo esto es una comedia, inspector. Si hace ya días que vaciaron su ordenador.

El inspector me miró. Se entretuvo contemplando las figuritas de Lladró una a una, como si fueran sospechosas de algo. Cuando terminó la revisión, me apuntó con un dedo y me dijo en tono tétrico:

—El círculo se está cerrando alrededor del señor Miralles y no tardará en aparecer. Y, créame, cuando lo haga tendrá que dar muchas explicaciones.

Algo no encajaba en todo aquello. La bofia no había encontrado a Tomás, no sabía dónde estaba, pero se sacaba del sombrero aquellas increíbles acusaciones. Me dejé caer en el sofá, abatido, y justo en aquel momento apareció uno de los agentes con Roc y la rubia teñida. Los dos estaban en pelotas: ella, que aún llevaba una buena turca encima, se reía como una tonta; él tenía cara de acojonado.

—¿Y estos dos? —me preguntó el inspector señalándolos con un gesto a medio camino entre la sorpresa y la censura.

—Son amigos míos —dije con una sonrisa mientras recordaba las promesas de discreción de Roc.

—¿No serán cómplices del señor Miralles?

Estuve tentado de decirle que sí, para ver cómo se lo montaba Roc para salirse de aquel lío, pero me sentí magnánimo. La madeja ya estaba demasiado liada y no era cuestión de darle más carnaza al loco de González.

—Nada que ver —le dije al inspector—. Están aquí por casualidad.

—De todas formas, tómeles declaración, Roca —ordenó—, pero deje que antes se vistan.

El agente Roca se los llevó de nuevo a la habitación. Andaban como patos, con las piernas pegadas e intentando taparse las vergüenzas. Si no fuera porque todo resultaba patético, habría sido bastante cómico. Mientras, el otro agente iba poniendo en cajas todo el material requisado del despacho de Tomás.

—¿A qué viene esta comedia, inspector? —me quejé nuevamente—. Si ya sabe que aquí no queda nada interesante...

—Órdenes superiores —se limitó a decir, impertérrito.

Después se fue a supervisar el registro mientras yo me quedaba solo en el salón, sin saber qué hacer. Me apetecía encender un porro para calmarme, pero sabía que no era el mejor momento para hacerlo. Viendo cómo las gastaba el loco de González, si me encontraba un gramo de maría encima era capaz de empapelarme por tráfico de drogas a gran escala y de buscarme las cosquillas a fondo. Así que me quedé quieto, sin atreverme a hacer nada, la mirada perdida en la colección de ridículas figuritas de Lladró.

Los policías estuvieron un par de horas mirando y remirando a fondo. Sacaban libros de la exigua biblioteca, uno a uno, los abrían y los sacudían para asegurarse de que no había nada dentro. Registraron debajo del sofá y de los sillones y, siempre bajo la mirada oficial del inspector González, se entretuvieron en comprobar que no había nada detrás de los plafones de madera del salón. Estoy seguro de que no encontraron nada nuevo, pero aun así se llevaron algunas cajas «llenas de pruebas» a comisaría.

—Ya tendrá noticias nuestras, señor Riera —se despidió el inspector—. Es probable que le citen dentro de unos días para declarar.

—¿Declarar, qué? —pregunté, sorprendido—. Supongo que no me acusarán de ser cómplice de estafa, ¿no? —Sonreí—. Si no tengo ni un puto duro...

—Nunca se sabe —contestó el inspector levantando las cejas.

Cuando los polis se marcharon, en la sala aparecieron Roc y la rubia. Casi me había olvidado de ellos. Iban vestidos de arriba abajo, hasta el último botón, y estaban apagados como dos pajaritos moribundos. En sus miradas no quedaba ni el más mínimo rastro de deseo.

—¿Qué? —le pregunté a Roc sin poder evitar reírme—. ¿Has tenido la discreción que buscabas?

—Calla, Max, calla. Esto es muy serio —dijo sin sonreír ni un milímetro—. Nos han tomado declaración y constará en los archivos oficiales de la bofia. Si lo sabe Ana, estoy perdido.

—Tranquilo, porque seguro que haréis las paces importando una chinita la mar de mona —me reí.

—Que te den, Max, no es hora de coñas —me lanzó.

Los dos se fueron con el rabo entre las piernas. Nunca mejor dicho, sobre todo en el caso de Roc. Cuando volví al salón, cogí una estatuilla de Lladró, la que representaba a un guardia civil enamorado, y la dejé caer despreocupadamente al suelo. Se hizo añicos con una facilidad admirable. Después lo probé con otra, la del oficinista feliz que se abrazaba a una máquina de escribir como si no pudiera vivir sin ella. ¡Cling! También quedó destrozada en un pispás. Si Claudia las echaba de menos, diría que aquella desgracia tan irrecuperable, tan desastrosa para el arte mundial, había ocurrido durante el registro de la bofia. Y es que la policía, ya se sabe, es tan descuidada...

19

Me levanté pasado el mediodía. Después de la nochecita con la que me había obsequiado el inspector González, no estaba dispuesto a hacer ninguna concesión. Por otra parte, cuantas más vueltas daba a la desaparición de Tomás, más claro tenía que no pensaba seguir investigando. Basta. La cosa se había complicado demasiado y no me quería liar en un asunto en el que se cruzaban acusaciones de estafa por valor de muchos millones. Si Tomás había decidido largarse, era asunto suyo. Si Tomás se había llevado o no los millones, ya lo investigaría la bofia, que para eso dicen que está al servicio de los ciudadanos. Así pues, desayuné a mi ritmo, me fumé un porrito en la terraza y eché de menos una vez más las palmeras de la plaza Real. Después, me puse a dibujar. Palmeras, arena blanca, agua azulísima... Estaba en Nungwi, nadando tranquilamente con la imaginación en la costa norte de Zanzíbar, cuando sonó el teléfono. Era mi madre.

—¿Se puede saber a qué juegas, hijo? —me riñó de entrada—. He llamado a tu casa y una mujer que no sé quién era me ha dicho que te encontraría aquí. Ni me llamas, ni vienes a verme, ni...

—Es que, verás...

—No, no hace falta que me lo cuentes —me frenó—. Prefiero no saber nada de tu vida disipada, hijo.

—Es que he encontrado trabajo, madre. —Improvisé para salir del paso; no tenía perdón por no ir a verla y de alguna forma tenía que disfrazarlo—. Soy detective.

Se hizo un silencio al otro lado del hilo.

—¿Quieres decir que haces lo mismo que Colombo? —me preguntó por fin mi madre.

—Más o menos.

—¿Y vas con gabardina, como él?

—Depende del tiempo que haga.

—¿Y te pagarán?

Cuando le dije que me sacaría un buen sueldo, se quedó pensando un rato, como si valorase mis posibilidades. Pero su conclusión fue que no iba a ir bien.

—No es que no te vea con una gabardina pringosa, hijo. Todo lo contrario, iría la mar de bien con tu aspecto de pordiosero, pero no es un trabajo para ti —dijo—. ¿No te das cuenta de que no vas a dar pie con bola?

Era fácil leer lo que pensaba: pudiendo llevar una vida tranquila, aburrida y bien pagada en la Caixa, ¿por qué tenía que jugar a policías y ladrones?

Le dije a mi madre que el primer trabajo consistía en intentar encontrar a un hombre que había desaparecido —preferí no decirle que era Tomás, no fuera a liarla— y me dijo que me ayudaría rezando una novena a santa Rita. Se lo agradecí de todo corazón. Hasta donde no pudieran llegar mis investigaciones, tal vez llegaría la influencia divina.

La siguiente llamada era de Alba, para recordarme que aquella noche era el gran estreno. Estaba muy emocionada. Pensé que tenía que hablarle del registro de la policía en el piso de la Diagonal y de las nuevas acusaciones que pesaban sobre Tomás, pero preferí dejarlo para más adelante. Ya debía de tener suficientes problemas en la cabeza como para añadir uno tan gordo como aquél. ¿Y si la policía iba a interrogar a Claudia? Se podía esperar cualquier cosa del patoso del inspector González, pero opté por callar y confiar en el azar. Así pues, seguí dibujando hasta que volvió a sonar el teléfono. En esta ocasión era Roc.

—¿Hay alguna novedad de la bofia? —me preguntó en un tono de voz que podía calificarse de acojonado.

—Ni una.

—Esto, Max... —dijo bajando la voz, como si temiera que alguien pudiera oírlo—. ¿Podrías intentar hablar con el inspector González para que nos borre del informe?

—Lo intentaré —dije sin poder aguantar la risa.

—Sí, ríete, ríete... —me reprochó—, si estuvieses en mi piel no lo encontrarías tan divertido.

—Roc, he decidido que no pienso seguir metiendo las narices en todo este asunto —dije, cambiando de tema—. Hay demasiada mierda, todo es demasiado complicado y ya he dejado de flipar con este caso.

—Y yo —dijo él—. La tengo totalmente encogida desde anoche —replicó con un poquito de humor—. No se me levanta ni un milímetro, de verdad. A partir de ahora, para mear y basta.

Ahogué una risa. En el fondo era divertido ver al notas de Roc, siempre dispuesto a pregonar y a magnificar sus proezas sexuales, en aquella situación de retirada.

—¿La secretaria te dijo algo interesante sobre Masdeu y Asociados? —lo sondeé, a pesar de todo.

—Sólo una cosa: el nombre de Manubens que nos dio Mercè no sirve de nada. Por lo que me dijo la ratita de ayer, parece que en Masdeu y Asociados lo utilizan cuando no quieren dar la cara. Es un hombre de paja que no esconde a nadie en concreto... —me contó, y pasando sin cambio de tono al terreno de la confidencia, añadió—: La verdad es que fue un asco, Max. Al final no me la pude tirar —se quejó—. Estaba a punto, con el cipote en posición de atacar, cuando entró la bofia como si fuera a detener a Al Capone. Me pegué un susto de cojones, te lo juro, y se me bajó de golpe.

Nos reímos un rato recordando los detalles y las anécdotas del registro. Después de pasar unas horas acojonado, Roc al menos sabía ver la cara divertida de aquella noche movida.

—Es una lástima lo de Manubens —dije cuando se acabaron las risas.

—¿Por qué dices lástima? —se sorprendió Roc—. ¿No acabas de decirme que dejas de meter las narices en este caso?

—Sí, pero...

—No me vengas con peros, Max, que te conozco —me advirtió—. O lo dejamos o no, pero nada de medias tintas.

Colgué y volví al dibujo, pero no podía concentrarme. Pasaban demasiadas cosas a mi alrededor como para imaginarme mi isla paradisíaca. Así que aparqué el dibujo y me entretuve un rato pensando en cómo podría ser mi novela sobre Zanzíbar. Tendría que salir un viejo inglés, de esos que todavía creen que viven en la época colonial. Se pasaría el día bebiendo ginebra importada de Londres bajo las aspas de un ventilador, en un hotel degradado como el Spice Inn, por ejemplo, en plena Ciudad de Piedra, y se secaría constantemente el sudor con un gran pañuelo, como Saura. También jugaría al ajedrez con los enfermos del bar Alfil y hablaría de los viejos tiempos como si no existieran otros. Otro personaje sería más o menos como Laia, una chica joven y risueña, con un cuerpo perfecto, labios carnosos, risa cristalina y ojos negros. La intriga podría ser a base de tráfico de drogas, con una estafa millonaria de por medio y con una persecución por las calles estrechas de la Ciudad de Piedra, la mítica Ciudad de Piedra. Algún personaje secundario tendría que morir y...

Volvió a sonar el teléfono. Era Laia, que temía que el desalojo de Kan Gamba fuera inminente. Según parecía, estaba a punto de salir una orden judicial que los dejaría con los días contados. Los okupas de la casa habían reforzado las barricadas y estaban preparando la defensa, pero no sabían cuánto tiempo podrían aguantar. Le dije que me moría de ganas de verla, pero que no podía ser aquella noche: Alba no me perdonaría que no fuera al estreno. De hecho, tampoco me perdonaría que tuviera un rollo con ella, pero ésa era otra historia y era mejor no removerla.

La siguiente llamada fue de Mercè, la secretaria de Tomás. Lloraba.

—Saura ha tenido un accidente de coche esta noche —me informó entre gemidos sincopados—. Lo han encontrado en el fondo de un barranco, en las costas de Garraf, muy cerca de Sitges.

Intenté consolarla, pero era inútil. Entre lágrimas, Mercè añadió que Saura iba solo y que la policía no se explicaba lo que había ocurrido. Ni llovía, ni había manchas de aceite en el asfalto, ni nada de nada. El coche se había salido de la carretera en una curva con mucha visibilidad. La policía pensaba que tal vez Saura se hubiera dormido.

Recordé los miedos de Saura la última vez que lo vi. Fumaba y sudaba como un condenado y había comentado que tenía la sensación de que alguien lo seguía. Sus sospechas parecían confirmarse, pero ¿por qué había muerto? ¿A quién le interesaba que desapareciera? ¿De qué podía hablar?

—¿Sabes si Saura tenía que ir a Sitges por alguna razón especial? —le pregunté a Mercè.

—No tenía que ir allí para nada —lloriqueó—. Lo vi anoche y hacia la una me dijo que se iba a casa a dormir porque era tarde y estaba muy cansado.

Llamé a Roc para darle la mala noticia. Soltó un largo silbido de sorpresa, dijo que era una putada y se quedó un buen rato callado. Frente a la contundencia de la muerte, no es fácil encontrar palabras.

20

El vestíbulo del teatro Tívoli estaba lleno hasta los topes. Bajo una iluminación *made in* Hollywood de pacotilla, desfilaba por una larga alfombra roja un público heterogéneo formado por políticos en busca del voto y de la imagen, gente de la farándula, gorreros habituales y parientes, amigos y conocidos de los actores de la obra. A su alrededor, una nube de periodistas y fotógrafos, cámaras de televisión y micrófonos de radio se esforzaban por no perderse ni un detalle de aquel momento, como si lo más interesante del estreno fuera aquella feria de vanidades y no la obra que se iba a representar. A la gente de teatro era fácil reconocerla: barba de cuatro o cinco días, coletas recogidas con cintas de cuero artesanales, chaquetas y vestidos negros y camisas de todos los colores excepto el amarillo. Los *groupies* de los actores tampoco pasaban desapercibidos, ya que eran los únicos que se habían vestido de punta en blanco, convencidos de que eso del teatro es todavía una liturgia que impone. Unas cuantas madres, orgullosas de los hijos que debutaban, se habían acicalado con toda la quincalla heredada de la abuela y lucían un maquillaje y una sonrisa exagerados. A los políticos se los reconocía porque ponían cara de político consciente que se preocupa por el país y porque disponían de un mecanismo automático que les hacía sonreír cada vez que veían una cámara.

El director de la obra, un joven con aspecto de primero de la clase, atravesó el vestíbulo como una exhalación, quejándose de que aún, a pocos minutos del estreno, había cosas que pulir. Un ayudante lo seguía intentando ir tan de culo como él, pero estaba claro que no lo conseguía; por algo era sólo el ayudante. No, no estaban para nadie; no, no podían atender a nadie; no, no verían a nadie. Alba asomó la cabeza sólo un momento para saludar. Me dirigió una sonrisa rápida, forzada, como si quisiera asegurarse de que no le había fallado, y desapareció tras unas cortinas. Era evidente que también iba de culo, más o menos como todos. Lo comentamos con Ana y Roc, que ponían cara de estar de vuelta de todo. Roc, que se movía en aquel ambiente como un pez en la pecera, se hartó de saludar a compañeros de profesión con cierta displicencia. Lo hacía desde la distancia, con un discreto movimiento de cabeza; supongo que para demostrar que él estaba a otro nivel. Al fin y al cabo, en esta ocasión era amigo de la escenógrafa y no un vulgar gorrón como los otros.

Terminada la exhibición de los pavos, nos sentamos en las butacas, se levantó el telón y empezó la obra. Me hizo ilusión ver la escenografía de Alba. Aquellos diseños que había visto nacer como bocetos en el piso de la plaza Real, ahora estaban allí en vivo y en directo. Y en gran formato. El fondo verdoso que quería sugerir un jardín, la mancha roja del segundo acto, que me había explicado que era como una alegoría de la sangre, el tono azul claro, optimista, del final. La verdad es que no seguí la obra para nada. Quizá porque me había fumado un porro antes y era demasiado complicada. Experimental, digamos. Pero me gustó ver cómo iban desfilando los distintos decorados de Alba. Aquellos colores, las formas a medio definir, los volúmenes esparcidos por el escenario... Mirándolo bien, tal vez no me concentré en la obra porque no dejaba de pensar en Tomás y en Saura. Era demasiado fuerte lo que estaba pasando. Estafas, desapariciones, muertos... Cualquier argumento de ficción palidecía frente a la fuerza de la realidad.

Al final, el público estalló en un aplauso unánime. Yo también aplaudí, por mimetismo más que otra cosa. Y Roc y Ana... y todos los amigos que habíamos ido al teatro a apoyar a Alba.

Después de los interminables saludos de los actores y del director —se inclinaban como si tuvieran bisagras en la espalda—, empezó la fiesta en el vestíbulo. Un equipo de camareros uniformados de oscuro se abrió paso entre la multitud con bandejas cargadas de copas de champán. Se movían como equilibristas en un circo, esquivando a los alocados que gesticulaban aparatosamente para que los viera todo el mundo y poniendo especial cuidado con las madres ansiosas por brindar por el éxito de su hijo actor «que lo hace tan bien que a este paso me lo van a llamar de Hollywood». La verdad es que costaba hacerse con una copa, pero lo conseguí a fuerza de insistir y aplicando una estudiada estrategia de asalto. La jugada consistía en situarse justo a la salida de los camareros, cuando la bandeja todavía está repleta de copas recién llenadas, pero por desgracia no fui el único en tener esta idea. Mientras no salía ningún camarero se cruzaban miradas dignas de un duelo del Oeste. ¿Quién iba a ser el más rápido? ¿Quién se llevaría el premio? La verdad es que salí derrotado en las dos primeras oportunidades; pero a la tercera me lancé con decisión y conseguí una copa; medio vacía, pero copa al fin y al cabo. Para conseguirla tuve que luchar en el último tramo del circuito champanístico con una madre de punta en blanco nada dispuesta a renunciar a la dosis de champán que le correspondía para celebrar el éxito del hijo, pero no me tembló el pulso.

Con el pica-pica no fui tan afortunado. La madre me ganó ampliamente en la lucha por las croquetas y también en la de los canapés. No somos nada... A pesar de todo, me lo tomé con resignación y espíritu olímpico. Ya se sabe que lo importante en estos casos es participar y que no siempre se puede ganar en esta vida.

—Ahí está el alcalde —me comentó Ana. Se había puesto un vestido largo, negro de arriba abajo, y un collar de oro de líneas modernas.

Seguí su mirada y, en el centro de la sala, descubrí al alcalde de la ciudad, rodeado de una nube de admiradores repartiendo sonrisas y felicitaciones. Pensé que era muy raro lo de ser alcalde. Le toca ir a los estrenos de obras públicas, de obras de teatro, de ópera, de conciertos, de escuelas, de centros culturales... Visto el panorama, no debe de quedarle mucho tiempo para ejercer de alcalde.

—El que está hablando con él es Arcadi Masdeu —añadió Roc—, el jefe absoluto de Masdeu y Asociados.

Me fijé en él atentamente. Era un hombre alto y elegante, de pelo blanco peinado hacia atrás y una mirada de águila. ¿De qué estaría hablando con el alcalde? ¿De las casas okupas que había que desalojar? ¿De solares recalificables? ¿De una Barcelona del futuro patrocinada por las inmobiliarias, los bancos y los grandes bufetes de abogados? Intenté descubrir algún okupa entre los invitados a la fiesta, pero no conseguí ver a ninguno.

—También está el presidente —me dijo Ana poco después.

En efecto, estaba allí, a sólo unos metros de distancia del alcalde, marcándolo de cerca. Con la misma cara de presidente confiado y feliz, convencido de ganar todas las elecciones que se le pusieran por delante, con la misma que salía en los periódicos y la televisión. También él tenía una especie de aura alrededor, un aura formada por una nube de pelotas oficiales que no cesaban de halagarlo y de reírle todas las gracias.

—Yo conocí a tu padre —oí que le decía a un actor joven, que pasaba por el aprieto como podía, con la sonrisa forzada de las grandes ocasiones—. Recuerdo que, hace ya bastantes años, él y yo hicimos juntos una excursión al Matagalls. Fue un día memorable. El cielo estaba límpido, sin una sola nube, y me acuerdo muy bien porque tu padre llevaba un transistor, un Philips si no me falla la memoria, e iba escuchando un partido decisivo entre el Barça y el Madrid. Ganó el Barça tres a dos, con goles de...

Desconecté cuando me di cuenta de que la cháchara populista nunca iba a terminar.

Mientras Roc se hartaba de saludar a viejos conocidos, Ana siguió haciéndome de guía entre la gente de la sala. Había más caras famosas: el concejal de Cultura, el presidente de la Diputación, el director general de no sé qué, el consejero de... En fin, toda la cosa oficial y oficialista. Si alguien se hubiera entretenido en pasar lista no creo que hubiese encontrado muchas ausencias. Quizá es que los venden a todos en bloque. Me fumé un porro discreto cerca de los aseos y me imaginé una agencia de colocación de personalidades, en un ambiente como, por ejemplo, el de esas pizzerías donde lo encargas todo por teléfono, y una posible llamada:

TELEFONISTA: «Personalidades Todo a Cien», dígame...
YO: Buenos días, señorita, me interesaría contar con la presencia del alcalde en la presentación de un libro mío.
ELLA *(con voz metálica, casi robótica)*: ¿De qué trata el libro?
YO: De Zanzíbar.
ELLA: ¿Sale Barcelona?
YO *(sonriendo)*: Oh, sí. La ciudad está presente en algunos capítulos.
ELLA *(inquisidora)*: Supongo que Barcelona sale de forma positiva.
YO: ¡Pues claro! Por supuesto.
ELLA: Es que de lo contrario al alcalde no le interesaría, ¿sabe? ¿Hay algún fragmento desagradable?
YO *(sorprendido)*: ¿A qué se refiere?
ELLA *(en tono neutro)*: Básicamente a sexo duro.
YO: Oh, no. Todo es blanco, muy blanco.
ELLA *(recitando)*: Tampoco puede haber mofa del alcalde.
YO: Tranquila, que no la hay.
ELLA: ¿Para cuándo necesita la presencia del alcalde?

YO: Me iría bien el veintiuno de marzo.

ELLA: Un momento, voy a consultarlo. No se retire. *(Y, al cabo de un rato, con voz de servicio de taxis.)* Tenemos disponible el día veintitrés, a las ocho de la noche, o bien el veinticuatro, a las siete.

YO *(encantado)*: El veinticuatro me va bien.

ELLA *(monótona)*: Le recuerdo que, por un módico incremento de precio, «Personalidades Todo a Cien» le ofrece también la presencia del presidente de la Generalitat, del de la Diputación y de un consejero, además de siete u ocho presidentes de entidades culturales de todo tipo, lo que, sin duda, daría prestigio a la presentación de su libro.

YO: ¿De qué consejero se trata?

ELLA: La oferta no lo especifica. Tendría que conformarse con lo que esté disponible ese día. Si quiere uno en concreto tendría que pagar un suplemento.

YO: ¿Y no podría ponerme también una primera dama?

ELLA: Eso va incluido en la oferta *(en un tono cansado, queriendo decir: «a estos novatos hay que explicárselo todo»)*. ¿Desea algo más?

YO: ¿Tendría que pagar mucho más para que uno de ellos me presente el libro?

ELLA *(monótona)*: Mande un folio con lo que quiere que diga el presentador y cualquiera de ellos lo hará encantado, con un pequeño suplemento, claro.

YO: ¿Y no podrían leerse el libro y redactar ellos mismos unas líneas?

ELLA *(indignada)*: Pero ¿usted que se cree? Los políticos son gente muy atareada. ¿Cómo quiere que pierdan el tiempo leyendo?
Clic.

Felicitamos a Alba cuando por fin salió. Estaba exultante de felicidad y se quejaba de que había salido bien por los pelos, que había estado sufriendo durante toda la obra.

—Pero ¡ahora ya está! —Levantó la copa de champán y sonrió—. ¡Gracias a todos por venir!

Besos, abrazos, felicitaciones... En fin, más o menos como siempre. Saqué una rosa que llevaba en el bolsillo y se la regalé. Estaba marchita y arrugada, pero aun así le hizo ilusión. Al menos me premió con un beso. Todos estaban contentos, todos se reían y los mejor dotados para la lucha cuerpo a cuerpo incluso bebían champán. En un momento dado, Roc se me acercó, me arrastró hasta un rincón discreto y me comentó al oído:

—Ni una palabra a Ana de lo de ayer.

—Roc, puedo ser hippy, pero no tonto —le dije, sonriendo.

—Es que a veces... —Hizo un movimiento de ojos y de manos que no supe cómo interpretar y cambió radicalmente de tema—. Muy fuerte lo de Saura, ¿no crees?

—Fortísimo.

—¿Crees que se lo han cargado?

—Pondría la mano en el fuego.

—¡Van sobrados! ¿Y por qué?

—Ni idea. Tal vez creían que Saura sabía algo.

—¿Y crees que lo sabía?

—Ahora ya...

—¿Qué piensas hacer con todo esto?
—Ni puta idea. Supongo que estarme quietecito y portarme bien. No quiero seguir el camino de Saura.

Ana se añadió por sorpresa a la conversación. Llevaba una copa de champán en la mano y su mejor sonrisa de estreno teatral.

—¿Se puede saber qué estáis cotilleando? —nos preguntó—. ¿Algún secretito?

—¡No, no! —se apresuró a decir Roc, repentinamente colorado como un tomate—. Hablábamos de la obra, que es un rollo.

—¡Uy, sí, y tanto! Insoportable... —dijo Ana, y, después de una pausa, añadió—: La escenografía, perfecta, pero la obra...

—Pero si todos han aplaudido hasta hacerse daño en las manos... —objeté, algo confuso.

—Hombre —se rió Roc—, es que estamos en un estreno.

—¿Y qué pasa en un estreno?

—Pues eso, que todo el mundo aplaude. Hoy nadie paga entrada. Todos son amigos y parientes...

Busqué a un camarero itinerante y, haciendo una finta a la brasileña para despistar a un par de competidores agresivos, cacé al vuelo una copa de champán. La necesitaba. La hipocresía social nunca dejará de sorprenderme.

Me bebí el champán de un trago y encendí un porro con la intención de recuperar la estabilidad perdida. Me aturdía tanta gente. Acababa de dar la primera calada cuando, inocente de mí, no había advertido que sin darme cuenta había entrado en los límites de influencia del presidente. Intenté batirme en retirada y perderme entre la multitud, pero ya era demasiado tarde.

—Usted debe de ser hippy, ¿verdad, joven? —me lanzó el presidente con la cabeza ladeada.

—Hombre...

—Lo he deducido por su aspecto. La camisa de flores, el pelo largo... —Hizo una pausa para toser y los pelotas oficiales se apresuraron a alabar su perspicacia; él, impertérrito, prosiguió—. Mire, joven, cuando hicimos la campaña «Queremos obispos catalanes», en los años sesenta, de eso ya hace mucho tiempo, ¿eh? —dirigió una sonrisa de complicidad a la pelotería que lo rodeaba—, coincidí en un pueblo de Osona con un chico que también era hippy. No llevaba el pelo tan largo como usted, pero supe que era hippy porque en el brazo llevaba un tatuaje que decía: «Soy hippy.» En fin, que deduje que era hippy... Pero, oiga, a lo que íbamos, joven, quiero que sepa que si hay un partido que ha sabido captar la esencia del movimiento hippy, que sabrá defender sus valores hasta el final, ése es el nuestro, no lo dude. Y es que, en el fondo, como ya debe de haber notado, yo también soy un poco hippy...

Lo vi tan entusiasmado con los ideales hippies que decidí pasarle el porro que tenía entre los dedos. De colega a colega; de hippy a hippy. Pero un guardaespaldas robusto me lo impidió clavándome una zarpa de hierro en el brazo.

Me marché, asustado, cuando el presidente intentaba meter la nariz en mi árbol genealógico para ver si conocía a alguien de mi familia.

Una rápida exploración del vestíbulo me permitió constatar que se habían agotado las existencias de champán, croquetas y canapés, motivo por el cual les dije a Ana y a Roc que era el momento de largarnos. Alba estuvo de acuerdo, pero propuso tomar una última copa en Gracia. Después de la fiesta oficial, tenía ganas de celebrarlo en *petit comité*, con los amigos.

El taxi nos dejó en la calle Córcega, justo frente a la sala Cibeles, como quien dice a las puertas de Gracia. Nos apetecía andar un rato y nos adentramos por las calles estrechas del barrio con la intención de ir a un bar de la plaza del Reloj. Había poca gente por las calles, al menos en aquella parte de Gracia. Algún borracho que dormía en un banco, cuatro o cinco jóvenes que bebían a morro de una litrona sentados en el suelo y parejas de enamorados en busca urgente de un nido de amor. En medio del silencio y bajo una luz escasa, oíamos el ruido de nuestros pasos al andar y, muy de vez en cuando, el sonido demasiado alto de un televisor o una discusión de vecinos. Ana y Alba hablaban de sus cosas. De la obra, supongo; y de niños adoptados y de casas adosadas. Roc y yo, unos metros atrás, seguíamos dándole vueltas a la extraña muerte de Saura.

—No consigo quitármelo de la cabeza —repetía Roc—. Ayer estábamos con él en aquel bar y hoy...

De repente, al dar la vuelta en una esquina mal iluminada, aparecieron cuatro jóvenes apoyados en una pared con actitud inequívocamente provocadora. Todos llevaban la cabeza rapada, cazadoras Bomber y botas de punta metálica. Nos miraban con cara de pocos amigos. Cuando vi brillar una cadena en medio de la noche, me eché a correr y le recomendé a Roc que hiciera lo mismo.

—¡Corre, Roc, corre! —grité.

Demasiado tarde. Antes de que pudiera reaccionar, noté un golpe de cadena en las piernas y me doblé como un animal cazado. Roc también se encogió junto a mí. Sentí el contacto frío y húmedo de los adoquines en la cara e, instintivamente, me protegí la cabeza con las manos, pero en milésimas de segundo empecé a recibir un festival de golpes. Con los puños, con los pies, con las cadenas... Roc, acurrucado junto a mí, soltó un grito de dolor. Medio inconsciente, noté que se me nublaba la visión, un dolor muy fuerte en el vientre y sabor de sangre en la boca. Casi al mismo tiempo, oí los gritos de Ana y Alba, que se habían dado cuenta de lo que estaba ocurriendo y venían corriendo para intentar ayudarnos. Sus gritos angustiados —«¡Hijos de puta!», «¡Cabrones!»— desgarraron el silencio de la noche. Oí cómo se abrían unas cuantas ventanas y gritos de la gente indignada. Alguien lanzó un cubo de agua que fue a parar justo a mi lado. Casi enseguida, los skins echaron a correr y se perdieron calle arriba.

—¿Estás bien, amor mío? —me preguntó Alba.

Le dije que sí con un leve movimiento de cabeza, mientras con un pañuelo ella me secaba la sangre que me salía a chorro de la ceja partida de una patada. A mi lado, Ana y Roc protagonizaban una escena parecida. Llantos, gemidos, sangre y gritos... No tardó en formarse un grupo de gente a nuestro alrededor. Unos okupas empezaron a renegar de los skins y varios vecinos les dieron la razón. Después oí una sirena que se acercaba y vi a unos enfermeros que nos ponían en camillas, nos recomendaban que no nos moviéramos y nos introducían a los dos en una ambulancia. No recuerdo nada más.

21

—¿Crees que lloverá, Roc? —le pregunté. Roc levantó la cabeza, echó un vistazo al cielo, se frotó a barbilla y movió la cabeza.

—No lo creo —murmuró sin moverse de la silla en la que estaba sentado—. Podría ser que aquellas nubes de la parte de poniente fueran de lluvia, pero no lo creo.

—¿Te has fijado en las judías?
—No están bien, no —meneó la cabeza—. Necesitan agua.

—¿Y las tomateras?
—También.
—¿Y si las regamos?
—Quizá sí —dijo, y, después de una pausa, añadió—: Pero mejor al anochecer, ¿no?, así la tierra se queda más empapada.

Pasaron unos minutos. Se oía el vuelo de una mosca y, algo más allá, el motor de un tractor que araba y unos perros que ladraban. Eché otra ojeada al huerto. Al fin y al cabo, no podía hacerse mucho más en aquella casa del Ampurdán. De día teníamos que sentarnos cerca del huerto y contemplar cómo crecían las verduras; de noche, encender la chimenea, hacer un porrito y unas tostadas y hablar de viejas historias.

Todo parecía dominado por la rutina más absoluta, hasta que Roc se levantó de la silla, paseó de un lado a otro, intentando no pisar el recinto sagrado del huerto de Alba, encendió un porro, dio un par de caladas nerviosas y se me quedó mirando fijamente.

—¡Basta, Max! ¡No puedo más! —escupió sin rodeos—. Estoy hasta los huevos de mirar el huerto, de hablar del huerto, de que se me ponga dura con el huerto... Parecemos un par de payeses, cojones. ¿Cuántos días llevamos aquí?

—Con hoy, cuatro —dije.

—¡Demasiados! —gritó.

Todo era culpa de las mujeres, de Ana y de Alba en concreto. Habían sido ellas las que habían decidido, a raíz de la agresión que habíamos sufrido en Gracia, que Roc y yo necesitábamos descansar unos días en el campo, en la casa del Ampurdán. Al principio nos gustó la idea de dejarnos mimar. Al fin y al cabo éramos unas víctimas, y nos parecía bien ser los reyes de la casa durante una temporada. Aquella misma noche, en el dispensario, nos habían dado unos cuantos puntos —a mí en la ceja; a Roc, en la barbilla—, nos encontrábamos magullados y jodidos por todas partes y nos habían recomendado unos días de descanso. Pero tantos...

—¡Basta! ¡Se acabó! —insistió Roc, muy excitado—. Tú haz lo que quieras, Max, pero yo regreso a Barcelona. ¡A tomar por culo las verduras y la madre que las parió!

Le di la razón. ¡Viva el asfalto y los coches! ¡Fuera los huertos y las verduras! Yo también empezaba a tener una indigestión mental de huerto. Me sabía de memoria cada pepino, cada tomate, cada lechuga... Intentaba sonreír cada vez que Alba me cantaba sus excelencias, pero la verdad es que me la traían más que floja. No es que las verduras me molesten. Todo lo contrario, me las como con mucho gusto, pero me parece que ya están bien ordenaditas en las cajas del supermercado, o envueltas en un plásticos, con el precio y el código de barras marcado. Me importa un bledo si vienen del huerto, de un invernadero, de un laboratorio clandestino o de donde sea. Me importa un rábano, y nunca mejor dicho, su procedencia, su código genético y su genealogía. Lo único que quiero es comérmelas sin tener que cantar sus virtudes. Reclamo mi derecho a comérmelas en silencio, tranquilamente, sin tanto cuento, sin tener que decir entre bocado y bocado que se nota tanto que son del huerto, que tienen otro sabor y el color es más vivo, que esto sí que... ¡Basta!

—Tenemos que regresar a Barcelona cuanto antes —insistió Roc, cada segundo que transcurría más seguro—. Lo hemos dejado todo a medias y no puede ser. ¿Me entiendes, Max? No podemos rendirnos tan fácilmente. Si lo que quieren los hijos de puta de los skins es que nos olvidemos de la desaparición de Tomás, pues se van a joder, porque seguiremos adelante. Tú y yo no vamos a rendirnos a las primeras de cambio.

—Hombre... —gané tiempo fijando la mirada en un pimiento rojo que parecía estar a punto para asar—, yo no pienso jugarme la piel...

—¿Y qué quieres, Max? —Roc aumentó el grado de cabreo—. ¿Quedarte aquí toda la vida, escribiendo una historia ilustrada de las verduras en cincuenta mil capítulos? Venga, Max, que en la vida uno tiene que mojarse... Recuerda a Ned Beaumont en *La llave de cristal*, de Hammett. Le pegan una paliza de miedo, pero él no se da por vencido en ningún momento. Al contrario, sigue adelante a pesar de todo. Dime —me puso la mano en el brazo, intentando ser convincente, y disparó a mi punto flaco—, ¿quieres recuperar tu piso de la plaza Real o quieres vivir como un exiliado?

—Pues claro que quiero volver a mi piso.

—Pues mientras no aclaremos lo que le ha pasado a Tomás, la foca de Claudia no se marchará. Eso tenlo por seguro.

Roc tenía razón. Sólo pensar en mi cuñada repantigada en mi sofá de la plaza Real como un higo maduro se me encendía la sangre. No podíamos quedarnos con los brazos cruzados. Además, había otro elemento, que me hacía pensar en la conveniencia de volver: Laia. Tenía ganas de estar con ella. La había llamado para comentarle que pasaría unos días fuera de Barcelona, pero, por supuesto, no era lo mismo hablar por teléfono que verla.

—¿Claudia está ya al corriente de las últimas novedades? —me preguntó Roc.

—No sabe nada —dije—. Dice Alba que no lo soportaría, que está hecha polvo y que...

—¿Y qué le habéis dicho, pues?

—¡Y qué más da! Ya sabes que se lo traga todo. Incluso es capaz de creer que Tomás se ha ido a comprar tabaco y que hace días que no encuentra ningún estanco abierto. Mientras tenga una caja de bombones, una tonelada de Coca-Colas light y una tele en marcha...

—¿Y la policía no la ha interrogado?

—Pues no.

Roc se quedó un rato pensativo.

—Todo esto es muy raro, Max —concluyó—. Si es verdad lo que dijo el inspector González sobre la estafa de Tomás, lo primero que deberían hacer es interrogar a Claudia, ¿no?

Roc, nervioso, volvió a pasear por el huerto, con la mirada baja y las manos en la espalda, hasta que se detuvo de golpe y me preguntó dónde estaba Alba.

—Ha ido a Barcelona —le dije.

—¿Para qué?

—No lo sé. Yo dormía cuando ha salido. Supongo que ha ido a llevar una nueva entrega de pañuelos y bombones a Claudia.

—Ya.

—¿Y dónde está Ana?

—En el pueblo, de compras. Ya puedes imaginarte, seguro que estará enrollándose con un payés, convencida de que está teniendo la conversación más trascendente del mundo.

Como si adivinara que estábamos hablando de ella, se abrió la puerta del jardín y apareció Ana. Llevaba un vestido ancho de cuadros marrones y blancos, un pañuelo rojo en la cabeza y un capazo colgado del hombro.

—Mirad qué traigo —nos anunció, encantada de la vida—. Un pan redondo recién salido del horno de leña y unos huevos que parecen de avestruz. —Y, acariciando el pelo de Roc, añadió—: ¿Verdad que estamos bien aquí, amor?

Roc refunfuñó unas palabras incomprensibles, más cerca del gruñido que del habla racional.

—¿Te das cuenta de que yo tengo razón cuando te digo que tenemos que irnos a vivir fuera de Barcelona?

—insistió ella. Roc calló y me dirigió una mirada que indicaba que estaba a punto de estallar—. Con una casita como ésta, un huertecito, un jardín con cuatro flores y un niño jugando con un perro me parece suficiente. —Roc soltó un «¡Quééé!» absolutamente horrorizado y Ana se echó a reír—. Tranquilo, Max —añadió, y me guiñó el ojo—, poco a poco se le va metiendo la idea en la cabeza. Es cuestión de dejar pasar unos días más y empezaremos a tramitar los papeles para adoptar a una chinita. Ya lo verás... —Me reí, mientras de reojo veía cómo Roc echaba fuego por la boca—. No te rías tanto, querido Max —me dijo Ana con una sonrisa de puñalada—, porque ya he hablado con Alba y ella también está entusiasmada con la idea. ¿No te ha dicho nada? Tal vez nos hagan descuento si adoptamos niños de dos en dos...

Tras soltar la bomba, Ana se marchó tarareando una canción, tan tranquila como si hubiera hecho un comentario sobre el tiempo.

—¡Tenemos que marcharnos de aquí cuanto antes, Max! —concluyó Roc, ahora con mayor urgencia—. Supongo que te das cuenta. Unos días más y nos quedaremos todos embarazados y sin escapatoria.

Estaba a punto de ampliarme los detalles del plan de fuga cuando llegó Alba. Se la veía preocupada. Dejó el bolso sobre la mesa y nos dirigió una mirada inquietante.

—Hay novedades sobre Tomás —dijo cuando estuvo segura de que todos estábamos pendientes de ella—. Estaba con Claudia cuando ha llamado su secretaria.

—¿Mercè? —apunté yo.

—Sí, Mercè —concedió de mala gana, como si fuera una aclaración innecesaria—. Estaba excitada y se explicaba de forma confusa, pero al final hemos conseguido entender que acababa de hablar con Tomás.

—¡¿Con Tomás?! —dije, incrédulo.

Alba asintió con la cabeza y mantuvo unos segundos la intriga.

—Esta misma mañana Mercè ha recibido una llamada en el despacho —explicó por fin—. Decía que se oía muy mal, pero según ella no hay duda alguna de que era Tomás. Le ha pedido casi llorando que le dijera a Claudia y a sus hijos que los quería mucho...

—¿Nada más? —pregunté al ver que se atascaba.

—Mercè le ha preguntado si estaba bien y él le ha dicho que tenía diarrea.

—¡¿Diarrea?!

—Sí, diarrea. Después la llamada se ha cortado de golpe.

—¿Y no le ha dicho dónde coño está y cuándo va a volver? —pregunté, intrigado.

Me resistía a creer que lo único que había dicho Tomás después de tantos días de ausencia era que quería a su mujer y a sus hijos y que tenía diarrea. Bien mirado, si dábamos por sabido que era un hecho que quería a Claudia y a los niños desde hacía tiempo, la única novedad era que tenía diarrea.

—No ha dicho ni una sola palabra de dónde se encuentra —prosiguió Alba—. Según Mercè, la voz sonaba muy apagada y la llamada estaba llena de interferencias, como si la hicieran desde muy lejos.

—Eso no significa nada —apuntó Roc—. Tal como funciona Telefónica, tanto puede tratarse de una llamada desde la esquina como desde la otra punta del mundo.

Me senté con la cabeza entre las manos mientras intentaba digerir toda la información. Aquella llamada significaba que Tomás estaba vivo, pero dejaba muchas preguntas sin respuesta. ¿Dónde estaba? ¿Lo tenían bajo vigilancia? ¿Estaba secuestrado? No sabíamos casi nada; la única certeza era que tenía diarrea. Ahora bien, teniendo en cuenta que la diarrea no es patrimonio de ningún país concreto, significaba que Tomás podía estar en cualquier lugar del mundo.

—La verdad es que Tomás no ha dicho nada nuevo —concluyó Roc, que debía de estar pensando lo mismo que yo.

—La única novedad es que tiene diarrea —apunté.

—No seáis derrotistas —nos regañó Alba—. Por lo menos sabemos que está vivo, que ya es mucho. Hasta ahora ni siquiera esto teníamos claro.

—¿Se lo has contado a la pasma? —le pregunté.

—He hablado con el inspector González, pero ya me ha advertido que no pueden rastrear la llamada.

—Aquel inútil no encontraría agua en el mar —dije, convencido de su ineficacia—. Estoy seguro de que hay días que ni se encuentra a sí mismo.

—Lo que tenemos que hacer es regresar ahora mismo a Barcelona —dijo Roc, haciendo pasar descaradamente el agua por su molino—. Ahora que sabemos que Tomás está vivo, lo mejor es ir a Barcelona y retomar las investigaciones.

—No te metas en líos, Roc —intentó frenarlo Alba—. A fin y al cabo no vas a conseguir nada. Recuerda que ya recibisteis una paliza al salir del teatro.

—Prefiero morir en manos de unos skins de Barcelona que morirme de aburrimiento en el Ampurdán

—proclamó Roc, melodramático—. ¿Tú que dices, Max?

Estuve de acuerdo con él. Teníamos que volver a Barcelona e intentar aclarar qué estaba pasando. Había dos pistas a seguir: por un lado, la del misterioso «señor Manubens» de Masdeu y Asociados, el último cliente de Tomás; por otra, la de Bea, la okupa que se había refugiado en casa de sus padres después del incendio. Lo que estaba claro era que no podíamos quedarnos allí plantados como una lechuga. Era necesario actuar, y cuanto antes, mejor.

22

Lo primero que hice cuando llegué a Barcelona fue respirar hondo para llenarme los pulmones de aire contaminado. Necesitaba sacarme de dentro cualquier rastro de aire puro del Ampurdán. Cuatro días en el campo habían sido suficientes para confirmarme que la ciudad era mi mundo y que sin la nube de polución que siempre está sobre Barcelona yo no era nadie. Desde que entramos por la Meridiana, noté que la sangre volvía a circularme por las venas y que empezaba a verlo todo mucho más claro.

Roc, que conducía en silencio, fue metiéndose por el Ensanche hasta llegar a la calle Girona. Una vez allí, aparcó en doble fila y subimos al despacho de Tomás.

—Ah, sois vosotros —nos recibió Mercè con la voz agrietada; se notaba que había estado llorando—. Cada vez que se abre esta puerta temo que sea alguien con intención de atacarme... Aquí están pasando cosas muy raras. Miralles ha desaparecido y llama desde quién sabe dónde, Saura está muerto...

—Hemos venido porque te necesitamos, Mercè —casi le imploró Roc. Se había situado frente a ella, con una rodilla en el suelo, para hacerlo más dramático.

—Ay, pobre de mí... —La chica se llevó la mano al pecho—. Si no sé nada de nada.

—Te equivocas —dijo Roc, fijando la mirada en sus ojos de merluza—. Tú tienes la clave del caso. Para empezar, ¿qué puedes decirnos de la llamada de Tomás?

—No mucho, la verdad —respondió, halagada por lo que le decía Roc—. Se oía como si Tomás estuviera muy lejos, con mucho ruido de fondo. Sólo me dijo que le dijera a Claudia que la quería mucho...

—Y que tenía diarrea, ¿no? —intervine.

—Ay, sí, el pobre. —Se mordió el labio y meneó la cabeza, poniéndose totalmente en su lugar—. Y no me acordé de decirle que comprara Fortasec.

—¿Fortaqué? —pregunté, absolutamente descolocado.

—Fortasec. Va muy bien para la diarrea. Te la corta de cuajo. Pensad que hace unos años, en México, me...

—Muy bien, muy bien... —Roc interrumpió sin rodeos la descripción de su memorable episodio diarreico—. Vamos a lo que nos interesa. ¿Te pareció que había alguien con él?

—No lo sé, pero la voz le temblaba y la llamada se cortó de golpe.

Pensé en la posibilidad de que unos hipotéticos secuestradores hubieran dejado llamar a Tomás sólo para que se supiera que aún estaba vivo. Pero, entonces, ¿por qué no habían pedido ningún rescate? ¿Qué querían de él? ¿A cambio de qué lo soltarían? Como de momento no resolvíamos la duda, decidí apuntar en otra dirección.

—El otro día nos diste el nombre del contacto de Tomás en Masdeu y Asociados —le dije a Mercè, que estaba cada vez más satisfecha con su papel de protagonista.

—Sí, Manubens.

—Exacto, pero resulta que ese nombre es falso y no nos lleva a ninguna parte —proseguí—. ¿Le viste en alguna ocasión?

Mercè se mordió el labio y pensó durante un rato.

—Sólo una vez —dijo por fin—. Nunca llegó a entrar en el despacho, pero un día quedó en el bar de enfrente con Tomás y yo los vi cuando me iba a casa.

—¿Lo reconocerías si volvieras a verlo? —insistí.

—Me parece que sí —dijo después de unos instantes de duda—. Era alto, repeinado...

—No, no es necesario que lo describas —la detuvo Roc mientras consultaba el reloj—. Haremos algo mejor. ¿A qué hora terminas a mediodía?

—A las dos tengo una hora para comer.

—Perfecto —sonrió Roc—. Son las dos menos cuarto. ¡Venga, vamos!

—¿Adónde? —preguntó Mercè, alarmada, mientras cogía la chaqueta.

—¡A Masdeu y Asociados!

Subimos los tres en el Volvo de Roc y salimos zumbando en dirección al paseo de Gracia. Roc nos informó por el camino de que entre las dos y las tres salía el rebaño de abogados de Masdeu y Asociados y que no podíamos llegar tarde.

Dejamos el coche en un parking y nos sentamos en un banco del paseo de Gracia, justo frente a la sede de Masdeu y Asociados, un edificio de líneas modernas, con mucho hormigón, cristales oscuros y una entrada llena hasta el exceso de mármol, moqueta y plantas exóticas. Le suplicamos a Mercè que no apartara la mirada de la puerta y que nos avisara en cuanto viera al misterioso Manubens.

—Y ahora, paciencia —recomendó Roc, que parecía disfrutar a fondo con aquella situación—. El gran John Le Carré dice que espiar es sobre todo esperar. Así que ya sabéis lo que debemos hacer. —Hizo una pausa estudiada y, cambiando el tono de voz y encogiendo la mirada, añadió—: Esperar.

Mercè lo miró, embobada, como si tuviera delante a un estratega de altura mundial. Y aún lo admiró más cuando, con actitud misteriosa, Roc añadió que siguiéramos nosotros la observación, porque él se iba a ausentar unos momentos.

—¿Adónde vas? —le pregunté, intrigado.

—Misión secreta. —Puso cara de espía bien pagado y se fue paseo de Gracia abajo; cuando había andado unos pasos se giró para gritar—. ¡Vuelvo enseguida!

—Lo encuentro tan interesante... —suspiró Mercè cuando Roc se perdió de vista—. Y tan guapo...

—Ten cuidado, que es periodista —le advertí.

—Ay, sí, pero no lo parece: lo lleva con mucha modestia.

Tragué saliva. Pasara lo que pasara, no pensaba dejarle a Roc el piso de la Diagonal. Ni el de la plaza Real. Ni ningún otro piso. Ya estaba harto de sus rollos, y aún más si se le ocurría liarse con la pánfila de Mercè.

—¿Adónde crees que ha ido? —suspiró nuevamente Mercè cuando aún no había pasado un minuto—. ¿En busca de armas, refuerzos...?

—Qué va. —La hice caer de las nubes—. Lo más probable es que haya ido a mear.

Mercè bajó la mirada y no dijo nada. Le debió de parecer que entrábamos en un terreno demasiado grosero, demasiado alejado de sus sueños de Mata Hari. Unos minutos después Roc regresaba con su botín. No eran armas ni refuerzos, sino tres bocadillos de chorizo envueltos en papel de aluminio y una litrona más bien caliente. Nos dio los bocadillos con actitud seria, como si estuviera repartiendo munición, y nos aconsejó que no dejáramos de vigilar la puerta de Masdeu y Asociados mientras comíamos.

—Parecemos agentes secretos, ¿verdad? —dijo Mercè con unas chispas de ilusión en los ojos—. Hay momentos en los que Roc se parece muchísimo a James Bond.

¡Dios mío, hasta dónde íbamos a llegar! A los ojos de Mercè, Roc Bond estaba a punto de entrar en acción. Resoplé. James Bond no podía caer más bajo. En lugar de comer caviar y beber champán en un restaurante de lujo, se estaba zampando un bocadillo de chorizo y una litrona. Y en lugar de ir acompañado de una supermodelo de calendario, tenía junto a él a una cursi con gafas.

Comparaciones al margen, la espera siguió, cada vez más tensa, con las bocinas de los coches, atrapados en un atasco descomunal, marcando el paso de los minutos. Mientras, de la sede de Masdeu y Asociados iba saliendo mucha gente, pero Mercè no conseguía ver a Manubens.

—Ay, es que me parecen todos iguales —suspiró—. Chaqueta oscura, camisa blanca, maletín negro, pelo corto y rostro bronceado.

En el fondo, Mercè tenía razón, hasta el punto de que daba la impresión de que, en lugar de estar en la sede de un bufete de abogados, Masdeu y Asociados era una empresa especializada en genética que se dedicaba a fabricar clónicos de ejecutivos.

—Acerquémonos más —propuso Roc, envalentonado porque tenía a Mercè admirándolo a un palmo.

Cogimos la litrona y los bocadillos y nos situamos junto a la puerta, discretamente apoyados contra la pared. Desde allí podíamos ver a los abogados que salían del ascensor y avanzaban con paso decidido hacia la salida. Andaban marcialmente y con la mirada alta, como soldaditos de plomo.

—¡Me parece que es ése! —gritó de repente Mercè.

Un esmirriado vestido de ejecutivo avanzaba hacia nosotros con una expresión muy seria, como si estuviera a punto de soltar un discurso trascendental para el futuro del país. Ya nos disponíamos a abordarlo cuando Mercè cambió de idea.

—Ay, no, no... Se le parece, pero no —nos avisó a tiempo.

Hizo lo mismo con otros tres abogados. Primero era «¡Es ése, seguro!» y un minuto después, «Ay, no, no, se le parece, pero no». A las tres menos cuarto ya nos habíamos cepillado los bocadillos y la litrona, pero de Manubens, ni rastro. Nos disponíamos a dar la partida por perdida, cuando Mercè exclamó muy excitada que un hombre que estaba saliendo del ascensor en aquel preciso momento era Manubens.

—¿Estás segura? —le preguntó Roc, atravesándola con una mirada llena de malas intenciones.

—¡Segurísima! ¡Ahora es él!

Era alto y tenía treinta y tantos, mirada oscura, nariz aguileña, piel morena y el pelo peinado hacia atrás con ayuda de una buena dosis de gomina. Vestía de manera impecable, chaqueta de solapa alta y corbata de color azul claro con dibujos abstractos. Durante un instante pensamos en abordarlo, pero Roc optó por una maniobra más segura. Se dirigió hacia el portero que saludaba en plan sumiso a todos los abogados e, indicando con la cabeza a Manubens, le dijo:

—Perdone, esta tarde tengo que llamar al señor... —hizo chasquear los dedos como si no se acordara del nombre y el portero enseguida picó.

—Morera —dijo servicial—. Narcís Morera.

—Eso mismo, al señor Morera —sonrió Roc—. ¿Sabe a qué hora vuelve de comer?

—Algunas tardes no viene. Si quiere llamarlo al despacho es mejor que lo haga mañana.

Roc le dio las gracias y se volvió hacia nosotros sin disimular su satisfacción. Por fin teníamos identificado al misterioso Manubens.

—¿Y ahora, qué? —pregunté.

—Vamos a la policía —respondió Roc—. Ellos sabrán cómo seguir. Está claro que la llave de todo esto pasa por interrogar a Morera.

—Me sorprende que aún confíes en la policía —dije, recordando el papelón del inspector González.

—Empecemos por ahí —insistió a pesar de todo—. Si la bofia falla otra vez, ya pensaremos en alguna alternativa.

Mercè, excitada con su nueva faceta de superespía, comentó mirando el reloj que lo sentía mucho, pero que tenía que volver al despacho.

—Lo de hacer de espía está muy bien —admitió—, pero el trabajo es el trabajo.

Roc, culminando su actuación, le alargó la mano y le agradeció con un énfasis exagerado su eficaz ayuda. Ella se puso colorada hasta las orejas, dijo que lo que había hecho no tenía ninguna importancia, esbozó una sonrisa tímida y se alejó de nosotros andando como un pajarito desvalido.

—Hay que reconocer que tiene un polvo... —comentó Roc, la mirada fija en su culo.

—Roc, por favor...

—Quiero decir un polvo morboso —aclaró con un guiño—. Muy morboso.

23

El inspector González salió a recibirnos con su característica actitud chulesca: la cabeza ladeada, una sonrisa helada y la papada oscilando como un péndulo. Me saludó con un gesto cansado, como si estuviera harto de verme, e hizo lo mismo con Roc, aunque a él lo obsequió con una sonrisa suplementaria que no dudé en atribuir a las circunstancias especiales en que se habían conocido, cuando el inspector había pillado a Roc en pelotas durante el registro del piso de la Diagonal.

Cuando le comenté al inspector que había novedades interesantes sobre Tomás, nos hizo pasar a su despacho. Allí todo seguía como el día que había ido con Claudia: olor a cerrado y decoración franquista camuflada con algunos toques de diseño mal entendido. Roc y yo nos sentamos frente a González, con la mesa de por medio, y empezamos por preguntarle qué opinaba de la llamada que Mercè había recibido de Tomás.

—La verdad es que no aporta nada nuevo al caso —dijo después de resoplar, como si hablar de aquello le fatigara—. En primer lugar, porque no hay ninguna prueba de que fuera Tomás...

—Pero si Mercè lo reconoció... —dije.

—Y qué más da —rechazó la apelación con la mano—. Es muy fácil confundir una voz... En segundo lugar, la llamada no fue grabada ni puede ser rastreada de ninguna manera. ¿Qué tenemos, entonces? Que no estamos seguros de que quien llamó fuera el sujeto implicado y que no sabemos desde dónde se hizo la llamada. Esto y nada es lo mismo.

—Aunque no quiera aceptarlo, la novedad es que Tomás está vivo —replicó Roc con dureza.

—Y que tiene diarrea —añadí.

—Sí, ya, pero...

El inspector terminó la frase con una sonrisa burlona.

—¿Y qué piensa hacer a partir de ahora? —le preguntó Roc, procurando contener su indignación.

—Nada. —El inspector se encogió de hombros y abrió los brazos para mostrarnos las palmas de las manos—. Lo cierto es que no puedo hacer nada por esa parte.

—¿Y cómo van las investigaciones de la estafa? —intervine, recordando las increíbles acusaciones vertidas sobre Tomás.

—No puedo decir nada. —Se contempló atentamente las uñas, como si prefiriera no mirarnos a la cara—. Es mejor mantenerlo en secreto.

Roc y yo nos miramos en silencio, pero enseguida nos entendimos. González era un desgraciado que practicaba la ley del mínimo esfuerzo. Cualquiera diría que le importaba un rábano encontrar a Tomás. Lo único que le interesaba era acumular pruebas de la increíble estafa de que, quién sabe por qué, lo acusaba. Pero ¿quién iba a creer a aquellas alturas de la película que un hombre inmerso en una estafa millonaria llame tan sólo para decir que tiene diarrea? No, era evidente que algo no encajaba en todo aquello. De todas formas, Roc pasó hoja y puso al corriente al inspector de nuestro descubrimiento más reciente: que el misterioso señor Manubens en realidad se llamaba Narcís Morera.

—¿Y qué? —reaccionó el inspector González con su habitual actitud pasota—. Eso no resuelve nada.

—Un momento, un momento... —Roc se estaba subiendo por las paredes—. Tomás tenía un extraño negocio entre manos cuando desapareció, un negocio en el cual estaba implicado el bufete Masdeu y Asociados. Max y yo acabamos de saber que su contacto en el bufete, y en consecuencia en este extraño negocio, era Narcís Morera. A mí me parece que merecería la pena seguir el hilo para ver de qué negocio se trataba...

—Todo eso son elucubraciones —lo cortó el inspector—. Me apunto el nombre de Morera, pero ya veremos qué hago con él. Tengo mucho trabajo, ¿sabéis?, y no dedico mi tiempo a un solo caso.

Roc y yo volvimos a mirarnos, desarmados. ¿Adónde quería ir a parar aquel patán?

—¿Y por dónde piensa seguir la investigación? —le preguntó Roc, que se contenía para no saltarle al pescuezo.

—Eso es cosa mía —respondió con fanfarronería—. Y ahora, si me lo permitís, tengo trabajo.

El inspector González se levantó, nos acompañó hasta la puerta y no se molestó ni en despedirse.

Una vez en la calle, Roc sacó toda su indignación reprimida.

—¿Has visto a ese hijo de puta? —se puso a gritar—. ¡¿Quién se cree que es?! ¿De qué va?

—Nunca he confiado demasiado en él, pero ahora menos todavía —murmuré, desanimado.

—Pero si es un corrupto, un desgraciado, un gilipollas... —La ira de Roc crecía por momentos—. Te juro que he tenido que aguantarme para no romperle la cara. Y pensar que este hijo de puta me pilló en pelotas en el piso de Tomás...

—¿Qué podemos hacer ahora? —pregunté, intentando enfocar la situación desde el punto de vista práctico.

—Podríamos ir a ver al inspector Dalmau —propuso Roc—. ¿Qué te parece?

—Podemos intentarlo. Por lo menos es más tratable —acepté.

Fuimos andando hasta la catedral, esquivamos unos cuantos rebaños de turistas y otros tantos comandos de chorizos, cortamos por las calles del Barrio Gótico hasta la plaza de Sant Jaume y bajamos por la calle Ferran en dirección a la plaza Real. Cuando entramos en el bar Alfil, vi a algunos ajedrecistas inmersos en su juego predilecto y al inspector Dalmau instalado en la barra, con una cerveza frente a él. Estaba de perfil, fumaba una pipa y se dedicaba a observar atentamente todo lo que ocurría a su alrededor.

—¿Cómo va la partida, Max? —dijo, tras saludarnos con una sonrisa cuando nos vio.

—Jodida, la verdad —reconocí.

Lo puse al corriente de todas las novedades, insistiendo de manera especial en la llamada abortada de Tomás, el desenmascaramiento de Manubens y el pasotismo de González.

—¿Y qué queréis de mí? —nos preguntó sin perder la calma.

—Eso tendrías que decirlo tú —contesté, cediéndole gustoso la iniciativa—, pero supongo que podrías hacer que alguien vigilara a Narcís Morera, alias Manubens. O interrogarlo. No lo sé. Lo que es evidente es que este abogado sabe cosas y que merecería la pena que las contara. Así tal vez sabríamos dónde se esconde Tomás.

El inspector Dalmau tragó saliva, echó un vistazo más allá de la ventana del bar y expuso sus objeciones.

—Lo cierto es que no es nada fácil. —Se frotó la barbilla—. Como ya te dije, el caso está en manos del inspector González y...

—Pero ¡si es un desgraciado que pasa de todo! —saltó Roc.

—Mientras eso no se demuestre —se puso serio Dalmau, dispuesto a defender a su gremio—, es él quien toma las decisiones en el caso Miralles. ¿Está claro?

—Clarísimo —aceptó Roc con los puños cerrados; y, dirigiéndose hacia mí, añadió—. Vamos, Max, que aquí no se nos ha perdido nada.

—¡Un momento! —nos pidió Dalmau, al mismo tiempo que me agarraba por el brazo para evitar que nos marcháramos—. Como ya le dije a Max, mientras la investigación interna no resuelva si el inspector González es culpable de desidia o de cualquier otra cosa, pienso estar atento a todo lo que ocurra. Ya he empezado a hacerlo y os diré que hay indicios de que las acusaciones de estafa que se han presentado no están nada claras...

—¡Pues claro que no! —celebró Roc—. Eso no se sostiene ni con pinzas. ¡Es evidente que se lo ha inventado González!

—Estoy intentando encontrar el origen del error —prosiguió Dalmau, impertérrito—, pero no es fácil. De todas formas, confío en que todo quede resuelto muy pronto. —Bebió un sorbo de cerveza y me preguntó—: Por cierto, Max, ¿les has sacado algo a los okupas?

—Tanto ellos como yo tenemos claro que el incendio fue provocado y que Tomás tuvo algo que ver —dije, convencido—. El problema es...

—Que faltan pruebas, ¿verdad?... Sobre eso hay una noticia que me parece que no te va a gustar. —Dalmau me apuntó con la pipa—. El skin detenido ya está en libertad.

—Pero...

El inspector no me dejó continuar.

—No podemos retenerlo sin pruebas —dijo, taxativo—. Si se te ocurre alguna forma de implicarlo, adelante, hazlo, pero no podemos movernos por intuiciones.

—Sólo hace cuatro días unos skins nos dieron una paliza a Roc y a mí en Gracia —protesté, indignado—. Estoy seguro de que fue un aviso para que dejáramos de meter las narices en todo eso, un aviso que indica que son culpables.

—Por desgracia, los skins no necesitan muchas excusas para pegar una paliza a alguien —filosofó Dalmau—. Te pueden romper la cara porque no les gusta el color de tu piel, porque llevas el pelo largo o por cualquier otra nimiedad.

—¿Y qué piensas hacer, entonces? —planteé, impaciente. La flema del inspector me estaba poniendo de los nervios.

—En relación a Manubens, intentaré mover algún contacto. Creo que puede ser una buena vía.

—¿Y cuándo lo vas a hacer? —le preguntó Roc, aún más impaciente que yo.

El inspector se rascó una oreja despacio.

—Necesito dos o tres días de margen —dijo por fin—. Si actúo antes, puedo estropearlo todo. No puedo entrar en el caso sin una autorización, y eso requiere tiempo.

—Entonces tal vez sea demasiado tarde —chasqueó la lengua Roc—. ¡Vamos, Max! Ya nos arreglaremos por nuestra cuenta.

Salimos del bar Alfil hechos polvo. Era evidente que la vía policial quedaba cortada por culpa de los corruptos y de la burocracia y que, por lo tanto, tendríamos que buscarnos la vida por otro lado. Nos sentamos en uno de los bancos de la plaza Real, a la espera de que los dioses del lugar nos iluminaran. Paseé la mirada por las ventanas uniformes de las casas: geranios esmirriados, persianas de distintos modelos, cristales dobles, ancianos que se entretenían mirando, mochileros que hacían fotos, pintores que tomaban apuntes...

—Lo único que podemos hacer —comentó Roc, que no cesaba de darle vueltas a la situación— es abordar a Narcís Morera.

—¿Con qué autoridad?

—Ninguna, evidentemente. —Hinchó las mejillas y se encogió de hombros—. Pero, quién sabe, tal vez el factor sorpresa le haga confesarlo todo.

—Es una opción —admití, no muy convencido—. Podemos ir a ver a Morera mañana por la mañana, cuando vuelva a su despacho, pero mientras me gustaría probar suerte con la otra vía que tenemos abierta: la de los okupas. ¿Qué te parece si vamos a ver a Laia?

A Roc le pareció bien, pero no demostró una gran alegría. La verdad es que en aquel momento me gustó que ignorase el rollo que tenía con ella. Si lo hubiera sabido, seguro que habría empezado a pincharme sobre mi vida sexual y tal vez incluso me habría acusado de desviarme conscientemente del recto camino para encontrarme con Laia. Tendría razón, en parte, pero también era cierto que sólo Laia nos podía llevar hasta Bea, la okupa que había detectado movimientos sospechosos poco antes del incendio. Llamé a Laia por el móvil de Roc y quedamos al cabo de una hora al final del paseo de Gracia.

—Nos llevará a donde se encuentra Bea, pero dice que no nos resultará fácil hablar con ella —le expliqué a Roc después de colgar—. La tienen bajo vigilancia.

Roc movió la cabeza, como si no pudiera creer que nos tropezáramos con tantas dificultades. De todas formas, optó por ir a buscar su coche y subimos por el paseo de Gracia. Cuando pasamos frente a la casa Batlló me fijé en un rebaño de japoneses que no cesaba de hacer fotografías. Nada sorprendente, por otra parte. Gaudí tenía el extraño poder de hipnotizarlos, de transportarlos quién sabe adónde.

24

—¿Ese bomboncito es Laia? —me preguntó Roc cuando llegamos al final del paseo de Gracia—. Pues está para mojar pan.

Sonreí. Sabía muy bien que Laia era una mujer diez. Iba vestida con pantalones vaqueros muy gastados y con una camiseta de colores mezclados, sin mangas, que le resaltaba la rotundidad de los pechos. Alrededor del cuello llevaba un cordoncito de cuero con el símbolo de la paz plateado. Cuando la miré, me dio la sensación de que tenía un aire antiguo, como si fuera una hippy de Formentera llegada a Barcelona a través del túnel del tiempo y del deseo.

—¿Las okupas follan? —me preguntó Roc, excitado con la visión de Laia.

—Supongo, como todo el mundo.

—Pues no me importaría probarlo con ésa. ¿Crees que es de las fáciles?

Me callé y volví a sonreír mientras Roc frenaba justo enfrente del cine Casablanca. Laia subió a la parte de atrás del coche, hice las presentaciones de forma rápida y entonces llegó la sorpresa. Sobre todo para Roc. Laia me pasó el brazo por el cuello, me forzó a volver la cabeza y me plantó en los labios un beso contundente.

—Te he echado de menos, bicho —me dijo cariñosamente.

—Y yo a ti —respondí—. Temía que os hubieran desalojado.

—Aún no, pero me temo que es sólo cuestión de días. El ambiente está más cargado que nunca.

Le di un beso para infundirle ánimos y le acaricié el pelo. Ella sonrió y puso cara de payaso.

Me divertía ver de reojo cómo a Roc se le salían los ojos literalmente de las órbitas. Nos miraba y nos volvía a mirar, pero era evidente que no creía lo que estaba pasando. Si seguíamos así, pronto se le iban a caer los ojos rodando por el suelo y tendría que recogerlos a tientas, llenos de polvo y suciedad. Estaba tan interesado en lo que pasaba entre Laia y yo que tuvo que hacer una maniobra brusca para esquivar el coche que teníamos delante.

—Ten cuidado, Roc —le comenté sin inmutarme—, casi nos la pegamos.

—Perdón, perdón... —murmuró—, pero es que...

No terminó la frase. Se lo veía aturdido, descolocado, desconcertado, sin palabras. Giró a la izquierda para ir hacia la Vía Augusta y se quejó de que el tráfico estaba demasiado cargado y de que Barcelona se estaba poniendo imposible. Después condujo un rato en silencio, ensimismado. Pero a mí no me engañaba. Sabía que la gran preocupación de Roc en aquellos momentos era Laia, a quien estudiaba con atención a través del retrovisor, como si no pudiera creer que hubiera ligado conmigo. Estando él en el mundo, debía de pensar, habiendo profesionales cotizados y bien parecidos como él, ¿qué podía haber visto aquella belleza de poco más de veinte años en un hippy caducado y descatalogado? Mientras entrábamos en el barrio de Sarrià, observé que Roc me dirigía una mirada de reproche cargada de goma-2; era evidente que no me perdonaba que no le hubiera dicho nada de mi rollo con Laia, pero preferí mirar hacia otro lado. Hacia Laia, por ejemplo, que estaba hablando con unos ojos la mar de expresivos.

—Sé que Bea está en casa de sus padres, en Vallvidrera, pero ya te he dicho que no será nada fácil verla —nos explicó—. Vive en una casa con jardín, rodeada por un muro muy alto.

—¿Hay vigilancia? —preguntó Roc, haciéndose el profesional.

—La única vigilancia a esta hora es la de su madre, pero es peor que cualquier segurata. No la deja sola ni un momento y desconfía de todo.

—Tranquila, encontraremos la forma —repuso Roc con una sonrisa, en plan Bogart.

Después aceleró de golpe, supongo que para impresionar a Laia, y empezó a ascender por la sinuosa carretera de Vallvidrera, entre pinos esmirriados, casas que hacía tiempo que habían dejado atrás su momento de esplendor y ciclistas equipados a la última que sacaban el hígado por la boca. En la cima de la colina, la torre de comunicaciones reinaba sin miramientos sobre el templo del Tibidabo, como un símbolo de los nuevos tiempos que corren.

La casa de Bea estaba situada en uno de los mejores lugares de Vallvidrera, asomada sobre Barcelona, a los pies de la torre de comunicaciones y con unos cuantos pinos y mucho verde alrededor. Por fuera no tenía ningún encanto especial. Era una más de las muchas casas sin gracia que habían crecido como setas en los últimos años, con unas ridículas columnas neoclásicas en la fachada, un frontispicio no menos ridículo, una puerta pintada de blanco con un picaporte dorado y un ostentoso y brillante tejado de pizarra. El pecado imperdonable de un nuevo rico reñido con el buen gusto. En la parte de la calle, el jardín estaba protegido por un muro alto.

—Parece inexpugnable —se quejó Roc, que estudiaba la casa como si fuera un castillo medieval.

—¿Entendéis ahora por qué os he dicho que no sería nada fácil? —comentó Laia, pesimista.

Durante un buen rato, nos quedamos los tres contemplando el muro como tontos. Mirábamos aquella pared pintada de blanco donde el sol daba de lleno y no se nos ocurría nada. El mundo se reducía en aquellos momentos a un muro-barrera que se interponía entre nosotros y Bea, entre nosotros y la posible solución del caso Tomás Miralles. Lo repasábamos de arriba abajo, pero no teníamos ni idea de por dónde empezar a asaltarlo.

—Tenemos suerte, hace sol —comentó por sorpresa Laia, al mismo tiempo que suavizaba su expresión con una sonrisa.

—¡Cojonudo! —se rió en seco Roc—. Ya sabes lo que tienes que hacer, Max. Venga, ponte a cantar aquello de «*Here comes the sun...*»

—Cuando el día es soleado, Bea sale al jardín y es más fácil abordarla —prosiguió Laia sin hacerle caso.

Fuimos siguiendo el muro lateral, ínfimos frente a su contundencia, e intenté subir por el lugar que parecía más accesible, justo en el punto en el que se apoyaban en él las ramas de una encina.

—Te la vas a pegar, Max —me advirtió Roc, muy en su línea de pensamiento positivo.

Ignoré su profecía y me encaramé a la encina como si fuera un gato. Una vez arriba, no me costó pasar al muro a través de una rama. Desde mi plataforma improvisada, podía ver perfectamente un jardín trazado con tiralíneas, con un césped peinado hasta la obsesión, unos cuantos arbustos recortados y un estallido de geranios en un rincón. Justo debajo de donde me encontraba había una piscina rectangular, llena de agua y de pinaza, con un sauce junto a ella. Debajo del sauce, echada en una tumbona, había una chica gorda, con la cara redonda, el pelo negro y largo recogido en una coleta y la mirada perdida. Iba vestida con tejanos y un jersey azul de cuello alto y tenía todo el aspecto de no estar pasándolo muy bien.

Bajé del muro por el lado de la calle y les comenté a Laia y a Roc lo que acababa de ver.

—Es Bea —confirmó Laia, y después de morderse el labio inferior en un gesto cargado de sensualidad, añadió—: Ahora que sabemos que está en el jardín, alguien tendría que distraer a la madre.

Los dos miramos a Roc, que intentó sacudirse las pulgas.

—Conmigo no cuentes, Max —se quejó—. Las madres de Vallvidrera nunca han sido mi especialidad...

—Te toca a ti, Roc —le dije despacio, intentando ser tan convincente como un vendedor de enciclopedías—. Es evidente que Laia no va a pasar de la puerta. La traiciona su aspecto okupa. A mí tampoco querrán recibirme. Tú mismo dices que parezco un hippy caducado... Por eliminación, te toca a ti.

—No sé cómo te las arreglas, Max, pero siempre me toca a mí pagar el pato —resopló—. Tú te llevas la mejor parte —indicó con un movimiento de cabeza rápido a Laia— y a mí me toca revolcarme en la mierda. —Se calló un rato, cabreado, pero acabó por rendirse ante la evidencia—. Bueno, ¿qué tengo que hacer?

—Podrías llamar a la puerta y decir que eres un vendedor de seguros... —solté lo primero que se me ocurrió.

—O un mormón que hace apostolado... —añadió Laia, riéndose.

—Reíd, reíd, que soy yo quien se la juega... —Roc nos crucificó con la mirada—. Lo haré a mi manera. —Hinchó el pecho; era evidente que la presencia de Laia lo motivaba—. ¿Cuánto tiempo necesitáis?

—Todo el que puedas —dije—. ¿Sabes ya lo que vas a decirle?

—Ni idea —confesó—, pero improvisaré. No temáis. Ya sabes, Max, que soy un hombre de recursos.

Laia y yo nos escondimos en una esquina, dispuestos a saltar el muro tan pronto como viéramos que Roc se salía con la suya. Él se arregló la chaqueta, conectó una sonrisa de circunstancias y llamó al timbre con decisión. Un instante después, la madre de Bea —una mujer gorda y enojada, con una permanente escarolada y unas gafas formato panorámico— abría la puerta. Roc le dijo algo que no pudimos oír y, casi inmediatamente, la puerta volvió a cerrarse sin remedio.

Roc vino hacia donde estábamos, abatido, completamente deshinchado.

—¡Diez segundos, Roc! —lo felicité con un golpecito en la espalda—. ¡Todo un récord!

—Es que esa mujer es como un perro rabioso —se quejó—. Le he dicho con la mejor de mis sonrisas que era de la Asociación de Vecinos y que quería comentarle un asunto que nos implicaba a todos, y antes de que pudiera explicarle de qué se trataba, me ha cerrado la puerta en las narices. ¡Portazo y buen viaje!

—Es evidente que deberíamos estudiar un plan alternativo —dije.

Volví a subirme al muro, y entonces me siguieron Laia y Roc. Laia se subió a la encina en un visto y no visto, con movimientos de gato, y pasó al muro sin problemas. Roc, en cambio, tuvo que luchar contra su barriga excesiva, lo que le hizo resoplar casi hasta la extenuación. Una vez arriba, sin embargo, nos repasó a los dos con una mirada de orgullo, como si acabara de subir a la cima del Everest...

Desde lo alto del muro pudimos asegurarnos de que Bea seguía echada bajo el sauce, junto a la piscina. La única novedad era que ahora junto a ella había un perrito ridículo de color miel, poco más que una mata de pelos que sesteaba a sus pies.

—¡Bea! —gritó Laia utilizando las manos de altavoz.

Bea levantó la cabeza y barrió el jardín con la mirada, hasta que descubrió la cara de Laia, medio escondida entre las hojas de la encina. Primero sonrió, como si se alegrara de verla, pero casi inmediatamente frunció el entrecejo y le pidió a Laia que se marchara.

—Si te descubre mi madre, montará un número —cuchicheó alarmada—. Es capaz de llamar a la policía.

—Tenemos que hablar contigo —insistió Laia—. ¡Es urgente! ¿No puedes escaparte un momento?

Bea movió la cabeza.

—¡Imposible! —dijo—. No me dejan salir para nada.

Nos miramos sin saber qué hacer. Estábamos a punto de renunciar cuando, de repente, el dios de los imposibles, o el de los colgados, o el de lo que fuera, se compadeció de nosotros y acudió en nuestra ayuda. La madre abrió por sorpresa la puerta de la casa y llamó al perrito. Cuando éste se le acercó meneando la cola, lo ató con una correa y le anunció a Bea que salía un momento.

—Será cosa de diez minutos o un cuarto de hora —añadió—, el tiempo de ir al veterinario para ponerle la vacuna a *Gufi*.

Bea la miró con la misma cara inexpresiva de siempre y unos segundos después la madre salía a la calle con su querido perrito.

—¡Ahora! —proclamó Laia—. Tú, Roc, espera en la esquina para avisarnos si regresa la madre; mientras, Max y yo hablaremos con Bea.

—¡Estáis locos! —nos dijo moviendo la cabeza como un autómata.

Laia no perdió el tiempo desmintiéndolo, tal vez porque sabía que probablemente Roc tenía razón; luego le explicó a Bea en pocas palabras lo que queríamos de ella. La chica, sin embargo, nos dijo que el médico le había recomendado borrar aquella etapa oscura de su pasado, evitar pensar en ella. Hablaba atragantándose con las palabras, como si tuviera la boca llena de algodón. Era evidente que estaba embutida de pastillas.

—¡Tienes que hablar, Bea! —insistió Laia, cogiéndola por los hombros—. Tienes que hacerlo por los compañeros. Piensa en Marc y en Igor, los dos que murieron en el incendio... Tú me contaste que unos días antes habías visto a alguien haciendo fotos desde una azotea y resulta que él, Max —me señaló a mí—, ha encontrado esas fotos. Entonces no te hicimos caso, pero ahora me doy cuenta de que tenías razón...

Laia le enseñó algunas de las fotos encontradas en el despacho de Tomás, pero Bea no cambió de expresión. Permanecía callada. Miraba las fotos y no decía nada. Laia le cogió la mano y la obligó a mirarla a los ojos, pero no consiguió que se animara.

Al ver que el tiempo pasaba y que Bea se mantenía en silencio, se me ocurrió jugar otra carta: saqué la foto de Tomás y se la mostré.

—¿Lo conoces? —le pregunté a bocajarro.

Bea lo estuvo mirando un rato con el rostro inexpresivo. Después me miró a mí como si me viera por primera vez. Parecía que no iba a decir nada, pero finalmente despegó los labios y habló.

—Es el cabrón del Golf negro —murmuró. Laia y yo nos miramos, satisfechos. Por fin encontrábamos la información que queríamos, la conexión que relacionaba a Tomás con el incendio de la casa okupa—. Unas semanas antes del incendio, yo estaba haciendo el vago por la casa —explicó Bea, la mirada perdida, la voz monótona, como si no fuera ella la que hablara— y vi unos movimientos sospechosos en la azotea de enfrente. Se lo

dije a algunos compañeros, pero nadie me hizo caso.
—Laia le presionó la mano para animarla a seguir—.
Creyeron que eran neuras mías. Decidí vigilar para ver
qué estaba pasando. Me puse en guardia y al cabo de
unos días descubrí a un hombre que hacía fotos desde la
azotea. Cada vez que salía alguien, lo enfocaba con el teleobjetivo y le hacía fotos. Lo estuve observando con
unos prismáticos y me quedé con su cara. Unos días después, por casualidad, lo vi andando por la calle Verdi. Lo
seguí hasta que entró en un bar de la plaza del Reloj.
Unos minutos después llegó un Golf negro, aparcó sobre la acera y salieron de él el hombre de la foto —indicó
a Tomás con desprecio— y un skin.

Me vino a la memoria, como un flash, la paliza que
nos habían dado los skins días atrás y sentí que un escalofrío me recorría la espina dorsal.

—Al salir del bar, el skin se dio cuenta de que yo los
estaba vigilando —continuó Bea sin ninguna clase de
entonación— y me persiguió por el barrio hasta que me
acorraló en un callejón sin salida. ¡Fue horrible! —Bea
se tapó la cara con las manos y empezó a llorar. Laia la
abrazó y le suplicó que siguiera. Al cabo de unos segundos, con la voz rota, Bea prosiguió el relato—. El skin
sacó una navaja y me obligó a entrar en un portal.
—Hizo una pausa para inspirar aire—. Allí me puso la
navaja en el cuello y me violó. —Volvió a taparse la cara
con las manos—. Fue terrible, horroroso... Después me
dejó marchar, pero juró que me mataría si contaba lo
ocurrido... Aquella noche llegué a la casa okupa sin saber qué hacer. Quería llorar, gritar, pegar a alguien... Me
dormí en un rincón, indefensa, y al cabo de un rato oí a
alguien gritando: «¡Fuego! ¡Fuego!» Salí de la casa como

pude y decidí que jamás volvería a Gracia. Por eso me refugié aquí, en casa de mis padres...

Bea se calló en seco, mientras Laia la atraía hacia ella e intentaba protegerla con un gran abrazo. Las dos lloraban. Apreté los puños, indignado.

—¿No tienes ningún indicio de quién podría ser el skin? —le pregunté a Bea.

—Llevaba un tatuaje en un brazo —murmuró, ausente—. Un águila con las alas desplegadas y con un nombre en el centro: Charly.

De repente, oímos que Roc nos avisaba de que la madre regresaba. Volví a darle las gracias a Bea, Laia la abrazó por última vez, más fuerte que nunca, y volvimos a saltar el muro. Estábamos ya en la calle cuando oímos que el perro ladraba en el jardín.

Mientras regresábamos a Barcelona, le contamos a Roc lo que nos había dicho Bea. Reaccionó con rabia, como nosotros, pero también sacó conclusiones.

—El relato de Bea confirma nuestras sospechas —dijo, esforzándose por mantener la cabeza clara—. Las cosas debieron de pasar así: Tomás, probablemente por encargo de Masdeu y Asociados, contrató a unos skins, con el tal Charly a la cabeza, para echar a los okupas de la casa de Gracia. Pero la cosa se complicó con la muerte de los dos chicos en el incendio y Tomás se vio obligado a desaparecer...

—Pero ¿dónde está Tomás? —me pregunté en voz alta—. ¿Por qué coño no da señales de vida?

Por desgracia, no había ninguna respuesta para aquellas preguntas. Aún quedaba mucho por resolver.

Laia nos pidió que la dejáramos en Gracia. Antes de despedirnos, sin embargo, le propuse, ante la atenta mirada de Roc, que fuera a casa por la noche. Ella me dijo que lo intentaría, pero, poniendo cara de sentirlo mucho, añadió que lo tenía difícil, ya que los okupas de Kan Gamba habían decidido encerrarse para intentar evitar el desalojo que se consideraba inminente. Añadió con una sonrisa que, si todo iba bien, me llamaría al día siguiente para vernos. Selló la promesa con un beso de larga duración.

—Bueno, ¿qué te ha parecido? —le pregunté a Roc cuando Laia se fue. Me refería a las novedades sobre Tomás, pero él lo interpretó de otra forma.

—Lo tenías muy callado, ¡mamonazo! —me reprochó, cabreado.

—Pero ¿qué dices?

—Ya sabes lo que quiero decir... —Roc me atravesó con una mirada afilada—. Te estoy hablando de Laia, cojones, que está de puta madre. Podías haberme dicho que tenías un rollo con ella. Yo te lo cuento todo y tú me vienes con secretitos.

—Pero Roc, que no somos adolescentes...

—Ni Roc ni hostias. Esas cosas se comparten con los amigos.

—Como tú hiciste con el inspector González, ¿verdad? —le dije, sin poder aguantarme la risa.

—¡Vete a la mierda! —me soltó. Pasaron unos minutos de silencio mientras Roc conducía por Barcelona. Hacía sol y la ciudad estaba llena de coches que avanzaban muy despacio. Más o menos como siempre—. Podríamos ir a buscar al hijo de puta de Charly —propuso Roc cuando ya nos encontrábamos en la calle Balmes.

—¿Y por dónde empezamos? —objeté—. Debe de haber diez mil chorizos llamados Charly.

—Iremos a San Cosme —dijo él, muy seguro—. Recuerda que el skin detenido era de allí...

—Es un barrio jodido, ¿no?

—No es precisamente un balneario, pero no perdemos nada yendo allí. Al fin y al cabo, no nos quedan muchas salidas...

—¿Y qué piensas decirle a Charly? ¿Le preguntarás directamente si él es el culpable de todo?

—Ya veremos... —dijo Roc, nada dispuesto a echarse atrás—. Tengo la impresión de que el tiempo pasa deprisa y es importante que no nos quedemos cruzados de brazos.

—¿Y si es uno de los que nos apalizó en Gracia?

—Entonces —Roc sonrió—, lo tendremos muy jodido.

25

Roc conducía deprisa, cambiando de carril constantemente para intentar salvar el denso tráfico. En estos casos, sé que es mejor no decirle nada. Así que encendí un porro y lo dejé a su aire mientras la ciudad, difuminada por la calima y el humo de los coches, desfilaba por la ventana con una textura irreal, de película. Dejamos atrás las calles llenas de coches, el monumento a Colón, la montaña de Montjuïc, los montones de contenedores del puerto, las cruces desordenadas del cementerio y el barrio de las casas baratas. Mientras veíamos aquel paisaje a medio camino entre la ciudad y las afueras me acordé de una vieja canción de Gato Pérez. «*A la corba del Morrot, cap a mig camí del port, on El Prat i el mar es fonen en terreny guanyat al mar...*» («En la cueva del Morrot, a medio camino del puerto, donde El Prat y el mar se funden en terreno ganado al mar»). Pobre Gato, murió demasiado joven. Un infarto se lo llevó a los treinta y nueve, cuando aún le quedaban muchas cosas por decir y mucha música dentro. No somos nada, tan sólo polvo en el viento, como cantaban los Kansas. «*All we are is dust in the wind...*»

En el Cinturón del Litoral vi a unos jóvenes que se pinchaban en la mediana de la autopista, a la sombra mínima de unas adelfas esmirriadas. Era un triste espectáculo de miseria urbana. La aguja, el caballo y todo lo que iba después: las miradas vacías, el caminar sin norte, el lado salvaje de la vida... Habíamos perdido a tantos amigos en aquel camino sin salida... Tantos... Querían tocar el cielo con la punta de los dedos y al final... Había otra canción de Gato que hablaba precisamente del tráfico de heroína, de una «maleta millonaria» y de carreras furtivas por aquellos extraños lugares del puerto. «En estos barrios húmedos, húmedos y tristes, muy cerca del muelle donde atracan los barcos...» Hablaba de un chico que caía muerto de un tiro en la espalda mientras los mafiosos se llevaban la maleta llena de caballo...

Roc se desvió por la salida de la Zona Franca y continuó sin reducir la velocidad. Atravesamos una serie de calles fantasmales, llenas de fábricas, almacenes, contenedores y camiones de gran tonelaje, hasta llegar a las calles indefinidas de El Prat del Llobregat. Allí se podía ver muy claramente la línea que marcaba el final de la ciudad. A un lado había viejas masías rodeadas de campos de alcachofas y rebaños de cabras; al otro, bloques de pisos que avanzaban implacables. Barcelona ya quedaba atrás y la aglomeración urbana se iba deshaciendo por momentos, como una magdalena cuando la mojas en el café con leche.

Justo antes de coger la carretera del aeropuerto, Roc giró a la izquierda y se metió entre unos bloques de pisos hechos polvo. Calles sucias y destripadas, aceras desdibujadas, pintadas desafiadoras que se superponían en distintas capas, coches desguazados, balcones cubiertos de cualquier manera —con cristales rotos, con cartones, con maderas—, niños medio desnudos que lloraban con la cara llena de mocos y gente que volvía la cabeza despacio y nos miraba con cara de pocos amigos. Me llamó la atención una pintada con letras muy grandes que decía: «Me cago en los muertos del que rompe las ventanas.» Pura supervivencia.

—¡Es aquí! —proclamó Roc con orgullo.

Estábamos en el barrio de San Cosme, una especie de Bronx a la catalana.

—El lugar ideal para pasar un fin de semana —dije con un suspiro—. Tranquilidad, aire limpio, ambiente agradable...

Roc ignoró mi comentario irónico, salió del coche y entró en un bar del que no se podía decir que fuera precisamente un local selecto. Quiero decir que no había ni porteros uniformados ni ningún cartel que indicara que se reservara el derecho de admisión. Si hubiera habido uno, me temo que ninguno de los clientes que estaban sentados a las mesas habría pasado el filtro. La barra era larga y vieja y había unas cuantas mesas y sillas de aluminio, un suelo lleno de serrín y servilletas de papel arrugadas, y unas paredes pintadas de color verde sucio, con dos pósters: uno de Los Chunguitos y otro de Estopa. En un rincón, un tío delgado y rapado, con un espectacular tatuaje de una serpiente en cada brazo, jugaba a los marcianitos, mientras por los altavoces sonaba el gran éxito de Estopa: «Por la raja de tu falda yo tuve un piñazo con un Seat Panda...» Filosofía de alto nivel. Dudo que los burócratas de la Unión Europea hubiesen homologado aquel local como bar, pero en un espejo decía que aquello era el Bar Manolo.

Todas las miradas convergieron en nosotros cuando entramos. Más que nunca tuve la sensación de ser un forastero en un *saloon*. Desarmado y acojonado. Roc, de todas formas, no se amedrentó. Pidió dos cervezas y, de espaldas a la barra, preguntó a la selecta clientela si había entre ellos alguien que respondiera al nombre de Charly. Nadie dijo ni pío. Es más, nadie cambió de expresión.

—¿Alguien sabe dónde puedo encontrar a Charly? —insistió Roc sonriendo, haciéndose el simpático—. No es necesario que habléis todos a la vez. —Otra sonrisa, en esta ocasión más nerviosa—. Y que quede muy claro que no soy de la bofia.

Los rostros presentes siguieron inmutables, como si estuviéramos en el Museo de Cera. Sólo uno de ellos se movió: el tatuado de la máquina dejó de jugar y, sin decir ni una palabra, salió a la calle con las manos en los bolsillos y la cabeza baja.

Roc, impertérrito, se sirvió la cerveza en el vaso y bebió un trago.

—¿Y ahora, qué? —le pregunté.
—Ahora, a esperar.
—¿Y qué esperamos?
—No lo sé —se rió para demostrarme que no estaba asustado—, pero en las novelas de Hammett y de Chandler cuando alguien entra en un bar y espera en la barra siempre acaba pasando algo.
—Mientras no nos rompan la cara...

Cinco minutos después no había pasado nada. Sólo detectamos algún movimiento en la calle. Un grupo de mocosos estaba mirando el coche de Roc con intenciones aparentemente no muy buenas. Todos llevaban camisetas sucias y andrajosas, algunas de equipos de fútbol, y zapatillas deportivas de marca. Uno de ellos llevaba una barra de hierro en la mano; otro, un bate de béisbol. Ambos los acariciaban como si se trataran de juguetes inofensivos. En otros barrios, los niños tenían ositos de peluche; allí estaba claro que iban de otro rollo.

—Mira que hacértelo con Laia y no decirme nada... —me atacó Roc, a quien era más que evidente que le costaba digerir aquella sorpresa.

—Roc, no empieces...

—Lo que más me jode es que está buena —insistió—. Dime, ¿cómo es en la cama?

Bebí un trago de cerveza, lo miré con una sonrisa y le dije que no tenía ninguna intención de hablar con la prensa.

—¿Cómo te imaginas que es ese Charly? —cambié de tema.

—Un delincuente —contestó encogiéndose de hombros.

—No sé por qué, pero eso ya lo sospechaba —repliqué con una sonrisa—. Quiero decir si, aparte de lo que nos ha contado Bea, sabes algo.

Roc se volvió hacia el camarero, que se aburría sentado en un taburete. Lo llamó con un gesto y le preguntó en voz baja qué sabía de Charly.

—Es un chaval del barrio —dijo como si lo conociera de toda la vida—. No era mal chico, pero las malas compañías lo han perdido... —Movió la cabeza y apretó los labios—. Desde los doce años está metido en líos. Tirones, robos de motos, de coches, peleas...

—En fin, un angelito.

—El ambiente de San Cosme lo ha marcado. —El camarero indicó con un gesto los edificios degradados que se veían más allá de la ventana—. Su padre y su hermano mayor están en la cárcel y tienen para rato. Él se ha librado porque sólo tiene diecisiete años, pero con la carrera que lleva no tardará mucho en hacerles compañía. La verdad es que de aquí salen pocos universitarios...

Bebí un trago de cerveza mientras pensaba que debía de ser muy duro vivir en aquel barrio. Cuando me di la vuelta advertí que el ambiente del bar se estaba haciendo tan denso que se podía cortar con un cuchillo. Todas las miradas convergían en nosotros, como si ya se estuvieran haciendo apuestas mentales para ver cuánto íbamos a durar.

—¿Crees que vendrá? —le pregunté a Roc.

—Apuesto lo que quieras. —Sonrió, seguro de sí mismo—. Esta gente siempre acaba viniendo. ¿No ves que son unos notas?... El tatuado que ha salido del bar hace un rato seguro que ha ido a avisarlo. Cuando lo encuentre, Charly vendrá enseguida, para que no digan por el barrio que es un gallina. Puede tardar más o menos, pero si está aquí, vendrá. No tiene nada que perder. Se mueve en su territorio.

—De eso no tengo ninguna duda...

En aquel momento vimos que los chicos que rodeaban el coche salían corriendo, como si fueran polluelos en un gallinero alocado. Poco después apareció andando por lo que quedaba de acera un chico que no aparentaba más de dieciséis años. Era bajo, estrecho de pecho, rapado al cero y patizambo. Andaba haciéndose el notas: manos en los bolsillos, camisa desabrochada que dejaba a la vista una cadena y una gran medalla de oro, vaqueros ajustados, cazadora Bomber de color verde, botas militares y porro en los labios. Si hubiera ido remangado, habríamos podido comprobar si llevaba el águila tatuada que nos había descrito Bea, pero por desgracia llevaba los brazos tapados. Lo acompañaban dos tíos vestidos por el mismo sastre y rapados como él, pero cuadrados como armarios. Pasaron frente al coche sin mirarlo siquiera y entraron en el bar. El más bajo se acercó directamente a nosotros y nos preguntó si estábamos buscándolo.

—Si tú eres Charly, yo he preguntado por ti —dijo Roc.

—¿Qué quieres?

Hablaba sin perder ni pizca de aplomo. Al contrario, se le notaba crecido. De vez en cuando se volvía hacia sus amigos como queriendo decir: «Lo estoy haciendo bien, ¿verdad?» El resto de los clientes del bar contemplaban la escena en silencio, expectantes, como si tuvieran ganas de que se terminaran ya los prolegómenos y el espectáculo empezara de una vez.

—Soy periodista —le dijo Roc—. Me interesa hacer un reportaje sobre el incendio de la casa okupa de Gracia...

—¿Y por qué me lo dices a mí?

—Por si sabes algo —respondió con una sonrisa—. Tranquilo, no soy ningún madero.

—Yo me cago en los maderos —gritó de repente el Charly, tenso, con la cara colorada y los músculos del cuello muy marcados—. Si tuviera uno aquí, lo abriría de arriba abajo. —Hizo un gesto ilustrativo con la mano derecha, como si en ella tuviera una navaja—. Me cago en los maderos, no tengo ni para empezar con un puto poli. ¿O te crees que me dan miedo?

—Me interesa hacer un artículo sobre el incendio —prosiguió Roc, intentando mantener la calma—. Sé que el skin que detuvieron es del barrio y...

—Kevin ya está en la calle —lo cortó Charly.

—Ya lo sé, lo han soltado sin cargos, pero...

—¡Ni peros ni hostias! —gritó Charly mientras golpeaba la barra con la palma de la mano—. Si la bofia no tiene nada contra Kevin, quiere decir que ninguno de nosotros tiene nada que ver con el incendio. Por lo tanto, estáis perdiendo el tiempo.

—¿Conocías a un abogado llamado Tomás Miralles? —intervine yo. Sabía que era una pregunta atrevida, pero había que jugar fuerte.

Charly torció el gesto y, volviéndose hacia sus dos compañeros, dijo:

—¿No notáis que el aire está demasiado cargado? —Sonrió mientras olisqueaba a su alrededor—. Si la cosa no mejora dentro de unos minutos será cuestión de empezar a limpiar.

Entendimos el mensaje. Estaba claro que a Charly se le había acabado la paciencia. Roc pagó las cervezas y nos largamos sin mirar atrás.

—No parece que haya servido de mucho venir aquí —comenté mientras Roc conducía hacia Barcelona.

Roc negó con la cabeza, las manos en el volante, tenso.

—Estoy seguro de que Charly es el hombre que buscamos... —escupió—. Juraría que es uno de los que nos hostiaron en Gracia... ¿Tú qué crees?

—Lo único que recuerdo de aquella noche es la tanda de hostias que recibí —dije, sin ganas de pensar en aquella paliza—. No tuve tiempo de fijarme en ninguna cara... Por desgracia tampoco hemos podido ver si llevaba un águila tatuada en el brazo.

—De todas formas, tiene que ser él... —insistió Roc—. ¿Has visto la cara que ha puesto cuando le has hablado de Tomás? ¡Es evidente que lo conoce, el muy hijo de puta!

Nos callamos los dos. Era extraño pensar que acabábamos de estar con alguien capaz de hacer tanto daño. Recordé las fotos que había visto por televisión de los dos okupas muertos y recordé la mirada perdida de Bea, sus movimientos de autómata. Muy probablemente todo había sido culpa de aquel Charly que iba de notas por el barrio de San Cosme; de aquel enano que llevaba años jugando con el peligro y la muerte. Todo parecía encajar: Tomás debió de recibir el encargo de Masdeu y Asociados de «limpiar» la casa okupa y contrató al grupo de skins de Charly para que la quemasen. Pero la cosa se complicó con las dos muertes, que no debieron de gustar nada a los responsables de Masdeu y Asociados. Ante la perspectiva de que la investigación acabara por salpicarlos, ya que había un skin detenido que podía contarlo todo, optaron por retirar a Tomás de la circulación. Pero aún quedaba un detalle importante por resolver: ¿dónde coño estaba Tomás? ¿Por qué no aparecía de una puta vez?

—El único camino que nos queda para saber dónde está tu cuñado es seguir la pista de Narcís Morera —comentó Roc cuando ya estábamos cerca de la plaza Real.

—Ya —acepté—. Del misterioso «Manubens».

—Lo mejor será que mañana nos apostemos a la puerta de Masdeu y Asociados y lo sigamos cuando salga. —Roc hizo una mueca de contrariedad y añadió—: Pero hay un pequeño problema...

—¿Cuál?

—Deberías encargarte tú, Max. Yo tendré que ir al periódico. Hace ya tiempo que no me ven el pelo y deben de estar maldiciéndome.

Otra vez me tocaba cargar con el muerto. Aunque no me sorprendió. A la hora de la acción, ya se sabe que en este país sólo trabajan los cansados.

—Muy bien —acepté—. La cosa no parece difícil. Me planto frente a la puerta, espero a que salga y lo sigo. ¿Y después, qué?

—Después ya veremos... De entrada no parece difícil, pero hay dos problemas —dijo Roc, repasándome de un vistazo—. En primer lugar, tendrías que disimular tu aspecto hippy para no llamar demasiado la atención. En segundo lugar, necesitas un vehículo. Piensa que si Morera se va en coche, no podrás seguirlo a pie. —Tuve un pensamiento para mi vieja Mobylette. Era un buen hierro, sí, señor, y me había servido durante muchos años, pero hacía meses que estaba en el otro barrio, en el cielo de los vehículos que no han podido aguantar más—. ¿Sabes conducir, Max? —me preguntó Roc.

—Claro —contesté, mosqueado—. ¿Por qué me lo preguntas?

—No sé, como te veo así, tan hippy... —respondió, señalando con un punto de desprecio mi camisa afgana—. Es como si de repente pasara Schopenhauer conduciendo un Porsche. Hay cosas que no encajan. Qué quieres que te diga, Max, te veo más en bicicleta que al volante de un coche.

—¡Anda y que te den morcilla!

26

A las dos en punto de la tarde, Narcís Morera salió de la sede de Masdeu y Asociados, saludó con un leve movimiento de cabeza y media sonrisa a otro abogado y entró en el parking sin mirar atrás. Hacía más de media hora que lo estaba esperando, sentado al volante del Volvo de Roc, discretamente aparcado sobre la acera en una posición estratégica. Un par de minutos después, Morera salía del parking conduciendo un Audi 4 plateado, limpio como los chorros del oro. Me pegué a él. Primero, paseo de Gracia arriba hasta la Diagonal; luego por la Vía Augusta hasta los túneles de Vallvidrera. El tráfico, por suerte, era denso y no podía esquivarme. Aparte de que no podía sospechar nada de mí, pues me había vestido con mi chaqueta de pana negra de las grandes ocasiones y con mi mejor camisa de cuadros.

Dejamos atrás la ciudad y atravesamos el túnel de Vallvidrera hasta desembocar en los bosques del otro lado del Tibidabo. El paisaje era ahora radicalmente distinto: colinas repletas de encinas y pinos, urbanizaciones pirata de casas autoconstruidas, masías aisladas y, finalmente, la aparición de Sant Cugat como una población pulcra y ordenada destinada a la burguesía más exigente, con abundancia de casas unifamiliares, una buena colección de adosados y un horizonte lleno de grúas que auguraba un crecimiento imparable en el que las zonas verdes tenían todas las de perder. Pensé en un amigo de Cerdanyola, el pueblo vecino, que a Sant Cugat solía llamarle San Kuwait. No le faltaba razón.

Seguí a Morera cuando cogió la salida de Sant Cugat. Tras algunas curvas por calles de casas antiguas y señoriales, de las de torreón, pérgola, pista de tenis y jardines exuberantes, se detuvo frente a una casa de líneas modernas, con terrazas a distintos niveles, paredes de hormigón y grandes ventanales. Alrededor de la casa había un jardín mínimo, cubierto de césped cortado al milímetro, como si fuera de plástico, y con unos pinos al fondo. Mas allá se extendía el campo de golf de Sant Cugat, un exceso de verde, agujeros y papanatas.

Cuando advertí que Morera no tenía ninguna prisa por salir, me acerqué al bar de la esquina, me zampé un pan con tomate y anchoas, me bebí una cerveza, encendí un porro y llamé a Roc.

—Estoy junto a su casa —le anuncié—. En Sant Cugat.

—¡Cojonudo! —me felicitó—. ¿Sospecha algo?

—Nada de nada. No sabe ni que existo.

—Muy bien, Max, muy bien. Ahora lo único que tienes que hacer es esperar. Si ves que sale, me llamas y voy volando.

—No pretenderás colarte en su casa...

—¿Hay perro?

—No.

—Pues esto es exactamente lo que haremos: entraremos en la casa como sea y la revolveremos hasta encontrar una pista que nos diga dónde está Tomás.

—Roc... —lo interrumpí.

—¿Qué?

—¿Y si no encontramos ninguna?

—No seas pesimista, Max... —me disparó—. Si no hay ninguna pista, pasaremos al plan número dos.

—O sea...

—Esperamos a Morera, lo agarramos por los huevos y lo obligaremos a que cante.

Enseguida me gustó el plan dos. Era más directo, más definitivo; no se perdía en cuentos y zarandajas. Lo de revolver la casa a la espera de encontrar un papelito que nos dijera dónde estaba Tomás me parecía una chiquillada. Como el que juega a los secretitos o algo parecido. Aparqué a una distancia prudencial de la casa de Morera, bajé el asiento del coche y me dediqué a esperar. O sea, a dormir.

Cuando me desperté eran las siete de la tarde. El coche de Morera seguía en el jardín y se habían encendido las luces de la casa. Por lo visto, el hombre tenía un día casero. Me estuve fijando en la ventana del salón, para ver si había alguien más, pero sólo lo vi a él. De vez en cuando cruzaba tras la ventana con paso decidido y desaparecía más allá de mi vista.

A las ocho fui de nuevo al bar para comerme otro bocadillo —en esta ocasión de mortadela— y beber otra cerveza. El chico de la barra me miró como preguntándose qué hacía yo allí. Le pregunté si conocía a Morera y dijo que no con la cabeza, moviéndola muy despacio de un lado a otro, como si tuviera un muelle.

—El nombre no me dice nada —aclaró por fin.

—Vive en la casa del fondo —le expliqué, indicando con el brazo el final de la calle—, la de muros de hormigón y grandes ventanales.

—¡Ah, el abogado! —exclamó el chico al caer en la cuenta—. La verdad es que se le ve poco. Siempre sale con el coche y nunca viene al bar. Sólo lo veo pasar...

Comprobando que ésa era una vía muerta, callé y me dediqué a comer. Los espías somos muy reservados, ya se sabe. Cuando terminé la cerveza, regresé al coche, me fumé un porro en solitario y me puse a soñar con Zanzíbar. Playas, palmeras, agua azul turquesa, cabañas de tejado de palma, mujeres exóticas... Nada que ver con aquel mundo ordenado y aburrido de Sant Cugat...

Hacia las nueve y media de la noche, al ver que se apagaban las luces de la casa, me puse en estado de alerta. Unos minutos después, Morera salía solo, subía al coche y conducía hacia el centro de Sant Cugat. Lo seguí a distancia, sin arriesgarme. Se detuvo cerca de una hilera de adosados del centro, pulsó un timbre y recibió a la mujer que salió de la casa con una sonrisa de oreja a oreja. Era joven y guapa: morena, elegante y con la piel bronceada. Morera la besó en los labios y los dos subieron al coche. Un rato después, aparcaron en una plazoleta, justo frente al restaurante Casablanca, y entraron cogidos del brazo. Vi, a través de la ventana, cómo se sentaban y consultaban la carta.

Llamé a Roc desde una cabina próxima.

—Morera ha salido de casa —le dije—. Ven en cuanto puedas.

—¿Sabes si disponemos de mucho tiempo?
—Un par de horas como mínimo —calculé—. Está cenando con una chica en un restaurante.
—¡Cojonudo! —exclamó Roc—. Dame la dirección de Morera, que ahora mismo voy en taxi.

27

No nos costó entrar en la casa de Morera. Había dejado la puerta de la cocina mal cerrada y Roc la abrió de una simple patada. Fue fácil, incluso muy fácil. Una vez en el interior, nos dedicamos a curiosear: había una cocina blanca e impoluta, un salón grande y bien amueblado, un par de dormitorios, un baño con jacuzzi y un despacho.

—Tú dedícate al salón —me susurró Roc, que iba equipado con una potente linterna—, y yo me ocuparé del despacho.

Avancé a tientas, sintiéndome como un ladrón y con el corazón latiendo a mil. Por suerte, la luz de un farol de la calle entraba por una ventana e iluminaba la escena. Hojeé unas revistas de una mesita baja sin encontrar nada interesante; después me dediqué a abrir cajones y a revolver el contenido. Sólo había folletos de electrodomésticos, mandos a distancia estropeados y cartas de unas cuantas novias de Morera con matasellos de varios países. En un estante alto encontré una colección de fotografías. La mayoría eran de Menorca; se veía a Morera en el mercado de Ciutadella, a Morera bañándose en cala Macarella y a Morera comiendo una caldereta en Fornells con un grupo de amigos. Por lo visto, Morera sabía cuidarse. En otra foto se le veía sonriendo en la cubierta de un yate, con bañador y gafas de sol, luciendo un moreno intenso y con la chica del restaurante junto a él.

—¿Qué? —me preguntó Roc asomando la cabeza—. ¿Has encontrado algo interesante? —Le dije que no—. Yo tampoco —añadió él, desesperado—. En el despacho sólo hay papeles sin interés.

—¿Qué hacemos?

—Ni puta idea.

Roc empezó a abrir y cerrar armarios como un poseso, hasta que soltó un «¡Guauu!» de admiración.

—¿Qué has encontrado? —le pregunté en voz baja—. ¿Alguna prueba?

—¡Mucho mejor que eso! —exclamó, con los ojos exultantes de felicidad—. ¡Un Sauternes!

—¿Y eso qué es, un medicamento?

—Exacto. —Se dio la vuelta para mostrarme una botella de vino blanco—. Es la mejor medicina que hay para el alma. Piensa que es un vino buscadísimo, Max, muy adecuado para comer con *foie* o como aperitivo. Y muy especialmente éste: ¡es un Château d'Yquem! —Abrió los ojos hasta casi desorbitarlos—. Venga, Max, haz algo: acércate a la nevera para ver si hay hígado de pato.

—Roc —le imploré—, ¡no hemos venido para eso!

—Sí, pero ya que estamos... —replicó con una sonrisa de sátiro.

Al ver que no me movía, Roc desapareció en dirección a la cocina. Unos minutos después regresó eufórico, con un sacacorchos en una mano y un pedazo de *foie* en la otra.

—Nos ha tocado la lotería, Max —me anunció, muy convencido—. Los dioses nos han sido propicios.

Por lo que a mí respecta, pueden darle por el culo a Tomás y a quien sea. Mientras haya *foie* y Sauternes, la vida merece la pena.

Sirvió un par de vasos generosos —pagaba Morera— y empezó a soltar elogios de aquel vino amarillento y dulce que entraba como un caramelo.

—Piensa, Max, que sólo se puede embotellar Sauternes en cinco pueblos de la región de Burdeos —me ilustró, haciéndose el notas—. Se trata de un vino muy delicado que proviene de una uva atacada por un hongo, que es el que le da este sabor tan original. —Hizo una pausa para paladearlo con fruición—. ¿Te das cuenta de la suerte que tenemos? Nos estamos bebiendo una botella del mejor vino blanco del mundo.

—Roc, no es el momento. Te recuerdo que estamos aquí para buscar alguna pista sobre Tomás —le dije, intentando que descendiera a la realidad.

—¿Sabes que de cada cepa sólo sale un vaso de Sauternes, cuando saldrían una o dos botellas de vino normal? —siguió, concentrado en el vino—. Piensa que la vendimia dura dos meses y se hace casi uva a uva. Al cabo del año sólo salen cinco millones de botellas. Si piensas que hay sesenta millones de franceses, quiere decir que no llega ni a un vaso por persona y año. Si encima no somos franceses, como es nuestro caso, significa que somos unos privilegiados de cojones y que tenemos que celebrarlo.

—Somos unos privilegiados y unos manguis —apunté.

—Nuestra obligación como detectives es no renunciar a los placeres de la vida que se nos presenten —proclamó, sentencioso—. Estoy seguro de que san Philip Marlowe bendeciría lo que estamos haciendo.

Brindamos, pues, por todo lo imaginable, y mientras esperábamos la llegada de Morera, nos zampamos el *foie* y vaciamos la botella de Sauternes. Un placer de dioses, ciertamente. Tal vez sea cierto que espiar es esperar, pero si se trata de esperar de ese modo, pueden contar conmigo siempre que sea necesario.

A medianoche, después de esconder los restos de la comilona y de desechar la idea de una siesta reparadora, se me ocurrió que había una parte de la casa que todavía no habíamos examinado: el garaje. De hecho, me extrañaba que, teniendo garaje como tenía, Morera hubiera dejado el coche en el jardín, expuesto al polvo, al barro y a la suciedad. Los abogados suelen cuidar esos detalles. Bajé al sótano, pues, y allí encontré la puerta que comunicaba con el garaje. Estaba cerrada, pero había una llave justo al lado, colgada en la pared. Probé suerte y la puerta se abrió. Cuando encendí la luz, apareció frente a mí un coche completamente tapado con una lona de color gris. Llamé a Roc y entre los dos quitamos la lona; debajo había un Golf GTI de color negro.

—¡Bingo! —exclamé, y solté un silbido de admiración—. ¡Es el de Tomás!

—Y nosotros buscando papelitos que comprometieran a Morera —dijo Roc—, cuando aquí tenemos una prueba como una catedral.

El coche estaba cerrado con llave, pero no se veía nada extraño en el interior. Por fuera tampoco había ninguna señal de violencia.

—¿Crees que se lo ha cargado? —me preguntó Roc.

—No —respondí, muy seguro—. Recuerda que Tomás llamó hace tan sólo unos días. Sabemos que está vivo.

—Sí, pero ¿dónde?

—Eso es lo que nos tendrá que explicar Morera.

Seguimos esperando sentados en la oscuridad del salón. Tensos, en silencio, mientras nos volvía el sabor del *foie* y el Sauternes como prueba definitiva de la existencia de Dios. A la una de la noche oímos que se abría la puerta del jardín y vimos por la ventana el Audi de Morera. Llegaba solo, por suerte. Aparcó en el jardín y entró en casa silbando. Por lo visto, la cena con la morena le había ido bastante bien.

—Buenas noches, señor Morera —lo saludó Roc cuando encendió la luz del salón—. ¿O tal vez debería llamarle señor Manubens?

—Pero ¿quién?... —Morera intentó retroceder hacia la puerta, pero yo se lo impedí—. ¡Si no os marcháis ahora mismo llamo a la policía! —nos amenazó.

—No es necesario que se moleste. Nosotros somos la policía —dijo Roc mientras le enseñaba una placa oficial que yo nunca había visto—. Hemos venido para que nos cuentes todo lo que sabes de Tomás Miralles.

—No sé de qué me hablas —se apresuró a decir Morera, aturdido—. Además, ¿dónde está la orden de registro? ¿Cómo os permitís entrar en mi casa como si fuerais ladrones? Os denunciaré por allanamiento de morada.

Roc soltó un suspiro.

—Después hablaremos de esas naderías, si quieres —dijo apuntándolo con un dedo, en tono autoritario—, pero antes tendrás que explicarnos qué hace en tu garaje el coche de Tomás Miralles, un abogado que dices no conocer.

—¿El coche? —Morera soltó otro resoplido y se secó el sudor de la frente con la mano—. Él me pidió que se lo guardara. Se iba de viaje y...

—¡Basta de mentiras! —lo corté—. Si fuera cierto, ¿por qué no dijiste nada a la policía? Sabes perfectamente que Tomás ha desaparecido y que se le busca desde hace días.

—O nos dices la verdad o tendrás que acompañarnos ahora mismo a la comisaría —remachó Roc, encantado de interpretar el papel de policía duro.

Llegados a ese punto, Morera se hundió. Se dejó caer en el sillón, se aflojó el nudo de la corbata, se pasó una mano por el pelo, encendió un cigarrillo con dedos nerviosos, dio un par de caladas y permaneció un rato con la cabeza baja.

—Muy bien —dijo cuando por fin se atrevió a mirarnos a la cara—. Lo explicaré todo. —Hizo una pausa para inspirar profundamente—. Al fin y al cabo, es una historia que ya me pesa demasiado.

Morera se mordió el labio durante unos segundos y lo vomitó. Era una historia de mala leche, confusiones, prepotencia y disparates, por desgracia con algunas víctimas inocentes de por medio. Según el relato de Morera, todo había empezado un par de meses atrás, cuando, como abogado de Masdeu y Asociados, había recibido de una inmobiliaria el encargo de «vaciar» una casa ocupada del barrio de Gracia. Primero lo intentó con la ley en la mano, pero cuando vio que no lo conseguía y que la inmobiliaria tenía prisa, optó por recurrir a métodos más directos.

—Me puse en contacto con Tomás Miralles, con quien me une una amistad y a quien ya conocía de otros asuntos similares —explicó sin perderse en detalles—. En estos casos, siempre es mejor disponer de un escudo. Por si las cosas salen mal...

—Como de hecho salieron —apunté.

—Exacto. —Morera dio una calada al cigarrillo y tragó saliva—. Tomás empezó por asediar a los okupas de forma suave: mandó que les hicieran fotos desde la azotea para tenerlos fichados, les cortaba la luz, hacía que les robaran las bombonas de gas… Hasta que se dio cuenta de que había que forzarlos más. Fue entonces cuando decidió hablar con unos skins del barrio de San Cosme, concretamente con un grupo liderado por un tal Charly. Quería que asustaran a los okupas, que zurraran a alguno, que los obligaran a marcharse como fuese. Su intención era acojonarlos, pero sin pasarse…

Me costaba imaginar a Tomás organizando aquel juego sucio, pero las palabras de Morera no dejaban lugar a dudas. Tomás era el que había montado todas aquellas agresiones que lo degradaban como abogado y como persona.

—Supongo que todo se torció con el incendio —le ayudé a pensar.

—Incluso antes —dijo Morera—. Charly resultó ser un loco que no admitía órdenes y que siempre quería ir más allá. Odiaba a los okupas y acusaba a Tomás de ser demasiado blando. Un día que había bebido más de la cuenta, llamó a Tomás para decirle que aquella misma noche pensaba quemar la casa okupa. Según Charly, era la mejor forma de acabar de raíz con el problema.

—¿Estás seguro de que la iniciativa del incendio fue de Charly? —pregunté.

—Todo fue culpa suya —insistió mirándome a los ojos, como si no pudiera caber la más mínima duda—. Tomás intentó impedirlo, pero la verdad es que Charly no es nada fácil de tratar. Estaba borracho y no quería renunciar a nada. Le exigió a Tomás que le pagara un millón de pesetas si no quería que lo destapara todo. Al ver que podía acabar salpicado, Tomás sacó dinero de su cuenta y pagó a Charly lo que le pedía. Fue un último intento de que el asunto no se le escapara de las manos. De todas formas, no sirvió de nada. Aquella misma noche, Charly y sus amigos incendiaron la casa y provocaron la muerte de los dos chicos.

Morera hizo una pausa, como si necesitara un tiempo muerto para asumir que lo había vaciado todo, y se entretuvo apagando a conciencia lo poco que quedaba del cigarrillo, como si en aquel momento fuera el trabajo más trascendente de mundo.

—¿Y qué ha pasado con Tomás? —quise saber.

—La noche del incendio vino a verme a casa, muy asustado por lo que había ocurrido. Estaba sentado donde ahora estás tú. —Señaló a Roc—. Lo cierto es que no sabíamos qué hacer. La situación nos desbordaba. Cuando dijeron por la radio que parecía que habían detenido a un skin perdimos los papeles. Conscientes de que todo se complicaba, decidimos que lo mejor era que él desapareciera una temporada. Al fin y al cabo, a mí nadie podía relacionarme con el caso, pero a él sí. Si a través del skin detenido llegaban a Charly, éste podía dar el nombre de Tomás y destapar todo el pastel. Era demasiado arriesgado.

—¿Y donde está Tomás ahora? —insistí.

—Aquella misma noche decidimos actuar sobre la marcha. —Morera hizo una pausa para encender otro cigarrillo—. Él estaba muy nervioso y no cesaba de decir que lo detendrían y que se pasaría unos años en la cárcel. Estuvimos dándole vueltas y al final encontramos la solución: Tomás se marcharía una temporada, por lo menos hasta que las aguas se calmaran. Yo tengo un amigo que dirige una agencia de viajes, un amigo que me debe algunos favores. —Nos dirigió una mirada incisiva que indicaba claramente que se trataba de favores de peso—. Le llamé para decirle que necesitaba que alguien volara muy lejos lo antes posible y me dijo que a las cuatro de la madrugada salía un chárter con plazas libres. No lo pensamos dos veces. Acompañé a Tomás al aeropuerto y subió al avión...

—¿Hacia dónde? —le preguntó Roc.

—Hacia Zanzíbar.

—¡¡¡Zanzíbar!!! —exclamé, sorprendido e indignado a la vez—. ¡¿Y por qué precisamente Zanzíbar?!

—Era el primer chárter con plazas libres —respondió Morera sin advertir la magnitud del problema. ¿Por qué había tenido que volar precisamente a la isla de mis sueños? ¿Por qué? ¿Qué hacía un abogado aburrido y plasta en un paraíso de palmeras, playas de arena blanca y aguas transparentes?

—Pero la policía no tiene constancia de que Tomás haya salido del país —objetó Roc.

—Mi amigo me facilitó mucho las cosas. Gracias a él, Tomás pudo subir al avión con otro nombre y sin pasar por la policía. No hubo ningún problema.

Recordé el folleto de Zanzíbar que había encontrado en la mesita de noche de Tomás. Desde el primer momento lo encontré extraño y en ese momento, por desgracia, se confirmaba que aquel gilipollas había invadido mi paraíso.

—Tal como lo cuentas, la fuga se decidió sobre la marcha, pero Tomás tenía un folleto de Zanzíbar en su casa —le dije a Morera.

—Tomás me contó un día que, cuando terminara el lío, pensaba darle una sorpresa a su mujer y llevarla de viaje a un país exótico —admitió el abogado—. Fue entonces cuando le dije que tenía un amigo en una agencia de viajes y le pasé el folleto de Zanzíbar. Tomás se mostró interesado, sobre todo cuando supo que podría conseguir un buen descuento.

Aquello habría sido demasiado. ¡Claudia en Zanzíbar! Sólo de imaginarme a aquella foca bañándose en las playas de la isla, mi sueño dorado empezaba a tambalearse. Las palmeras dejaban de parecerme paradisíacas, el agua aparecía sucia y vulgar y los edificios de la Ciudad de Piedra eran como los de cualquier bloque de apartamentos de cualquier suburbio.

—Hay algo que no me encaja —dije, retomando el hilo—. ¿Por qué Tomás no le dijo nada a Claudia?

—Quedamos en que yo la llamaría y la pondría al corriente de todo —dijo Morera.

—Pero no lo hiciste.

Morera sacudió la cabeza, con los labios apretados, y dio unas cuantas caladas, muy cortas y muy seguidas. Era evidente que lo habíamos pillado en falta.

—La verdad es que no la llamé... —aceptó con cara de culpable—. Fue un error y me arrepiento. Pero es que los primeros días fueron muy agitados, muy tensos. Pensé que si le decía a la mujer dónde se encontraba Tomás, podría meter la pata. Si no sabía nada, en cambio, su reacción sería más auténtica...

—¡Y tan auténtica, hijo de puta! —exclamé, y sonreí—. ¿Sabes que por tu culpa se están terminando las existencias de bombones de Barcelona? ¡¿Sabes que ha invadido mi piso de la plaza Real?!

Morera me miró con cara de no comprender nada, convencido de que me faltaba un tornillo.

—Lo que no me encaja —apuntó Roc, sin dejarse llevar por la pasión— es que Tomás ni siquiera llamara a Claudia. Llamó a su secretaria, sí, pero hace tan sólo unos días...

—Tomás pensaba que yo había llamado a Claudia y que, en consecuencia, todo estaba bajo control —explicó Morera entre una nube de humo de cigarrillo—. Por otra parte, no es fácil llamar desde Zanzíbar. Yo he hablado con Tomás únicamente un par de veces, pero se oye fatal y la comunicación se corta enseguida.

—Piensa que Claudia no está en su casa, Roc —añadí yo—. Tomás no puede saber que ella está en mi piso de la plaza Real. Por eso debió de llamar a Mercè.

—¿Fuiste tú quien vació el despacho y los ordenadores de Tomas? —preguntó Roc, que intentaba encajar todas las piezas del rompecabezas.

—Pagué a alguien para que lo hiciera —admitió Morera—. No podía arriesgarme a que, a pesar de la desaparición de Tomás, aparecieran documentos comprometedores.

—¿Y Saura? —pregunté yo—. ¿Por qué murió Saura?

—¿Quién es Saura? —preguntó Morera sorprendido.

—No te hagas el longuis —insistí—. Sabes muy bien que es el amigo de Tomás, su vecino de despacho. Murió hace unos días en un accidente de coche.

Morera negó con la cabeza y dijo que no sabía nada de ese asunto. Pero ¿quién podía asegurarnos que estuviera diciendo la verdad? ¿No estaría cubriéndose para quedar limpio de culpa? Por desgracia, no había ningún testigo de lo que le había ocurrido a Saura. Tal vez hubiera sido un accidente, o tal vez no...

Permanecí un rato callado, intentando digerir toda la información que nos había dado Morera. Lo que más me sublevaba era que Tomás, precisamente el papanatas de Tomás, el aburrido de Tomás, el gilipollas de Tomás, estuviera tranquilamente en Zanzíbar mientras todo el mundo iba de culo buscándole. Con lo grande que era el mundo y no se le había ocurrido nada mejor que irse a Zanzíbar, que manchar con la ignominia más penosa mi paraíso soñado.

—¿Cuándo va a volver Tomás? —preguntó Roc, que era quien mantenía la cabeza fría.

—Ése es el problema... —Morera apagó el cigarrillo y se frotó la barbilla—. De hecho, podría regresar ahora mismo. El skin detenido ya ha sido puesto en libertad y parece que hemos recuperado la calma. Es un buen momento para que regrese.

—¿Y las acusaciones de estafa? —pregunté—. ¿Qué pasa con todo ese rollo?

—Haré que se retire la denuncia —anunció Morera tras un largo silencio.

—No me digas que eso también es cosa tuya —dijo Roc sin poder dar crédito.

—Perdí la cabeza, lo confieso. —Morera empezó a sudar como un cerdo—. Pensé que eso desviaría la atención del caso y justificaría la desaparición de Tomás. No me costó mucho convencer al inspector González.

—¡El mamonazo de González! —salté—. ¡Nunca me he fiado de él! Seguro que lo untaste, ¿verdad?

Morera permaneció callado y concentró la mirada en el suelo. Me daba la sensación de que no nos había dicho todo lo que sabía. ¿Era creíble que toda la responsabilidad del incendio fuera únicamente de Charly? ¿Por qué no había llamado a Claudia? ¿Por qué había lanzado las acusaciones de estafa sobre Tomás?

—Tanto tú como Tomás tendréis que responder de todo lo que ocurrió en la casa okupa —lo acusé sin piedad.

Dos chicos habían muerto en aquel incendio y, por mucho que Morera intentara quedarse al margen, era evidente que tenía alguna responsabilidad. Había sido él quien había contratado a Tomás para que actuara fuera de la ley, y era Tomás quien había hecho entrar al loco de Charly en aquel asunto. Si hubiera salido bien, se estarían colgando medallas y repartiéndose un montón de dinero. Ahora que las cosas iban mal, no podían lavarse la manos.

—Tengo que deciros algo más —añadió Morera, que se pasó la mano por el pelo y buscó fuerzas para encender otro cigarrillo—. Tomás puede volver cuando quiera, pero...

—Pero ¿qué?

—Está enfermo.

—Ya —recordé la llamada de Mercè—. Diarrea, ¿no?

—Peor que eso. Lo último que sé de él es que se encuentra en un hospital de Zanzíbar. Se le ha terminado el dinero y, a pesar de que puedo colarle en un chárter, no puede viajar solo. Necesita que alguien lo acompañe. Está muy débil.

¡Cojonudo! El muy desgraciado había dejado tirado a su amigo y no parecía tener ninguna prisa porque regresara.

—¿Y qué piensas hacer? —le preguntó Roc, sarcástico—. ¿Consentir que se pudra?

—Debería haber ido a buscarlo, lo sé, pero el trabajo se me ha complicado y... —Morera se mordió el labio inferior y meneó la cabeza.

—... y has decidido dejarlo tirado en el culo del mundo —terminó la frase Roc—. ¡Eres un hijo de puta, Morera! Seguro que has pensado que, si Tomás se muere, mejor que mejor. ¡Se acabaron los problemas! Con amigos como tú, ¿quién necesita enemigos?

—No es eso, pero... —Morera intentó defenderse, aunque acabó hundiendo la cara entre las manos, quién sabe si avergonzado o tal vez tan sólo cabreado al ver cómo se derrumbaba su montaje.

De repente, Roc se puso a caminar por el salón a grandes zancadas, como si estuviera tomando medidas para enmoquetarlo.

—¿Tu amigo de la agencia de viajes todavía te debe favores? —le preguntó a Morera.

—Sí, ¿por qué?

—¿Cuándo sale el próximo vuelo a Zanzíbar?

A pesar de que era tarde, Morera hizo una llamada, estuvo hablando un rato y, tapando el auricular con la mano, nos dijo que el vuelo de Zanzíbar salía todos los jueves a las cuatro de la madrugada.

—Hoy es jueves, ¿verdad, Max? —me preguntó Roc.

Le dije que sí. Era más de la una de la madrugada. Faltaban sólo tres horas para que el avión despegara.

—Dile a tu amigo que necesitamos una plaza en ese vuelo —le ordenó a Morera en un tono que recordaba al de Bogart en la escena final de *Casablanca*. Y después, consciente de su momento estelar, volviéndose hacia mí, añadió—: Max, ¿estás dispuesto a volar hacia Zanzíbar?

—¡Ahora mismo y con los ojos cerrados! —acepté entusiasmado.

La verdad es que había pensado que si algún día llegaba a ir a la isla sería en una barca de vela latina, hasta los topes de pasajeros y de carga, que zarparía de noche del puerto de Dar Es Salaam, la capital de Tanzania. Navegaría a la luz de la luna, con la constelación de la Cruz del Sur marcando el camino y con una excitante música oriental que no cesaría de sonar. De madrugada, vería cómo el sol empezaba a definir los perfiles de la isla y cómo surgían de la nada las playas con palmeras, los palacios y el esplendor de la Ciudad de Piedra. Lo había soñado tantas veces, había imaginado tantas jugadas rocambolescas que algún día me llevarían a la isla... Pero jamás de los jamases había pensado que finalmente tendría que ir allí para rescatar al plasta de mi cuñado.

Morera se encargó de arreglarlo todo. Supongo que se sentía culpable por haber abandonado a Tomás e intentaba redimirse. Habló con su amigo de la agencia de viajes y me aseguró que no tendría problema alguno; incluso me dio unos centenares de dólares por si surgían gastos imprevistos. Tendría que estar en el aeropuerto de Barcelona antes de las tres y el resto ya era cosa mía. Mi trabajo consistiría en ir a buscar a Tomás al hospital y devolverlo a casa.

—Tomás y tú tendréis que volver al cabo de doce horas a Barcelona —me explicó Morera—. Llegarás a Zanzíbar a las seis de la tarde, hora de allí, y a las seis de la madrugada tendréis que salir de nuevo hacia aquí.

Estaría tan sólo doce horas en Zanzíbar. Demasiado poco para un paraíso que había soñado durante tantos años, pero no podía elegir. Era aquello o nada. No lo dudé ni un segundo. Roc me acompañó a casa a recoger el pasaporte y después me llevó al aeropuerto. De camino estuvimos repasando lo que suponían las revelaciones de Morera.

—¿Crees que ha dicho toda la verdad? —le pregunté.

—Casi toda, pero me temo que ha callado cosas que podrían comprometerlo.

—¿Por ejemplo?

—La responsabilidad del incendio. Ha sido muy hábil cargándola toda en Charly, pero no me extrañaría que él y Tomás tuvieran algo que ver.

—¿Y Saura? ¿Crees que lo mató él?

—¿Quién sabe?... Tal vez sea cierto que no lo conocía...

Recordé a Saura, nervioso, fumando un cigarrillo con avaricia y mirando a uno y otro lado para ver si alguien lo seguía. Estaba preocupado por la desaparición de su amigo y no sabía qué hacer. Podía haber sido un accidente, pero...

Había un último detalle que me intrigaba: ¿de dónde había sacado Roc la placa de policía que le había enseñado a Morera?

—De un Todo a Cien de Sants —respondió sin poder aguantar la risa—. Es de juguete y la había comprado para mi sobrino, pero Morera se lo ha tragado, ¿verdad? Tanta planificación, tantos estudios y tantas leyes que conoce, y al final no sabe ni detectar un churro como ése.

Los dos nos echamos a reír y celebramos que al final todo se hubiera resuelto. Sólo faltaba que regresara Tomás, pero aquello únicamente era cuestión de tiempo.

Antes de despedirse de mí, Roc me prometió que llamaría a Alba para ponerla al corriente de mi viaje inesperado («lo haré de verdad —me dijo con una sonrisa—, no como el desgraciado de Morera») y que iría a visitar al inspector Dalmau para contarle la confesión de Narcís Morera.

—Si con eso no encuentra suficientes elementos para empezar a actuar, será mejor que se dedique al ajedrez —comentó moviendo la cabeza; después me abrazó con fuerza y, sonriendo, me dijo—: ¡Eres un cabronazo, Max! Al final te sales con la tuya: ¡te vas a Zanzíbar!

28

Llegué a Zanzíbar a media tarde, a una hora en que las sombras de las palmeras ya empezaban a alargarse y en que las velas de los *dhows* eran como manchas amarillentas que invitaban a la aventura en medio de un mar movido. Desde el avión, las playas de la isla parecían un espejismo de arena dorada protegido por bosques de palmeras y rodeado de un agua llena de claroscuros marcados por los relieves de la barrera de coral y por el capricho de los bancos de arena. De vez en cuando, una isla pequeña, como de juguete, sobresalía lo justo para mostrar cuatro palmeras, un par de rocas y un arco perfecto de arena blanca. Era la primera vez que las veía, pero las reconocí enseguida: las había dibujado tantas veces...

Me gustó comprobar que Zanzíbar era tal como lo había soñado, un paraíso que ahora se me revelaba como una realidad al alcance; una isla llena de verde, con cultivos de especias, palacios orientales, playas de ensueño y un misterioso estallido arquitectónico que tenía el nombre mítico de Ciudad de Piedra. Cuando el avión aterrizó en el minúsculo aeropuerto de la isla —un campo abierto entre bosques de palmeras— me dio la impresión de que tardaban una eternidad en abrir las puertas.

¿A qué esperaban? ¿Por qué nos torturaban de aquella forma? Me sentía como si tuviera la miel en los labios y no pudiera saborearla... A mi alrededor, un grupo heterogéneo formado por parejas de jóvenes en plan escapada exótica, matrimonios aburridos de mediana edad dispuestos a viajar a donde fuera y abuelos ansiosos por ver nuevos paisajes no parecían ser conscientes de lo que nos esperaba. Hablaban de cosas banales, como del cambio de moneda, del peligro de la malaria, de los repelentes de mosquitos, de las precauciones para evitar la diarrea... Desconecté: no me interesaba la letra pequeña. Era como si les estuvieran anunciando que irían al cielo y, en lugar de celebrarlo con euforia, se dedicaran a preguntar a qué hora servían el desayuno y otras tonterías similares.

Cuando por fin se abrió la puerta del avión, me llegó una bocanada de aire caliente, tropical, húmedo, y un intenso olor a clavo. Caminé como un zombi hasta la terminal del aeropuerto, un edificio de una sola planta, sin cristales en las ventanas, amueblado tan sólo con una mesa que bailaba en la que un funcionario ceremonioso y uniformado, consciente de su importancia, se dedicaba a estampar sellos y a rellenar formularios redactados en swahili. Le enseñé el pasaporte y me hice el longuis cuando me pidió el certificado de vacunas. Tras unos instantes de duda, me dejó salir por el otro lado de la terminal. Sudaba tanto que la camisa se me pegaba al cuerpo, pero, por encima de todo, me invadía una sensación indescriptible de felicidad. Estaba cansado por las muchas horas de vuelo que había tenido que realizar en un asiento estrecho, enlatado como una sardina, pero satisfecho de estar por fin en Zanzíbar.

En el parking del aeropuerto sólo había un autocar y un taxi. Los dos hechos polvo, a punto para la última carrera, esperaban bajo la sombra de un árbol frondoso, huyendo de un sol que casi hacía hervir el asfalto. Mientras mis compañeros de chárter subían al autocar que los llevaría hasta algún gueto aséptico para turistas blancos, desperté al taxista, que daba cabezadas en el asiento del conductor, y le pregunté cuánto me cobraría por llevarme a la Ciudad de Piedra.

—Veinte dólares —respondió con una sonrisa, mostrándome unos dientes sucios y torcidos.

—Cinco —regateé, mostrándole los cinco dedos de la mano.

—Veinte es un buen precio, señor —dijo, y volvió a sonreír.

Sabía que cinco dólares era el precio justo, pero también que no iba sobrado de tiempo: el sol estaba descendiendo y, antes de ir a buscar a Tomás al hospital, no quería perderme el espectáculo del crepúsculo desde la terraza del Africa House. Le ofrecí diez dólares al taxista, quien, después de quejarse un rato, acabó por aceptarlos.

—¿Viene de Europa, señor? —me preguntó con el coche ya en marcha, observándome con curiosidad por el retrovisor.

—Sí —respondí, cansado. Europa, en aquellos momentos, me quedaba muy lejos, como un peso del cual prefería librarme.

—Yo estoy ahorrando para irme a Londres —me explicó sin dejar de sonreír—. Allí tengo a un primo trabajando en un restaurante y dice que también hay trabajo para mí. Ganaría mucho dinero y...

—¿Dónde vas a estar mejor que aquí? —lo corté.

El hombre sonrió y sacudió la cabeza, como si yo hubiera soltado una parida.

El asiento del taxi estaba hecho jirones y lleno de remiendos, las ventanas no se podían cerrar y el parabrisas estaba agrietado, formando una especie de telaraña de cristal que dificultaba enormemente la visión. Por la radio sonaba una música monótona, repetitiva, de clara cadencia árabe, y a través de la ventana se veía el típico paisaje de los países africanos: árboles inmensos con increíbles flores rojas, hileras de palmeras, casas medio en ruinas, toneladas de polvo, rebaños de cabras, bicicletas y motos que circulaban haciendo eses, carretillas cargadas hasta la exageración, taxis colectivos hasta los topes, coches escapados directamente del desguace y gente que andaba con unos paquetes enormes en la espalda. Lo que más me atraía era el color de los vestidos —rojos, azules, amarillos, verdes, como un estallido festivo— y aquel olor de África que no nos abandonaba: olor a especias, fruta podrida, petróleo, zotal, carbón mal quemado...

—¿Viene como turista, señor? —me preguntó el taxista.

—No exactamente.

—¿Negocios?

—Más o menos —contesté, y sonreí, enigmático.

—¿Y por qué no lleva maleta?

—Todo lo que necesito para viajar lo llevo aquí dentro —le dije llevándome un dedo a la frente.

Mientras el hombre me miraba creyendo que estaba loco, pensé que había ido a la isla por un doble motivo: uno espiritual, para hacer las paces con un sueño que me perseguía desde hacía años; y otro más prosaico, para recuperar mi piso de la plaza Real y quitarme de encima a la tonta de Claudia.

—¿Quiere que le lleve a las playas del este de la isla? —me propuso el taxista—. Le haré un buen precio. —Negué con la cabeza. Me habría gustado, pero no tenía tiempo. El mío era un viaje contrarreloj. Sólo tenía doce horas para estar en Zanzíbar—. ¿Seguro que no quiere que le lleve a Bwejuu, señor? —insistió el taxista—. Es una playa preciosa...

—No, gracias —decliné la propuesta mientras me acordaba de fotos que había visto de la costa este. Me habría encantado instalarme en una cabaña cerca del mar y pasar unas semanas disfrutando de aquellas aguas de color azul mágico, pero sabía que no disponía de tiempo suficiente.

—¿Y a Nungwi, al norte? —siguió el hombre, dispuesto a cazar al vuelo todos los dólares que le fuera posible—. Le llevaré al mercado de pescado de Mkokotoni y a lugares secretos a los que no van los turistas... Le haré un buen precio.

Volví a decirle que no muy a mi pesar, mientras el taxista me estudiaba preguntándose qué clase de turista era yo. No llevaba bolsa, iba con las manos en los bolsillos y no tenía ganas de ver nada. Debió de considerarme un caso perdido.

Bajé del taxi frente al Africa House, el antiguo centro de la comunidad inglesa de Zanzíbar. Era una especie de cuartel colonial de muros gruesos y blancos que parecía escapado de *Beau Geste*. Sus interiores, oscuros y húmedos, remitían a todas las lecturas de países exóticos que había hecho cuando era un niño. Crucé el pasillo con emoción contenida, subí las anchas escaleras que tiempo atrás habían utilizado los oficiales británicos y, a través de un arco oriental, salí a la terraza. Era exactamente como había leído y como me había imaginado: una veranda inmensa, situada frente a una pequeña playa flanqueada por esos árboles enormes, desproporcionados, que sólo se ven en los países tropicales. En un extremo había una barra hecha polvo y frente a ésta, como esparcidas al azar, una treintena de sillas y mesas bajas de distintos modelos y épocas, en diferentes niveles de degradación.

La terraza estaba llena de gente joven, la mayoría occidentales, que hablaban en distintas lenguas, bebían cerveza, vestían informalmente y fumaban porros sin parar. Me senté en una de las pocas sillas que quedaban libres y me dediqué a contemplar la vista, la auténtica joya de la corona del Africa House. El sol se encontraba ya muy bajo, a punto de ponerse en medio de un naufragio de luz dorada. Un par de islas pequeñas, alargadas y planas, muy cerca de la costa y no mayores que un petrolero, llenas de palmeras que resaltaban a contraluz, ayudaban a dibujar un escenario de *Las mil y una noches* al que daba el toque definitivo la alta vela de un *dhow* que navegaba despacio y en silencio.

—¿Qué va a tomar? —me preguntó el camarero, un negro desganado con una sonrisa pegadiza.

—Una cerveza.

—¿Le va bien una Kilimanjaro?

—Me parece perfecto.

Pensé en *Las nieves del Kilimanjaro*. Sería maravilloso beberme una cerveza marca Kilimanjaro a la salud de Hemingway, sería fantástico reencontrarme con el mundo de las lecturas de mi juventud.

Cuando el camarero me sirvió la cerveza, le pregunté dónde podía encontrar hachís. El hombre acentuó su sonrisa y, abriendo la mano que hasta aquel momento había mantenido cerrada, me enseñó una piedra de hachís oscura.

—Es muy bueno. Viene del norte, de Nungwi —me informó—. Aquello es como Jamaica. Está lleno de rastas, fiestas en la playa y buen hachís.

Tal como lo contaba, me entraban ganas de olvidarme de Tomás y salir disparado hacia Nungwi, pero sabía que no podía hacerlo. Nungwi tendría que esperar, como tantas otras cosas en Zanzíbar. Negocié un buen precio con el camarero y me apresuré a hacer un porro bien cargado antes de que el sol se ocultara. Una vez encendido, me sentí transportado a un paraíso de mil estrellas, homologado por las guías más exigentes. El sol estaba ahora muy cerca de la línea del horizonte y parecía disolverse en mil matices de color amarillo, naranja y rojo por encima de un mar cada vez más oscuro. Disfruté cada calada de aquel porro mientras me llenaba los ojos de maravillas y olía a mi alrededor el aroma embriagador de África mezclado con el del hachís.

Permanecí tirado en la terraza un buen rato, observando cómo la noche iba apoderándose de la ciudad y del mar, oyendo cómo se apagaban las conversaciones y viendo cómo el cielo se iba llenando de infinidad de estrellas desconocidas. Anoté varias ideas para una posible novela, dibujé algunos bocetos, más de sensaciones que de paisajes, y busqué la Cruz del Sur sin encontrarla. Sólo cuando el camarero sonriente me preguntó si quería otra Kilimanjaro recordé que estaba en Zanzíbar para llevar a cabo un trabajo. Le pregunté dónde podía encontrar un taxi.

—Lo encontrará en los jardines Forodhani —me informó con su sonrisa despreocupada—. No tiene pérdida. Siga la línea de la costa hasta llegar allí.

Me desvié por las calles estrechas y sinuosas de la Ciudad de Piedra, me entretuve ante los palacios decadentes con puertas de madera tallada hasta la perfección, esquivé comerciantes insistentes que querían venderme toda clase de *souvenirs* y seguí junto a los grandes muros del viejo fuerte portugués hasta desembocar en los jardines Forodhani. Tanto en las casas como en las caras de la gente se podía ver en Zanzíbar la mezcla que resumía su azarosa historia: swahilis, omaníes, ingleses, portugueses... Todos habían dejado su huella en aquella isla que había servido de escenario a los navegantes de la ruta de las especias, a los mercaderes árabes que iban a cazar esclavos al continente y a los exploradores que en el siglo XIX querían descubrir los secretos del corazón de África. Las expediciones de Burton, Speke, Stanley y Livingstone habían zarpado desde allí en busca de los grandes lagos y de las fuentes del Nilo. Zanzíbar era aquel aire cálido, aquel olor pegajoso, aquella historia llena de sacudidas, aquella arquitectura mezcla de todos los estilos y aquel festival de razas y colores. Zanzíbar era un resumen de todos los paraísos, con unos toques de decadencia que hacían pensar en la urgencia de disfrutarlo antes de que se extinguiera.

La visión de los jardines Forodhani, resguardados entre el mar y el palacio del sultán, con una glorieta colonial en medio, árboles de copas gigantescas y numerosos tenderetes iluminados con luz de gas que ofrecían comida y bebida a buen precio, me pareció el colmo de la felicidad. Me compré unas samosas que me recordaron los años pasados en la India y me bebí otra Kilimanjaro. Después, plácidamente sentado frente al mar, encendí otro porro y me dejé deslumbrar por la visión de los jardines, por el ir y venir de la gente, por el olor de la comida y de las especias...

Cuando alguien me dijo que ya eran las diez de la noche comprendí que no podía entretenerme más. Subí a un taxi destartalado y le pedí al conductor que me llevara al hospital. Ni siquiera discutí el precio; estaba tan a gusto en Zanzíbar que no tenía ganas de regatear. Además, pagaba Morera.

El hospital estaba situado en las afueras, no muy lejos de la casa que había servido de centro para preparar las expediciones del doctor Livingstone. A primera vista no presentaba muchas garantías. El suelo y las paredes estaban llenos de porquería y había gente durmiendo en todos los rincones. Noté que algunos enfermos me observaban con los ojos entreabiertos, como si la presencia de un occidental en aquel lugar fuera poco habitual. Tras mucho preguntar, y cuando ya empezaba a enervarme pensando que jamás iba a encontrar a Tomás, di con un doctor que hablaba inglés y que sabía dónde estaba mi cuñado.

—Hace cinco días que está aquí —me comentó mientras me acompañaba hacia su cama.

—¿Qué le ocurre?

—Malaria. —Sonrió, como si aquélla fuera la enfermedad más obvia—. Fiebre, diarrea, vómitos... Por lo visto, no se ha adaptado a nuestro clima.

—¿Es grave?

—No, pero está muy débil.

—¿Puede viajar? —pregunté, pensando en el vuelo de regreso.

—Será el mejor remedio para él. Desde que ha llegado aquí sólo piensa en volver a su país.

Entramos en una sala donde había una veintena de camas. Se oía un rumor de gemidos y un intenso pestazo a antisépticos mezclado con el olor característico del país. El doctor me indicó cuál era la cama de Tomás y me acerqué con aprensión. ¿Y si no fuera él? ¿Y si todo hubiera sido un gran error? Pero no, era él, aunque la verdad es que costaba reconocerlo. Llevaba barba de cuatro o cinco días, estaba pálido y demacrado, tenía la cara y los brazos llenos de picaduras de mosquitos y respiraba con dificultad. Dormía. Le cogí una mano y noté que quemaba.

—Tiene mucha fiebre —le comenté al doctor, alarmado.

—La fiebre sube y baja. Lo estamos tratando con doxicilina, pero...

En aquel momento Tomás se despertó. Primero me miró como si no supiera quién era y cuando se convenció de que no era una visión, se incorporó y, llorando, me abrazó y repitió mi nombre unas cuantas veces.

—Max, Max, Max... —decía, como si fuera incapaz de pronunciar otra palabra.

—He venido a sacarte de aquí, Tomás —le dije—. Ánimo, pronto estarás en casa.

Me abrazó y lloró con más fuerza. Era todo un contraste con el trato frío con el que nos relacionábamos en Barcelona. Pensándolo bien, era la primera vez que no me pegaba la paliza sobre el precio del dinero y sobre la conveniencia de hacerme un plan de pensiones.

—¿Dónde está su ropa? —le pregunté al médico.

Me indicó una silla en la que había unos pantalones doblados y una camisa blanca. Lo recogí todo y se lo entregué a Tomás.

—¿Está bien Claudia? —me preguntó mientras se vestía con manos temblorosas.

—De puta madre —le dije, sin poder quitarme de la cabeza la visión de mi piso invadido de la plaza Real. Claudia estaba bien, en efecto, por mucho que se hiciera la víctima y la deprimida.

—¿Y los niños?

—También están bien. Te echan de menos.

Le di unos dólares al doctor y le agradecí lo que habían hecho por Tomás. Luego me lo cargué a la espalda y lo llevé hacia la salida. Jadeaba cuando lo ayudé a subir al taxi. Era medianoche, lo cual significaba que quedaban aún seis horas para la salida de nuestro vuelo.

—Al Spice Inn —le ordené al taxista.

Había leído mucho sobre el Spice Inn. Sabía que era el hotel más viejo de Zanzíbar, una fonda destartalada del siglo XIX que ocupaba un palacete de la Ciudad de Piedra, en una plazoleta que se abría en medio del laberinto de callejones. Sólo podría disfrutarlo durante unas horas, pero no quería perdérmelo por nada del mundo.

El taxista nos dejó a un centenar de metros del Spice Inn, ya que las calles eran demasiado estrechas para que pudiera pasar un coche. Dejé que Tomás se apoyara en mi hombro y los dos anduvimos hacia el hotel. La Ciudad de Piedra estaba desierta, y las tiendas cerradas a cal y canto. Podíamos oír el eco de nuestros propios pasos y sentir la mezcla de aromas que llegaba del mercado cerrado. Un pobre yacía dormido en un portal y un viejo con chilaba pasó sin mirarnos.

Cuando llegamos a la plaza del hotel, supe que no me había equivocado al elegirlo. Era una casa de cuatro plantas, con rasgos inequívocamente orientales, verandas de madera y celosías en las ventanas. El recepcionista dormía; llevaba una camisa sucia y arrugada, con las puntas del cuello mirando hacia arriba, y detrás de él, colgado en la pared, había un calendario del año pasado. No se sorprendió cuando lo despertamos.

—Queremos una habitación —le dije.
—¿Cara o barata? —respondió sin inmutarse.
—Que sea bonita.
—La suite cuesta veinte dólares.

Dejé a Tomás en el sofá y subí a echar un vistazo a la suite. Era una habitación de más de cincuenta metros cuadrados, con ventanas de arcos orientales, una cama de matrimonio con mosquitera, una cama pequeña y un ventilador colgado del techo que removía el aire perezosamente. El ambiente, como en todo el hotel, era de una decadencia absoluta, con el suelo de madera cubierto de un linóleo lleno de manchas, un sofá hecho trizas, las paredes sucias y la mosquitera agujereada. Pero cuando salí al balcón, supe que era allí donde debíamos pasar la noche. El suelo, la barandilla y las celosías de madera, y sobre todo la visión de los tejados desordenados de la Ciudad de Piedra, me convencieron de que aquél era «el sitio». Le dije al recepcionista que nos quedábamos la suite, pagué por adelantado y le pedí que nos despertara a las cuatro.

Bajé la mosquitera cuando Tomás estuvo acostado. Después salí al balcón a fumarme un porro y a contemplar el milagro de la Ciudad de Piedra, aquel caos multiforme lleno de detalles sublimes y amenazado por una decadencia imparable. Fue justo entonces cuando sentí que me envolvía una emoción muy intensa, como si estuviera viviendo en un sueño que se desharía de un momento a otro como una pompa de jabón. Estaba en Zanzíbar, estaba en la Ciudad de Piedra, estaba en el Spice Inn... No tenía tiempo de ir a las playas, pero tampoco me importaba demasiado en aquel momento. Volvería a Zanzíbar sin prisas, iría a las playas del este y del norte y me quedaría a vivir unos meses en Nungwi...

Estaba tan emocionado por saberme en el paraíso que ni siquiera tenía sueño. Estaba cansado, sí, pero ya dormiría a la vuelta. Estuve repasando todo lo que había ocurrido desde la desaparición de Tomás, las carambolas que habían desembocado en mi inesperado viaje a Zanzíbar, y concluí que la vida era muy complicada y extraña. ¿Qué iba a pasar a partir de entonces con Tomás? ¿Y con Charly? ¿Y con Morera? También pensé en Laia. La última vez que nos vimos me dijo que me llamaría para salir al día siguiente, pero yo había volado hacia Zanzíbar...

Cuando tuve claro que no podría dormir, salí a pasear por la Ciudad de Piedra. Solo, maravillándome con los palacios medio ocultos, con las puertas de madera tallada, con las ventanas de artesanía, con la luz de la luna, con los árboles que surgían en el rincón más inesperado, con los colores, con los olores... Me senté junto a la playa, muy cerca de las olas y, con la marea baja, me dediqué a contemplar la estela de luz de luna que marcaba un camino sobre el agua. Era como el mejor de los sueños; ni faltaba ni sobraba nada.

Regresé al Spice Inn poco antes de las cuatro de la madrugada, la hora en que debíamos levantarnos. El recepcionista seguía durmiendo, con la cabeza apoyada en el mostrador y los brazos haciendo un nido. Ni siquiera me oyó entrar. Cuando abrí la puerta de la suite, oí la respiración pesada de Tomás. El muy desgraciado había tenido la suerte de estar unas semanas en el paraíso, y lo único que se le había ocurrido era pillar todas las enfermedades posibles. Como si fuera alérgico a las maravillas. El paraíso, para él, debía de ser un universo aséptico lleno de figuritas de Lladró y de ofertas de supermercado.

De pronto, un fuerte grito rasgó el silencio de la noche. Era la voz del muecín de una mezquita próxima que invitaba a todo el mundo al rezo. Era una plegaria monótona pero mágica, encantadora, como un velo que caía despacio sobre los tejados de la Ciudad de Piedra, una capa invisible que cubría los callejones y las plazas de un misterio y de un exotismo infinitamente frágil. Desperté a Tomás y le dije que teníamos que marcharnos, que el avión iba a salir dentro de poco.

Cuando bajamos del taxi, en el aeropuerto, descubrí un brillo muy especial en los ojos de Tomás: la ilusión de la vuelta a casa.

—Gracias, Max —me dijo con ojos llorosos.

Si se hubiera tomado la molestia de mirarme a los ojos, los habría visto enrojecidos por el sueño acumulado y cubiertos de un velo de tristeza. Había tenido la fortuna de ver por fin el paraíso, pero tenía la desgracia de tener que marcharme de allí.

29

Claudia, el inspector Dalmau y una ambulancia esperaban a Tomás cuando llegamos al aeropuerto de Barcelona. También estaban Alba, Roc y Mercè, pero éstos se conformaron con ser comparsas. Desde el primer momento, Claudia asumió el papel de protagonista absoluta. Lloró, gimió, suspiró, tembló y chilló... Tan pronto como vio salir a su querido Tomás, se le colgó del cuello como si fuera una campesina enamorada de Lladró y se dedicó a babearlo y a llenarle la camisa de lágrimas. Lo abrazaba con tanta fuerza que pensé que iba a ahogarlo. O que Tomás optaría por largarse en el primer vuelo para huir de aquella garrapata humana. Pero no. Tomás también se echó a llorar como una Magdalena mientras le repetía a Claudia que la quería y que la había echado mucho de menos.

Alba, por su parte, me abrazó con un amor contenido y, después de darme las gracias por lo que había hecho, me dijo con una sonrisa que, ahora que por fin había estado en Zanzíbar, ya no podría darle la paliza sobre mis ganas de viajar a la isla.

—Te equivocas —le dije—. Ahora que sé que Zanzíbar es tal como la imaginaba, no pararé hasta volver.

Cuando por fin conseguimos separar a Claudia de Tomás —por extraño que pueda parecer lo hicimos Alba y yo solos, sin tener que recurrir ni a los bomberos ni a los fórceps—, Mercè se acercó con su característica actitud de sosaina y, con los ojos húmedos y un gesto tímido, dio la bienvenida a su jefe, se congratuló de verlo de nuevo y le dio dos cosas: una lista detallada de todas las llamadas recibidas en el despacho durante su ausencia y una cajita de Fortasec.

—Es para la diarrea... —murmuró poniéndose colorada.

Después de que Tomás le diera las gracias efusivamente, un par de enfermeros lo hicieron entrar en la ambulancia y lo llevaron al hospital para someterlo a una revisión a fondo. Claudia, Mercè y Alba fueron con él; para cuidarlo, para hacerle compañía.

Cuando la ambulancia desapareció, el inspector Dalmau, Roc y yo nos miramos como si nos descubriéramos por primera vez.

—Tienes mala cara, Max —me comentó el inspector mientras llenaba la pipa de tabaco.

—Hace más de cuarenta y ocho horas que no duermo —dije. De repente, me sentía infinitamente cansado, como si me hubiesen pegado una paliza.

—¿Qué te parece si nos tomamos un café?

Fuimos al bar del aeropuerto y me tomé un par de cafés cargados que me dieron fuerzas para escuchar las explicaciones del inspector y de Roc. Siguiendo el hilo de las confesiones de Morera, Dalmau había encontrado elementos suficientes para convencer a sus superiores de que convenía apartar con urgencia al inspector González del caso. A partir del momento en que él se hizo cargo de todo, los hechos se sucedieron muy deprisa.

—Charly ya está en la cárcel, junto con tres compañeros suyos —me explicó—. Lo han confesado todo y les van a caer un montón de años.

—Los hijos de puta pagarán por todo lo que han hecho —aplaudió Roc.

Recordé por un momento la expresión chulesca de Charly, el aire prepotente con que se movía por su reducto de San Cosme. Iría a la cárcel, sí, pero aquello no resucitaría a los dos okupas muertos, ni devolvería la alegría a los ojos de Bea ni borraría todo el mal que había hecho. Mientras cumpliera la condena, además, se hundiría aún más en el pozo de miseria material y espiritual que lo había marcado desde su nacimiento. La sociedad, según cómo se mirase, era una mierda tan grande que me entraban ganas de huir a Zanzíbar para siempre, pero ahora sabía que allí también existía la miseria, que más allá de las playas de palmeras y del agua de color azul turquesa había gente que sufría, gente que se amontonaba en hospitales infectos y gente que, como el taxista de los dientes sucios, soñaba con largarse a Europa. Los paraísos también son relativos...

—¿Y qué le va a ocurrir a Tomás? —pregunté. Pensaba que el hecho de que hubiera vuelto a casa no significaba que se le hubieran terminado los problemas. Todo lo contrario: había jugado con fuego y debería responder de las acciones ilegales que había puesto en marcha.

—Cuando se recupere tendré que interrogarlo —dijo el inspector, con la pipa en la mano—. Ya lo he hecho con Morera, pero es muy astuto... Todo el equipo de abogados de Masdeu y Asociados se ha puesto a trabajar y están intentando que toda la culpa caiga sólo sobre Charly. Alegan que el skin actuó por su cuenta, que nadie le pidió que incendiara la casa okupa.

—¿Y es verdad? —pregunté. Estaba tan cansado que era incapaz de pensar por mí mismo.

—No, claro que no —saltó Roc.

—Quién sabe... —respondió el inspector, más escéptico—. Charly dice que le pagaron por hacerlo, pero... En cualquier caso, la partida aún no ha terminado para ellos y están moviendo bien sus fichas. Son los tribunales los que tendrán que decidir si son culpables.

—Al final, el único que pagará será Charly. Ya lo verás... —refunfuñó Roc—. Los ricos y los poderosos siempre encuentran la manera de que los desgraciados carguen con todo.

Pensé que muy probablemente tuviera razón. El tiempo lo diría, pero de momento el único que estaba en la cárcel era Charly. Los que lo habían utilizado como si fuera una marioneta iban a librarse de todo tipo de cargos. El dinero es poderoso, el dinero lo limpia todo... Los especuladores y los manipuladores podrían seguir actuando como si nada.

—¿Y el inspector González? —pregunté, recordando que era probable que Morera le hubiera pagado para que lanzara sobre Tomás la falsa acusación de estafa.

—Hay una investigación interna en marcha —dijo el inspector—, pero la verdad es que no hay ninguna prueba de nada. Sus superiores tienden a creer que actuó como lo hizo por un error humano...

—Pero si Morera lo untó... —protesté.

—Morera no ha dicho eso en su declaración oficial —respondió Dalmau—. Afirma que cuando acusó de estafa a Tomás estaba convencido de que era cierto, pero que al final vio que era inocente. Incluso ha aportado un fajo de documentación que avala su versión. Lo cierto es que sabe moverse bien para no resultar salpicado.

—¿Y Saura? —pregunté. Aquélla era una de las incógnitas que aún quedaban por resolver. ¿Qué había ocurrido con Saura? ¿En qué circunstancias había muerto?

—Lo mató Charly —dijo el inspector, lapidario—. Él mismo lo ha confesado. Saura, en contra de lo que afirmaba, estaba al corriente de las oscuras actividades de Tomás. No conocía a Morera, pero sí sabía que Tomás estaba en contacto con unos skins del barrio de San Cosme. Un día, al ver que el tiempo pasaba y que su amigo no daba señales de vida, fue a buscar a Charly y lo amenazó con que, si Tomás no aparecía, le contaría a la policía que era él quien había incendiado la casa okupa. Charly dejó que se marchara, pero hizo que lo siguieran durante todo el día. No se fiaba de él. Por la noche, cuando Saura se quedó solo, lo amenazó con la navaja y lo obligó a ir a Sitges por la costa de Garraf. El resto ya lo sabéis: despeñó el coche con Saura en el interior y provocó su muerte.

—Fue también él quien nos asaltó en Gracia, ¿verdad? —dijo Roc.

—Él y los suyos. A Charly no le gustaba que metierais las narices en su territorio. Vio cómo os reuníais con Saura en un bar y cómo hablabais sobre lo que le había ocurrido a Tomás. Tuvisteis suerte de que se conformara con daros sólo un aviso.

Me terminé el café y le encontré un sabor amargo. Tanta muerte para nada... Pensé en el pobre Saura, muerto porque había querido ayudar a su amigo, y en Tomás, que debería volver a aprender a vivir después de su juego absurdo con la ilegalidad y la muerte.

—Hay algo que deberías saber, Max —añadió Roc—. Ayer la policía desalojó Kan Gamba.

—Llegó una orden judicial —comentó el inspector Dalmau en tono neutro—. Los okupas se defendieron con piedras, barras de hierro, cócteles molotov y botes de pintura, pero al final tuvieron que marcharse de Kan Gamba. Hay diecisiete detenidos.

—¿Y Laia?

—No sé nada de ella. —Roc hizo un gesto de impotencia—. No figura entre los detenidos, pero no tengo ni idea de dónde puede estar.

Roc me pasó su móvil y llamé al número de Laia. Una voz mecánica me informó de que o bien tenía el teléfono desconectado o no había cobertura. ¿Dónde estaría?

30

A la mañana siguiente me levanté en mi cama de la plaza Real con la sensación de empezar una nueva vida. Había dormido más de quince horas seguidas, había soñado con Zanzíbar y me sentía como nuevo; por si esto fuera poco, volvía a recuperar mi piso de siempre. Era cierto que todavía apestaba al perfume barato de Claudia y que quedaba algún toque cursi como muestra de su horrible paso, pero con el tiempo también aquello desaparecería. Adiós a las pesadillas de figuritas de Lladró, adiós pastorcillas y payasos ridículos, adiós cuadros de caballos alados, adiós a aquel orden y a aquella limpieza impecable...

Desayuné a mi ritmo —café con leche y magdalenas resecas, como en los viejos tiempos—, puse *American Beauty*, de los Grateful Dead, y me fumé un porro en el balcón, contemplando la plaza que tanto había echado de menos. La fuente, los arcos, los mochileros, los guiris, los negros, los camareros de las terrazas, los polis, los chorizos, los camellos... No faltaba nada; todo estaba en su lugar.

Sonó el teléfono. Era mi madre. Al oír su voz me sentí culpable. Habían pasado los días y, absorto en la búsqueda de Tomás, no había cumplido mi promesa de visitarla.

—¿Se puede saber dónde te escondías, hijo? —me reprendió, claramente molesta—. Hace días que no sé nada de ti y nunca vienes a verme. He llamado al piso de la Diagonal y Alba me ha dicho que volvías a estar aquí. ¿A qué juegas, al escondite?

—Estaba en Zanzíbar, madre —le expliqué, y una vez más me gustó el sonido de aquel nombre.

—¿En Sant Cugat, dices?

—¡No, madre, en Zanzíbar! —grité.

Fue inútil. Ella había entendido Sant Cugat y nadie iba a hacerla cambiar de opinión. Se puso a hablar de una excursión que había hecho a Sant Cugat cuando era joven y me comentó que le había parecido un «paraíso». La palabra paraíso, por lo visto, estaba muy devaluada.

—Por cierto, hijo —cambió de tema—, ¿cómo te va el trabajo de detective?

—Muy bien —le dije, recordando la mentira piadosa que le había dicho días atrás—. El desaparecido que buscaba ya está en casa. Todo ha terminado bien.

—¡Gracias a Dios! —celebró mi madre—. Seguro que ha sido gracias a mis novenas a santa Rita, porque si se hubiera tenido que fiar de ti, el pobre aún estaría en las quimbambas... —Creía que iba a seguir con su colección de reproches (que si era un piojoso, un gandul, un tarambana, un pordiosero) cuando, por sorpresa, cambió de tono—. Ay, hijo, casi me olvidaba —dijo con una voz que presagiaba admiración—. Te vi en televisión con el presidente. Era un estreno de teatro y se os veía a los dos hablando animadamente. ¿Por qué no me dijiste que lo conocías? No, si al final aún haremos algo de ti...

Le dije que pasaría al día siguiente a verla, sin falta, y cuando colgué intenté pensar en la conversación que había mantenido con el presidente en el vestíbulo del Tívoli. ¿De qué habíamos estado hablando? No conseguía recordarlo. De hecho, no me importaba. Prefería pensar en Zanzíbar. O en Laia. ¿Dónde estaría? ¿Adónde había ido después del desalojo de Kan Gamba? Mientras pensaba en su cuerpo de sirena, la llamé al móvil. Tenía ganas de contarle cómo era Zanzíbar, de hablarle de la terraza del Africa House, de las calles de la Ciudad de Piedra, del balcón del Spice Inn...

—¿Laia? —pregunté cuando descolgó. Su voz me llegaba apagada, con un ruido de fondo que parecía el mar.

—¿Eres tú, Max? ¡Qué alegría! —me recibió con una risa transparente que consiguió el prodigioso efecto de que la viera de pronto frente a mí, pura realidad virtual.

—Acabo de llegar de viaje y me han dicho que han desalojado Kan Gamba —le expliqué—. ¿Estás bien, Laia?

—Fue una putada —escupió con voz grave—. La pasma llegó de madrugada y nos atacó con botes de humo y balas de goma. Intentamos resistir, pero las barricadas no sirvieron de nada...

—¿Y qué piensas hacer ahora?

—¿Ahora? —se rió—. No lo sé, pero ya te dije que para los okupas nada es para siempre. ¿Adivinas dónde estoy?

—¿En el Corte Inglés tirando de Visa?

—¡No seas tonto, Max! ¡¡¡Estoy en Formentera!!!
—Entonces recordé la canción de King Crimson: «*For-*

mentera Lady, dance your dance for me. Formentera Lady, dark lover...»—. Estaba tan cabreada y me sentía tan impotente que decidí que lo mejor sería marcharme de Barcelona unos días e irme a un lugar tranquilo...

—¿Y te gusta?

—¡Me encanta! Es un paraíso, es justo como lo había soñado. —Estaba a punto de decirle que no se moviera de la isla, que tan pronto como me fuera posible cogería un avión para reunirme con ella, cuando añadió—: ¿Sabes lo mejor de todo, Max? En el barco que me traía de Ibiza he conocido a un guitarrista escocés cojonudo y me he enrollado con él... Debe de ser cosa del destino, ¿verdad?

Le dije que seguro que era cosa del destino, o del karma, o de lo que fuera.

Comentamos la detención de Charly y de sus compinches, nos felicitamos y recordamos a Bea, encerrada en la jaula de oro de Vallvidrera. Después le deseé mucha suerte, le mandé un beso y colgué. Adiós, Laia, adiós...

Estaba intentando digerir lo que acababa de decirme cuando llamaron a la puerta. Era Roc, con un aparatoso paquete envuelto en papel azul y un gran lazo amarillo.

—Te he traído un regalito, Max —me anunció mientras me pasaba el paquete.

—¿Qué es? —le pregunté, escéptico.

—Ábrelo y lo verás. —Intrigado, rasgué el papel y apareció una maceta pintada de colores psicodélicos, con una planta de maría en el centro—. Es pequeña —dijo con una sonrisa—, pero ya crecerá. —Le di las gracias de todo corazón. Era lo que faltaba para que todo volviera a estar en su sitio, para borrar el rastro nefasto del paso de mi cuñada—. Esta mañana, Ana y yo hemos ido a visitar a Tomás —me explicó mientras nos fumábamos un canuto bien cargado—. También estaba Claudia.

—¿Y cómo está?

—Pánfila, como siempre, pero encantada de que Tomás haya regresado. No para de recibir visitas y de contar todos sus sufrimientos con pelos y señales.

—¿Y Tomás?

—Le recomendaron que se quedara unos días en la clínica, pero él insistió en irse a casa. Se moría de ganas de volver a su piso de la Diagonal. Le están tratando la malaria, pero parece que no es muy grave. Aparte de eso, tiene una gran debilidad.

—Y diarrea.

—Sí, y una gran e incontrolable diarrea —Roc movió las manos intentando dibujar la magnitud de la tragedia—, pero él dice que con las atenciones de Claudia se recuperará enseguida... Ah, por cierto, en el recuento de retorno al piso, su querida y sacrificada esposa ha echado de menos tres botellas de champán de la nevera.

Me eché a reír. ¿Cómo iban a celebrar el regreso de Tomás? Tendrían que esperar a que saliera otra oferta en el supermercado, si es que la situación económica y la moral estricta de Tomás, en según qué temas, claro, lo permitían.

—Pero Tomás ha tenido un gran disgusto con los niños —prosiguió Roc—. Después de una emotiva escena de reencuentro, Mónica le ha dicho a su padre que sabía un cuento nuevo, y mientras Tomás escuchaba embelesado a su hija, ella ha empezado a contarle el cuento de un campesino que regaba con amor una hermosa planta de maría y de una mala puta que se la tiraba a la basura sin contemplaciones... Tomás casi se muere de un ataque al corazón. Cuando Mónica se ha defendido diciendo que se lo habías contado tú, Claudia ha sacado toda la artillería para desacreditarte. La muy puta ni siquiera se acuerda de que Tomás está de nuevo con ella gracias a ti...

—Qué mas da... —me encogí de hombros—. La verdad es que espero tardar mucho en volver a ver a esa gilipollas. Prefiero mil veces que hable mal de mí. Al menos no vendrá a agradecerme los servicios prestados con una ridícula figurita de Lladró, Coca-Colas light y sonrisas pringosas... Por cierto —pasé hoja—, ¿han interrogado ya a Tomás?

—No seas iluso, Max —dijo Roc con una nueva sonrisa—. ¿En qué mundo vives? ¿No ves que no hay ninguna prisa?... Los periódicos ya han publicado que Charly y sus amigos están en la cárcel y que el incendio fue sólo cosa suya. Ésa es la versión oficial. Apuesto lo que quieras a que nadie más saldrá salpicado.

—Pero si sabemos que fue él quien puso en marcha el juego sucio... —protesté.

—¿Y qué? —Roc se encogió de hombros—. Ya oíste a Dalmau: si no hay pruebas, no hay nada que hacer, y los abogados de Masdeu y Asociados están haciendo todo lo posible para demostrar que tanto Morera como Tomás son dos angelitos inocentes que ignoraban las fechorías del malvado Charly.

Mientras aspiraba profundamente el humo del porro, tuve un recuerdo para los okupas que seguían luchando y por su eslogan favorito: «¡Un desalojo, una okupación!» Tendrían que vencer muchos obstáculos antes de poder vivir como querían, tendrían que pasar por muchas casas, por muchos domicilios provisionales. Lo tenían todo en contra y lo sabían, pero no por ello renunciaban a reivindicar una forma distinta de vivir. También pensé en Tomás. ¿Qué futuro le esperaba? Lo más probable era que pronto volviera a ejercer de abogado como si nada hubiera ocurrido y reanudara su vida monótona y aburrida con la pánfila de su mujer y sus dos hijos de laboratorio. Lo más irónico era que Tomás seguiría prohibiendo a David y a Mónica que vieran las series violentas de televisión, pero que jamás iba a decirles que él se había ensuciado las manos pagando a unos skins para que agredieran a los okupas. Contradicciones de la doble moral... Y lo peor era que, muy de vez en cuando, cuando me lo encontrara en una comida familiar, volvería a hablarme del precio del dinero y de la conveniencia de hacerme un plan de pensiones, como si nada hubiera ocurrido. ¡Uf!

—Ah, otra cosa —añadió Roc—, tu querido cuñado va contando a todos los que quieran escucharlo que Zanzíbar es una isla infecta, llena de porquería y sin ningún encanto. Habla de ella como si fuera un campo de concentración nazi.

—Mejor —me alegré; el muy idiota había estado en el paraíso, pero no se había enterado de nada—. Los neuras como él no hacen ninguna falta en Zanzíbar.

—Pero lo que les ha sentado peor a Tomás y a Claudia —remató Roc el repaso de novedades— es descubrir que toda su colección de figuritas de Lladró está destrozada.

Sonreí. No me acordaba de la progresiva destrucción de aquellas figuritas ridículas, pero tenía claro que no estaba arrepentido. Claudia se lo merecía. Aquello y mucho más. Ella me había tirado mi planta de maría y yo había acabado con su Universo Lladró.

—Yo le he echado la culpa a la pasma —dijo Roc—. Les he contado que el inspector González hizo un registro muy chapucero y con muy mala leche, pero me temo que Claudia se huele la verdad.

—¿Y Ana, cómo está? —cambié de tema. Me cansaba hablar de mi cuñada—. ¿Todavía quiere adoptar a una chinita?

—¡No seas gafe, Max! —me frenó Roc con un exagerado gesto de las manos—. De momento se le ha pasado la ventolera, pero ahora insiste en que nos conviene ir a vivir al Ampurdán y tener un huerto como el de Alba... Pero, hablando de mujeres, dime —me hizo un guiño, buscando la complicidad de los colegas—, ¿qué tal va tu rollito con Laia?

—De puta madre —mentí para hacerlo feliz.

—Cuidado, intenta que no se te complique —me aconsejó—. Hazme caso, que yo tengo experiencia en estas cosas. Se empieza jugando, pensando que lo controlas todo, y al final caes de cuatro patas.

—Descuida, no es el caso. —Sonreí—. ¿Y tú, qué tal vas de mujeres?

—¿Mujeres, dices? ¿Y qué es eso? —Me miró con ojos de besugo—. Ya te dije que a partir de ahora sólo la utilizo para mear. Tú tienes un lío y no pasa nada, Max, pero no todos hemos nacido como tú, con una flor en el culo... Entre el susto de la chinita y el del piso de la Diagonal se me ha hecho un nudo y no hay quien lo deshaga. Por cierto, hablando del tema, me voy a mear.

Mientras Roc iba al baño, me acerqué a la ventana. Me hacía tanta ilusión ver que todo volvía a ser como antes, que todos volvían a cumplir con su papel de cada día, que me entraron ganas de dibujar. Zanzíbar, evidentemente. Saqué una hoja y un papel del cajón, me senté frente a la mesa y empecé a dibujar una puesta de sol, tal como la había visto desde la terraza del Africa House. El mar, de un increíble color azul turquesa, estaba en calma, y una barca de vela latina navegaba por la línea del horizonte, ante un sol que se deshacía en mil colores. Como un paraíso...

—¿Te he hablado alguna vez de Zanzíbar? —le pregunté a Roc cuando volvió del baño.

—Cientos de veces, Max —resopló—. O, mejor dicho, miles, miles de veces...

Agradecimientos

El autor quiere dar las gracias al escritor Einar Örn Gunnarson y al clima de Islandia. Al primero, por facilitarle una larga y provechosa estancia en Reykjavík, durante el verano de 2001; al segundo, por convencerlo de que —dadas las circunstancias ambientales de frío, viento y lluvia— lo mejor que podía hacer era quedarse encerrado horas y horas en casa. Los dos fueron decisivos para dar el impulso definitivo a *Zanzíbar puede esperar*.

Sobre el autor

Xavier Moret (Barcelona, 1952) comenzó a ejercer el periodismo a los veinticinco años, actividad que ha desarrollado hasta la fecha en periódicos de prestigio como *La Vanguardia*, *El Periódico* y *El País*.

A los treinta años escribió su primer libro, *L'americà que estimava Moby Dick*, una novela de espías que se convirtió en un auténtico éxito de ventas en Cataluña, con más de cuarenta mil ejemplares vendidos. Su última novela, *Dr. Pearson*, que recrea la vida del ingeniero estadounidense que llevó la electricidad a Barcelona a principios del siglo XX, ha obtenido recientemente el prestigioso Premio 23 d'Abril. *El impostor sentimental* y *El último hippy* son sus primeras obras publicadas en castellano. Con *Zanzíbar puede esperar* y *El hombre que adoraba a Janis Joplin*, Xavier Moret da continuidad a las investigaciones del singular detective Max Riera.

Además Moret ha cultivado la narrativa de viajes desde 1998, cuando se publicó *América, América: viaje por California y el Far West*, al que siguieron *Boomerang: viaje al corazón de Australia* y *La isla secreta: un recorrido por Islandia*.